本书获2017年国家社会科学基金项目（17BWW019）资助

郝桂莲 著

桑塔格与中国

SUSAN
SONTAG
& CHINA

中国社会科学出版社

图书在版编目(CIP)数据

桑塔格与中国/郝桂莲著. —北京：中国社会科学出版社，2023.12
ISBN 978-7-5227-2442-3

Ⅰ.①桑… Ⅱ.①郝… Ⅲ.①文学研究—美国—现代②中国文学—文学理论—研究 Ⅳ.①I712.065②I206

中国国家版本馆 CIP 数据核字(2023)第 203525 号

出 版 人	赵剑英
责任编辑	张　玥
责任校对	季　静
责任印制	戴　宽

出　　版	中国社会科学出版社
社　　址	北京鼓楼西大街甲 158 号
邮　　编	100720
网　　址	http://www.cssdw.cn
发 行 部	010-84083685
门 市 部	010-84029450
经　　销	新华书店及其他书店

印　　刷	北京明恒达印务有限公司
装　　订	廊坊市广阳区广增装订厂
版　　次	2023 年 12 月第 1 版
印　　次	2023 年 12 月第 1 次印刷

开　　本	710×1000　1/16
印　　张	15.75
插　　页	2
字　　数	206 千字
定　　价	89.00 元

凡购买中国社会科学出版社图书，如有质量问题请与本社营销中心联系调换
电话：010-84083683
版权所有　侵权必究

目　录

绪论 ………………………………………………………………（1）
　第一节　桑塔格在中国 ……………………………………（2）
　第二节　桑塔格眼里的中国 ………………………………（10）
　第三节　桑塔格与中国 ……………………………………（16）

第一章　文学与作者 ……………………………………………（27）
　第一节　文如其人：桑塔格论本雅明 ……………………（29）
　第二节　"无我"之"我"：桑塔格论巴特 …………………（38）
　第三节　"贞观"之道：桑塔格的"重点所在" ……………（47）

第二章　文学与批评 ……………………………………………（56）
　第一节　"不可解"与"强解"："反对阐释" ………………（58）
　第二节　"象"与"通感"："新感受力" ……………………（69）
　第三节　"虚神静志"与"见素抱朴"："静默美学" ………（76）

第三章　文学与社会 ……………………………………………（90）
　第一节　桑塔格的政治观："左""右"不为难 ……………（93）
　第二节　桑塔格的性别观：阴阳互体 ……………………（103）
　第三节　桑塔格的历史观：虚实相间 ……………………（113）

第四章　文学与道德 ……………………………………(124)
　　第一节　文之道,文之德 ……………………………(127)
　　第二节　感天地,动鬼神 ……………………………(136)
　　第三节　诗之教,思无邪 ……………………………(147)

第五章　隐喻的疾病 ……………………………………(155)
　　第一节　文体之误用 …………………………………(159)
　　第二节　拒绝隐喻 ……………………………………(170)
　　第三节　修辞立其诚 …………………………………(176)

第六章　摄影与观看 ……………………………………(187)
　　第一节　观"物"取象:影像之物质性 ………………(190)
　　第二节　观物"取"象:摄影之创造性 ………………(197)
　　第三节　观物取"象":影像之符号性 ………………(202)
　　第四节　"观"物取象:观看之伦理性 ………………(209)

结语 ……………………………………………………(216)
附录1　文中使用的桑塔格著作中文译本缩写及版本 ……(226)
附录2　中国大陆桑塔格研究索引 ……………………(228)
附录3　桑塔格作品汉译索引 …………………………(240)
后记 ……………………………………………………(244)

绪 论

按照苏珊·桑塔格（Susan Sontag，1933—2004）自己的说法，她与中国"有着特殊的联系"。作为纽约的一个犹太商人，桑塔格的父亲曾经在20世纪早期在中国进行皮毛贸易。桑塔格的生命就是在中国孕育的。虽然桑塔格出生、成长的过程都在美国，而且直到1973年之前，她从未踏上过中国的土地，但是，正如她在接受采访时所说的："一个对世界感兴趣的人怎么能对中国不感兴趣呢？"①出于这种对中国巨大的兴趣和热情，成年后的桑塔格曾经在20世纪70年代两次访问中国。那时的桑塔格热情支持古巴革命，强烈反对越战，对社会主义国家充满理想主义的向往，她甚至还在出发访问中国之前写了一篇著名的短篇小说《中国旅行计划》。虽然当时中国的情形大大超出了桑塔格的预期，而她与中国的关系却并未因此被画上句号。在后来的多篇文章甚至小说中，桑塔格多次提及中国和发生在中国的故事，也曾与很多中国学者有过密切往来。

可是桑塔格与中国的关系远远不止这么简单。根据多位学者的判断，中国先后出现了两次"苏珊·桑塔格热"，而且在不久的将来还将再一次出现阅读和研究桑塔格的热潮。中国批评界和读者

---

① 贝岭、杨小滨、胡亚非、[美]苏珊·桑塔格：《重新思考新的世界制度——苏珊·桑塔格访谈纪要》，《天涯》1998年第5期。

对桑塔格其人其文所表现出的巨大热情，绝不仅仅因为上述桑塔格与中国之间表面现象上的联系，而是有着深刻的哲学、美学、历史、文化各方面的渊源。这种渊源，也并非简单的影响和被影响的关系，更不涉及孰优孰劣的价值和等级判断，而是如钱锺书所说的"东海西海，心理攸同，南学北学，道术未裂"①，从而造就的东西方读者共同的期待视野和审美追求。桑塔格与中国之关系的话题，大体可以从以下三个方面进行理解：一是中国人眼中的桑塔格；二是桑塔格眼中的中国；三是桑塔格的美学、哲学观与中国文化精神实质之潜在对话。其中，最后一个方面将是本书讨论的核心和重点。

第一节 桑塔格在中国

桑塔格最早进入中国读者的视线应该始于戴维·洛奇（David Lodge）主编、葛林等人于1987年翻译的《二十世纪文学评论》（*Twentieth Century Literary Criticism*，1972）一书中选编的《反对阐释》（"Against Interpretation"）一文。在正文前的序言里，洛奇称她为"那个时代最敏锐、最有影响力的代言人之一"②，开始了中国读者认识和阅读桑塔格的进程。1995年，中国对外翻译出版公司翻译出版了查尔斯·鲁亚斯（Charles Ruas）的《美国作家访谈录》（*Conversations with American Writers*，1985），其中就包括一篇对桑塔格进行的专访。1997年和1999年，湖南美术出版社分别两次组织翻译出版了《论摄影》（*On Photography*，1977），从此掀开了大规模引进并翻译出版桑塔格作品的篇章。

---

① 钱锺书：《谈艺录》，生活·读书·新知三联书店2007年版，第1页。
② [英]戴维·洛奇编：《二十世纪文学评论》（下册），葛林等译，上海译文出版社1993年版，第467页。

绪 论

迄今为止，桑塔格所有的小说和随笔文集都有了相应的中文译本。2002 年，由李国林、伍一莎等人翻译了《火山恋人》（*The Volcano Lover：A Romance*，1992）；2003 年，廖七一、李小均等人翻译了《在美国》（*In America*，2000），程巍翻译了《反对阐释》（*Against Interpretation*，1964）和《疾病的隐喻》（*Illness as Metaphor and AIDS and Its Metaphors*，1978，1989）；2004 年，程巍又翻译了《重点所在》（*Where the Stress Falls*，2001），姚君伟翻译了《恩主》（*Benefactor*，1963）；2005 年，李建波、唐岫敏等人翻译了《死亡之匣》（*Death Kit*，1967），申慧辉等人编译了《中国旅行计划》；2006 年，又有出版社编译出版了《沉默的美学：苏珊·桑塔格论文选》（黄梅等译）；同年，《关于他人的痛苦》（*Regarding the Pain of Others*，2003，黄灿然译）及《在土星的标志下》（*Under the Sign of Saturn*，1980，姚君伟译）由上海译文出版社出版。此外，《外国文艺》2006 年第 4 期刊登了由裘德翻译的《床上的爱丽斯》（*Alice in Bed*，1993）；2007 年，上海译文出版社出版了由何宁等人翻译的《激进意志的样式》（*Styles of Radical Will*，1969），并于同年开始组织编译苏珊·桑塔格文集，其中对大部分已经翻译过的作品进行了重译，也收入了在桑塔格去世之后才出版的《同时》（*At the Same Time*，2007）及两部由其子大卫·里夫（David Reiff）编辑出版的桑塔格日记《重生》（*Reborn：Journals and Notebooks*，1947—1963）和《心为身役》（*As Consciousness is Harnessed to Flesh：Journals and Notebooks*，1964—1980）。目前尚未在中国大陆面世的中文译本只有她早期的剧本《食人者二重奏》（*Duet for Cannibals*）和电影脚本《卡尔兄弟》（*Brother Carl*）。

另外，在大陆引进、翻译桑塔格著作的同时，台湾地区也有出版社相继推出了相应的中文译本，例如：1997 年，台湾地区唐山出版公司出版了《论摄影》（黄翰狄译）；1998 年，探索文化出版公司出版了《我，及其他》（I, etcetera，1978，王予霞译）；2000年，探索文化出版公司又出版了《火山情人》（王予霞译）、大田出版社出版了《疾病的隐喻》（刁筱华译）；2002年，台湾地区一方出版社出版了《苏姗·桑塔格文选》（黄灿然译）；2003年，台湾地区中国时报出版公司出版了《恩人》（王予霞译）；2004年，麦田出版社出版了《旁观他人之痛苦》（陈耀成译），并获得了2004年联合报最佳图书奖，又于年底获得2004年台湾地区十佳图书之一的称号。

和西方读者眼中的桑塔格一样，中国读者眼中的桑塔格也是一位"特立独行"的女性知识分子和作家，在她身上有着众多的"标签"。但是，迄今为止，中国学界为桑塔格所描述的批评镜像分散在各个不同的领域，没有人就桑塔格与中国的话题展开深入、详尽的论述。具体来说，中国评论界对桑塔格的研究主要以下面三类研究为主。

第一类研究主要聚焦于她激进的文化和政治立场，以及她作为公共知识分子在文化各领域的姿态。可以说，中国学者和读者，像欧美读者一样，将桑塔格视作"美国公众的良心""最后的知识分子"以及"大西洋两侧最智慧的人"，等等，关注她在文化批评和政治领域的贡献。程巍在《反对阐释》的"译者卷首语"中指出，虽然桑塔格更加看重自己作为小说家的才能，但是，"正是这些在小说创作的间隙写下的批评文字，尤其是收入本文集中的《反对阐释》（1964），《关于坎普的札记》（1964），《一种文化与新感受力》（1965）等文章，使她在以小说家的身份蜚声文坛前，先以文化批评家的身份广为人知"[①]。对于程巍来说，桑塔格的名字是与当时横扫批评界的"反对阐释""新感受力"等具有反文化色彩的激进口号密切相连的。作为反文化运动的旗手，虽然桑塔格在自己的批评论

---

① ［美］苏珊·桑塔格：《反对阐释》，程巍译，上海译文出版社2003年版，"译者卷首语"，第1页。

文中从不提及自己对手的名字，但她与纽约的先锋艺术家们和反文化圈子的知识精英们一起，"合力与以莱昂内尔·特里林夫妇为核心的学院派'高级文化'唱对台戏"①。

这种不指名道姓的文化反叛，体现为桑塔格对美国当时名望极高的文化名人的轻慢和漠视，以及对大西洋彼岸先锋派艺术家和思想家的推崇。这种反叛先是在一些文化圈子里得到些许回响，渐渐地，转化成了那一代人声势浩大的社会、政治革命，"试图以激进政治运动来实现激进文化的目标"②。在程巍看来，桑塔格敏锐地把握了美国智力的一种变化，预言了"一九六八年那一代人"的集体追求，在自己的批评论文中体现了与之一脉相承的反叛意识，通过"新感受力"的提出，明确了大众文化和先锋艺术与高级文化争夺领导权的斗争。

在程巍看来，斗争的结果，是对价值评判的搁置，或者说对一切价值评判不加区别地同等对待。"先锋派艺术、同性恋以及其他种种不见容于高级文化和传统生活方式的价值和行为，就这样合法地进入了文化和生活方式领域，并从最深处瓦解了等级秩序所依赖的基础。"③程巍认为，"反对阐释""新感受力"等口号的提出，不是源于一种简单化的思维，而是体现了一种怀疑的智慧，一种不相信神话的智慧："当现代为权力所操纵的大众传媒越来越成为大众的政治无意识的催眠术的时候，怀疑的智慧就越来越显示出其在政治上的重要性和迫切性。"④

---

① ［美］苏珊·桑塔格：《反对阐释》，程巍译，上海译文出版社2003年版，"译者卷首语"，第2页。
② ［美］苏珊·桑塔格：《反对阐释》，程巍译，上海译文出版社2003年版，"译者卷首语"，第3页。
③ ［美］苏珊·桑塔格：《反对阐释》，程巍译，上海译文出版社2003年版，"译者卷首语"，第7页。
④ ［美］苏珊·桑塔格：《反对阐释》，程巍译，上海译文出版社2003年版，"译者卷首语"，第8—9页。

这种怀疑的智慧和不相信神话的智慧，在程巍看来，还体现在桑塔格与疾病抗争过程中写的两篇论文①中。这一次，桑塔格将她"反对阐释"的立场和反抗策略运用到了身体上，是"米歇尔·福柯所倡导的知识考古学的具体而微的实践"②。具体说来，桑塔格通过对疾病，尤其是诸如结核病、麻风病、艾滋病等传染性疾病以及癌症的考察，发现它们不断被隐喻化的历史和现状，从而将那些附着在疾病之上的隐喻彻底曝光。用程巍的话来说，"桑塔格选择'疾病隐喻'作为自己穷追猛打的对象，一直将他们撵到了其出发地。这种明星的追逐战远比那种大规模的阵地战更需要耐心，更需要洞察秋毫的眼力，也更容易失去目标，因为这是桑塔格在某个时候所说的那种'一头扎进去的批评'"③。这完全符合桑塔格一贯的文化批判家和反文化斗士的立场和形象。

桑塔格激进反叛的文化立场，还体现在她非同寻常的文体风格上。程巍将桑塔格的文体风格与她崇敬的法国批评家罗兰·巴特相提并论，认为他们都一样偏爱日本俳句和语录体，他们的书籍都是对一个个问题的记叙而不是统一的论证，他们都喜欢用类似"Notes on…"开头的题目，呈现出一种与规范化论文迥异的以非线性形式任意排列的形式。这种种风格上的反叛，在程巍看来，不是一种故意为之的怪诞，而是恰恰"体现了那种新的感受力，即对任何建立体系的企图保持充分的警觉"，以及通过用以札记的形式体现出的空

---

① 《作为疾病的隐喻》（*Illness as Metaphor*）最初连载于《纽约书评》1978年1月26日、2月9日、2月23日，并于同年由纽约法勒-斯特劳斯&吉鲁出版社（Farrar, Straus, and Giroux，简称FSG）结集出版。《艾滋病及其隐喻》（*AIDS and Its Metaphors*）则于1989年出版。两篇文章后来于1990年由纽约达博迪出版社（New York Doubleday）合集出版，题名为《疾病的隐喻及艾滋病的隐喻》（*Illness as Metaphor and AIDS and Its Metaphors*）。
② ［美］苏珊·桑塔格：《疾病的隐喻》，程巍译，上海译文出版社2003年版，"译者卷首语"，第2页。
③ ［美］苏珊·桑塔格：《疾病的隐喻》，程巍译，上海译文出版社2003年版，"译者卷首语"，第6页。

间并置来"抵制时间上的连续性",从而"有效地使这种基于线性时间观念的传统发生断裂"①。

除了桑塔格在批评论文中体现出的激进的文化和政治立场外,很多中国学者还特别关注她的政治身份和公众形象。她在对待越南、古巴、中国、波兰、波黑及伊拉克问题上的态度,显示了她批判强势集团及支持正义和真理的立场,被认为是激进的左派知识分子。在这方面,王予霞所著《苏珊·桑塔格与当代美国左翼文学研究》可以说是一个典型的代表,她认为,桑塔格的著述旗帜鲜明地体现了美国左翼知识分子的思想特征,是"真正的左翼公共知识分子"②,可以揭示20世纪后半叶美国左翼文学思潮的发展概况、存在问题和所面临的困境。

第二类研究主要针对她作为美学家、艺术家所写的大量关于文学、艺术、摄影、美学等诸多方面的批评论文,认为她对形式美学的提倡使其成为一个"形式美学艺术家"。王秋海认为,她的形式美学思想"既是俄国形式派及英美新批评的承继,又比它们来得更激进且内涵更广,因为它囊括了60年代后的各类流行艺术"③。在另外一篇文章中,王秋海还分析了桑塔格对里芬斯塔尔的作品从肯定到批判的过程,剖析了桑塔格美学思想所经历的变化。④ 与之类似的是陈文刚对桑塔格美学思想的研究。在他看来,"桑塔格提出的反对艺术阐释学,提倡艺术色情学,其逻辑发展和深含的意味,都会最终走向桑塔格的所谓'新感受力'与形式论。桑塔格的形式论里所藏

---

① [美]苏珊·桑塔格:《反对阐释》,程巍译,上海译文出版社2003年版,"译者卷首语",第11—12页。
② 王予霞:《苏珊·桑塔格与当代美国左翼文学研究》,中国社会科学出版社2009年版,第288页。
③ 王秋海:《反对阐释——桑塔格形式主义诗学研究》,博士学位论文,首都师范大学,2004年。
④ 参见王秋海《形式与历史的契合——桑塔格对"法西斯主义美学"的批判》,《当代外国文学》2005年第3期。

的，要比其他地方更丰富，更能聚合凝聚她各个方面"①。

《论摄影》一书经翻译来到中国后，学界对其好评如潮。在其译者黄灿然看来，"这本书的丰富性和深刻性不在于桑塔格得出什么结论，而在于她的论述过程和解剖方法。这是一种抽丝剥茧的论述，一种冷静而锋利的解剖"②。也有学者认为，桑塔格对摄影的论述是与现代性问题交织在一起的，认为桑塔格对摄影"苛刻"的批评并不意味着她对相机这一现代文明产物的全然否定，而在于她揭示出"现代文明并没有改变人们的本性，人们只不过把自己的这种本性换一种方式重新搭载在新的文明器物上"③。总体说来，评论界普遍认为，桑塔格对摄影艺术的分析，同样展示了她作为文化斗士的犀利与深刻。

与前两类研究相比，第三类批评聚焦于桑塔格的四部长篇小说、一部短篇小说集和一个剧本，对桑塔格作为虚构作家的成就与贡献进行了评述。相比较而言，评论界对桑塔格的小说和戏剧创作的关注程度则要逊色许多。多数人认为，桑塔格的小说创作以1992年《火山情人》的出版为界，主要可分成两个时期。对于她前期的两部长篇小说《恩主》和《死亡之匣》，评论界主要从其哲学内涵和先锋形式方面予以探讨。而对于后期的两部作品《火山情人》和《在美国》，有人从女性主义的角度进行考察④，也有人认为它们是新历史主义的佳作⑤，还有人把它们看作是桑塔格向现实主义的回归⑥。与国外褒贬不一的

---

① 陈文钢：《现况与展望：苏珊·桑塔格美学思想研究》，《成都大学学报》（教育科学版）2008年第8期。
② 黄灿然："译后记"，载［美］苏珊·桑塔格《论摄影》，上海译文出版社2008年版，第201—203页。
③ 董娅莉：《以摄影的眼光看世界——桑塔格摄影观散论》，《郑州大学学报》（哲学社会科学版）2015年第6期。
④ 参见雷登辉《论苏珊·桑塔格"反对阐释"的伦理关怀与话语实践》，《外国文学研究》2018年第3期。
⑤ 参见王予霞《文化诗学视野中的〈火山情人〉》，《外国文学评论》2002年第4期。
⑥ 参见王秋海《重构现实主义——解读桑塔格的〈火山情人〉》，《外国文学》2005年第1期。

评价相反,中国批评家大多对桑塔格的小说做出了正面的评价,认为桑塔格"在具体的小说创作技巧上娴熟把握时代的脉搏,在自己的创作中实践了这种深刻的否定和反思"①。

如果说桑塔格的长篇小说创作还算引起了批评界和读者的研究热情,那么针对她的短篇小说集《我,及其他》以及她的剧本《床上的爱丽丝》的研究,就明显显得单一和不足了。顾明生借助著名理论家弗兰克、米歇尔和佐伦的空间形式理论框架以及经典叙事学、电影叙事学的部分术语,从地质空间、时空体空间和意识形态表征空间三个层面分析了桑塔格短篇小说的叙事艺术、空间形式及其主题思想,探讨了她短篇小说的创作手法、美学价值和文化内涵,是国内最集中探讨桑塔格短篇小说艺术的尝试。而关于她唯一创造的剧本《床上的爱丽丝》,除了少数学者对其中女性命运问题及疾病叙述问题的讨论,评论界对其并没有多少关注。

总体看来,桑塔格在中国的形象也算立体,学者们对其研究的态势呈现了从单一到多元,从碎片化到系统化、整体化的趋势。虽然桑塔格的形象在中国知识界变得渐渐丰满,但是,中国学者和读者的眼光却在另外一种意义上被牢牢钳制。目前,国内专门研究桑塔格的专著已经出版了十余部,以桑塔格为研究对象的硕博士论文也日益增多。随着《桑塔格文集》的出版和《日记》《桑塔格对话录》等文献陆续登陆中国,第三次"桑塔格热"显然并非空穴来风。但是,放眼望去,这些研究清一色全部是西方理论话语体系下的产物,中国学者所应具备的特有的研究方法并没有多少体现,桑塔格与中国之关系的研究也还远远没有得到足够的认识。

---

① 郝桂莲:《反思的文学:苏珊·桑塔格小说艺术研究》,光明日报出版社2013年版,第161页。

第二节 桑塔格眼里的中国

虽然桑塔格的生命孕育于中国，但是，严格说来，桑塔格对中国的认识基本源于阅读和想象，以及1973年1月在特殊时期被周密安排和密切注视的短期中国之行。在踏上中国的土地之前，桑塔格就先写成了一部《中国旅行计划》。那么，桑塔格眼中的中国是什么样子的呢？这要从桑塔格的童年开始说起。

在桑塔格5岁之前，其父母大部分时间在中国经营皮毛贸易，她的爱尔兰裔保姆在她的成长过程中起到了举足轻重的作用。后来，据桑塔格在日记中的记述，家里到处都是从中国带回来的物品：乌木做的中式双扇门、结实的象牙、结队行进的大象形态的芙蓉石雕刻品、镶了镀金木边的细长书法卷轴、紧绷的粉色丝绸做成的硕大灯罩，以及灯罩下面静静伫立的净坛使者塑像。然而，父亲的突然离世带给年仅5岁的桑塔格巨大的打击，以致多年以后她仍然对此念念不忘。①

由此看来，桑塔格眼里的中国，更多的来自她的幻想。"当我想中国之行被取消了的时候，我非常失望——而且，最主要的，我本不想浪费（没有机会使用）所有这些个人的幻想。"② 在接到去中国进行三个星期访问的邀请后，桑塔格在日记中记下了这些五花八门的幻想（由于这些幻想繁杂无序，请允许我大篇幅直接引用）：

---

① 1972年7月20日，桑塔格收到中国政府邀请她对中国进行为期三周的访问。在当天的日记中，桑塔格写到自己即将写的书："把书献给我父亲。给杰克·罗森布拉特（1906年生于纽约——1938年死于天津）—'爸爸'——组照片——个男孩，就我现在对他的回忆——未结束的痛苦，死亡，久远的消失。我的儿子戴着你的戒指。我不知道你葬在哪里。我想你的时候就哭泣。——你越来越年轻。我希望我了解过你。"参见［美］戴维·里夫编《心为身役——苏珊·桑塔格日记与笔记》，姚君伟译，上海译文出版社2015年版，第396—397页。

② ［美］戴维·里夫编：《心为身役——苏珊·桑塔格日记与笔记》，姚君伟译，上海译文出版社2015年版，第434页。

一本中国的书？不是《河内之行》——我无法再进行"西方遇到东方"感受力旅行了。而且我当然也没打算讲述我自己这次旅行。我不是新闻记者。……

什么书呢？我现在是否能写《关于文［化］大革［命］的定义的札记》这么一本书呢？也许我了解不了多少文革的情况。（我怎么能够呢？我绝不可能单独行动。很有可能多半是去参观工厂、学校、博物馆。）但想法存在。

……

反四旧：旧文话、旧习惯

反由艺术家（精通艺术的人）制作的艺术

把转向东方非政治的人们（［法国诗人雷内·］多马尔、黑塞、阿尔托）——为了"智慧"——与转向东方毛泽东主义者相比较。……

……

讲述电影的故事。我的父亲。儿时我脑海里的中国。为伯肯小姐四年级的课写的论中国的"书"，是我当时写过的第一篇长东西。［纽约］格雷特内克房子里的中式家具。陈先生。

……

可以用一些照片：

［奥古斯特和路易·］吕米埃1900年的资料

普多夫金，《亚洲风暴》

爸爸的图片

巴塔耶的关于一个男子被打得皮开肉绽而死的照片

《中国新闻》封面上看上去像中国人的马克思的照片

书［目］：

埃兹拉·庞德论书法

［法国汉学家］马塞尔·葛兰言

[英国汉学家及科学史学家]李约瑟

两期《如是》

马尔罗

蓝色哥伦比亚"瓷器"

中国色情作品（思基拉）

在《英国人欣赏力的趋势》（第二卷）中论中国艺术风格

看巴特论日本

也许这有点像一部布罗赫格调的小说——对中国的思考。在风格上与弗雷德·塔藤的作品［《毛泽东在长征中的冒险》］相反，绝非戏仿。不过也是形式上的杂合。①

在桑塔格的幻想里，关于中国的书是一部"包罗万象之书"，在形式上则接近一幅拼贴画：《上海风光》《图兰朵》《阎将军的苦茶》《大地》《上海快车》（黛德丽）、儒勒·凡尔纳《一个中国人在中国的遭遇》中的默纳·洛伊、卡夫卡，以及《长城》《东方红》《中国已近》《亚洲风暴》，等等。从这一系列的书名号可以看出，桑塔格对中国的想象性认识，一方面来源于她的阅读，包括欧洲颇受中国文化影响的汉学家的著作，以及大量电影作品；另一方面则来源于当时关于中国尤其是中国革命的新闻报道。桑塔格在庞德、李约瑟等人的著作中看到的，显然是对以孔子为代表的中国传统文化的尊崇，而新闻报道中的中国则对孔子本人及其所代表的传统文化坚决摒弃，甚至进行无情攻击。这两种截然相反的认识上的冲突，导致桑塔格对中国既向往又犹豫，得出了她与真实的中国"一点关系都没有，从来就没有过任何关系"②的结论。

---

① ［美］戴维·里夫编：《心为身役——苏珊·桑塔格日记与笔记》，姚君伟译，上海译文出版社2015年版，第395—398页。

② ［美］戴维·里夫编：《心为身役——苏珊·桑塔格日记与笔记》，姚君伟译，上海译文出版社2015年版，第434页。

和西方大部分艺术家一样，桑塔格阅读庞德，而庞德对中国文化的推崇可以说是人尽皆知。20世纪初的西方资本主义工业社会呈现出的各种矛盾，在庞德看来，唯有通过东方智慧才可以得到解决，尤其是《大学》中关于个人修养及社会秩序的描绘令他神往："如果我的《大学》译本是我近几十年里所做的最有价值的工作，我只有期待读者能发现它，因为每个人都可以发现它对现代世界的价值。"① 当然，庞德这里指的是《大学》所确立的"三纲"：明明德、亲民、止于至善，以及"八目"：格物、致知、诚意、正心、修身、齐家、治国、平天下。庞德对孔子的尊崇，绝非"东方主义"式的猎奇，而是源自其与孔子在社会学、政治学及哲学方面的深刻认同。他希望现代西方社会的政府能借鉴中国历史的发展经验与实践，让正在失去秩序的现代西方社会从古老的东方智慧中获得灵感。正如杰福·特维切尔所说："请记住庞德对孔子感兴趣，不是把他当作博物馆的宝物，而是把孔子的思想或者是把庞德对孔子思想的理解带给当代西方读者，这样就明显地凸现了这位圣人与当今时代的关联。"②

桑塔格对中国的想象性认识里，就包括孔子及其"圣徒言行录的风格"③，这无疑与她对庞德的阅读相关。除此之外，庞德对中国文字和书法的兴趣也成了桑塔格想象中国的源泉之一。在庞德视为宝藏的费诺罗萨的著作中，有这样关于中国文字的分析：

> 中国文字……是基于对自然行为的生动描绘。……我并不是说物体与符号之间有天然的联系，所有这些都取决于约定俗成。

---

① Pound, Ezra, *Ezra Pound: Selected Prose* 1909 – 1965, William Cookson (ed.), London: Faber and Faber Limited, 1973.
② [美]伊兹拉·庞德：《庞德诗选——比萨诗章》，黄运特译，张子清校订，漓江出版社1998年版，第298页。
③ [美]戴维·里夫编：《心为身役——苏珊·桑塔格日记与笔记》，姚君伟译，上海译文出版社2015年版，第399、400页。

但是中国文字有一种自然的象征意义。"人"表示有两条腿支撑;"见"代表身体上面有两只眼睛,下面有奔跑的腿,你一见这图画似的字形一定会难以忘怀;"马"是站在四条腿上的。……这三个汉字都有表示"腿"的偏旁,他们都栩栩如生。①

而"埃兹拉·庞德论书法""书法"这样的词条,也多次成为桑塔格想象中国的关键词。

桑塔格对中国的想象性认识,还有一方面来自大众传媒(包括电影)和新闻报道。在中国之行出发前的日记中,包含了大量桑塔格通过各种媒体获得的有关中国的信息:

> 妥协的生活
> Ⅱ. 礼貌　行为得体——圣徒言行录的风格
> Ⅲ. 中国人的痛苦
> ……
> "你必须把盘里的食物吃干净。想一想所有在挨饿的中国人。"
> 帝国主义:《亚洲风暴》,吕米埃
> 帝国主义的想象。英国的鸦片贸易、特许权的说明
> ……
> Ⅸ.《关于"文化大革命"的定义的札记》
> Ⅹ. 做个毛泽东主义者(中国以外的)
> 材料:玉、柚木、竹子
> 十种沉思(每一页一种)
> 中国食品

---

① Pound, Ezra, & Ernest Fenollosa. *The Chinese Written Character as a Medium for Poetry*. 参见蒋洪新《英诗新方向:庞德、艾略特诗学理论与文化批评研究》,湖南教育出版社2001年版,第53页。

中国洗衣店

麻将

中国人的痛苦①

在林林总总地列举了如上各种想象之后，桑塔格觉得"我现在可以写这本书了，但是我尚未有书名、许可、资格"②，因为她觉得自己并不会得到在中国的街道上随意穿行并与中国人随意交谈的自由。

她唯一一部关于中国的短篇小说《中国旅行计划》写于她访问中国之前，以她小时候喜爱的哈里伯顿旅游书为样板，记录了一次想象之旅。在这个故事中，桑塔格以新闻报道、引语、地理知识，以及对中国人生活方式有意的刻板思考为材料，组成了一张试图"包罗万象"的拼贴画。同时，她以感人的基调回忆起去世于中国的父亲："对于痛苦，我一直是很敏感的。1939年初母亲从中国回美国后，过了好几个月才告诉我父亲不会回来了。……我在锦缎沙发上不安地扭来转去，每个方向都有几尊佛像转移我的注意力。……我并不相信父亲真的死了。亲爱的母亲。我不能打电话。我六岁了。我的悲痛就像雪花飘落，撒在你冷漠的热土上。你正在吸入你自己的痛苦。"（《我，及其他》27）

据桑塔格的传记作者丹尼尔·施赖伯记载，桑塔格原本与FSG出版社商定，中国之行结束后要在《女士》杂志上发表一篇"真实"的旅行报道，但是，桑塔格最终放弃了这一计划。关于这次旅行，桑塔格几乎没有留下任何确切的文字，哪怕在她的日记中，也找不到多少对于此次旅行的记录和评论。

她在《论摄影》一书最后对中国进行了美学及道德层面的思考。

---

① ［美］戴维·里夫编：《心为身役——苏珊·桑塔格日记与笔记》，姚君伟译，上海译文出版社2015年版，第400—402页。

② ［美］戴维·里夫编：《心为身役——苏珊·桑塔格日记与笔记》，姚君伟译，上海译文出版社2015年版，第402页。

在她看来，"摄影式记录永远是一种潜在的控制手段"（《论摄影》164），而中国人则通过"摆姿势"的方式"抗拒摄影对现实的肢解"（《论摄影》164）："不使用特写。就连博物馆出售的古董和艺术品的明信片也不展示某物的一部分；被拍摄物永远是以正面、居中、照明均匀和完整的方式被拍摄。"（《论摄影》171）显然，当时中国所处的美学和道德境况，不是作为文化观察者的桑塔格所能真正理解的，中国文化在特定时期所高度强调的整体性和"正面"性，也很难被生长在完全迥异文化背景之下的人轻易理解和认同。

桑塔格对于她的中国之行缄口不言，一方面是因为批评界普遍认为的"震撼"；另一方面恐怕更是源于她内心一种非常矛盾复杂的情感。父亲客死中国，以及自己生命孕育于中国的事实，让她觉得对这片土地天然地亲近，她丰富的阅读经验里对中国的想象性认识也使她对中国充满好奇和向往。特殊时期的中国之行让桑塔格非常失望，所有曾经的美好幻想变得无处安放。

第三节　桑塔格与中国

虽然桑塔格曾经说过，"真实的中国与她一点关系都没有"[①]，但是，可能她自己也没有意识到的是，她所说的中国，是特殊时期、特殊背景下的中国，放在历史长河中来看，其实与真正"真实"的中国相去甚远。当代中国代表性的指导思想马克思主义，众所周知，并非中国本土制造，而真正在历史上占据主导地位的思想体系和文学批评模式是以儒家思想为主流、兼及道家和佛家的思想话语体系。这样看来，桑塔格日记中所记载的"我一生中一直在追寻的三个主题：中国、

[①] ［美］戴维·里夫编：《心为身役——苏珊·桑塔格日记与笔记》，姚君伟译，上海译文出版社2015年版，第434页。

女人、奇人怪事"①，以及大量的关于中国的想象与迷恋，就容易理解了。

因此，桑塔格与中国传统文化在意识上、思想上的深度关联，是我们此项研究的出发点。在1995年完成的《单一性》这篇文章中，她曾说过："我的生活一直是个变化的过程，至今也仍然如此。……我总是在前行。有时候我觉得自己是在逃离那些书，逃离它们所滋生出的无谓的热闹。有时候推进的动能更令人愉快。我喜欢重新开始。"（《重点》309）在笔者对桑塔格的长篇小说进行的专门研究中，也发现了"否定""反思""变化"是桑塔格美学及艺术理念发展过程中体现出的最主要的特征，②可以成为她这句总结性自我评判的一个注脚。

作为一个中国读者，很容易就会将这样的认识与《易经》等经典文献相联系，桑塔格日记中也确实记载了她对《易经》的好奇与期待。③作为中国文化最具代表性的经典著作，《易经》揭示了有关宇宙和人生的基本原理，描写了事物发展变化和变通的基本规律，《易经》所使用的卦画系统和文字系统都是以朴素的自然规律为基础的，因此，可以推广运用到万事万物的各个方面，以推演和阐述事物发展变化的逻辑。一个人、一个作家的发展变化自然也不例外。

然而，《易经》所展示的智慧，又绝非"变化"二字所能涵盖。

---

① ［美］戴维·里夫编：《心为身役——苏珊·桑塔格日记与笔记》，姚君伟译，上海译文出版社2015年版，第419页。

② 通过对桑塔格小说各基本要素的分析，我得出的基本结论如下：桑塔格是个不断自我反思并反思当前文化的艺术家、批评家，她的创作观念和她的批评思想有着密不可分的联系。她坚信"否定"（negation）是现代主义的重要理念之一，因此总是在否定和反思中开始她的创作。正如她自己多次说过的，她"觉得永远还会有一个新的开始"，因此几乎从不重读自己过去的作品，希望从过去的作品中逃逸出来。在这方面她对罗兰·巴特的描述正好可以用来作为对她本人的描述："巴特所描述的作家自由从部分意义上说就是逃逸。作家是其自我的代言人——在被作品定格下来之前，自我永远是在逃逸，就像人的头脑在不断逃脱教条。"参见郝桂莲《反思的文学：苏珊·桑塔格小说艺术研究》，光明日报出版社2013年版，第155页。

③ 参见［美］戴维·里夫编《心为身役——苏珊·桑塔格日记与笔记》，姚君伟译，上海译文出版社2015年版，第401页。

据东汉学者郑玄的注释,"易含三义,简易一也,变易二也,不易三也"①。世间万事万物都有其道理,虽然看起来复杂多变,但是,当我们了解了它们的基本原理之后,就会觉得其简单而又平易,此谓"简易";世间万物,无时无刻不处于变化中,此谓"变易";同时,变易中又有一样东西是永恒不变的,那就是事物变化背后的基本原理,此谓"不易"。《易经》圆融周密的智慧就在于此。

反观桑塔格关于"我的生活一直是个变化的过程"的判断,变化过程中又包含着某些从未改变的东西,如她自己所说:"我在慢慢地朝着相反的方向发展,最终开始觉得那作家就是我,而不是我的另一个替身,不是熟悉的腻友或影子般的伙伴,也不是我创造出来的产物。"(《重点》311)千帆过尽后的蓦然回首往往最具有揭示性意义,桑塔格认识到了那些写过无数"变易"不居,甚至自相矛盾的文章作家身上,贯穿着某个"不易"的灵魂,她称之为"单一性",并以此命名她的文章。

从这个角度看,桑塔格的作品既具备不言而喻的整体性,又充满细节上的生动性与可感性,与中国古人对"文章"的定义不谋而合。中国文学,按照当代学者吴承学的说法,其实是"文章"体系,它是在礼乐制度、政治制度等实用性制度体系的基础上形成与发展起来的,与西方式的"纯文学"体系截然不同。"五四"新文化运动以来,对中国文学史的研究以西方的"文学文体"简单而粗暴地取代了中国传统的"文章文体"。吴承学认为,如果"套用西方的文体四分法,分成诗歌、小说、散文、戏剧来研究中国传统文章,往往是隔靴搔痒或者削足适履。越是'科学',越是'明确',离事实越远"。②

---

① (清)皮锡瑞著,周春健校注:《经学通论》,华夏出版社2011年版,第5页。
② 吴承学、曾繁田:《古代诗文寄寓着人的整个生命》,《中国文学网·学人访谈》2017年11月8日,http://literature.cssn.cn/xrft/201711/t20171108_4388368.shtml,2021年10月5日。

绪　论

虽然桑塔格的创作并非"中国传统文章",却明显包含试图在小说中加入批评论文、新闻报道、语录等各种其他文体的特征。小说《火山情人》和《在美国》取材于历史人物传记,有时则直接将传记材料"搬"进小说,还因此惹上了"抄袭"的官司。至于在小说中加入批评性论述的成分则更为常见。在一次接受采访时,桑塔格说,她一直对将叙述(narrative)和批评性论述(essay)相结合的虚构作品感兴趣:"如亨利·詹姆斯所说,一部小说就是一个'肥大的怪物'('baggy monster')。你可以在小说当中加进批评的成分;在19世纪,这种做法十分常见。巴尔扎克会在小说写作过程中以社会学的视角描写一个地点或一种职业;托尔斯泰会讨论历史的观念。"①

这种文体间越界的做法,并不总是得到桑塔格的青睐。在对疾病的隐喻进行解剖之时,我们看到文学文体中常用的隐喻在实用文体领域滥用而导致的灾难。对桑塔格来说,在疾病王国中,附加在各种疾病,尤其是传染性疾病身上的各种幻象,导致患者遭受比病患更加深刻的痛苦。这些疾病长久以来被"隐喻修饰物所复杂化"(《疾病》6),使关于疾病的言说与疾病的本质发生了偏离。

同样,中国古典文论界对此也有着清晰的认识。中国古人认为,诗文的表现对象不同,表现形式也因此千差万别。"文"主要是实用文体,而"诗"则适合抒发感情。大学问家元好问曾说:"诗与文,特言语之别称耳,有所记述之谓文,吟咏情性之谓诗,其为言语则一也。"② 明代学者张佳胤也说:"诗依情,情发而葩,约之以韵;文依事,事述而核,衍之成篇。"③ 文用于叙事,诗用于抒情。对于叙事的人来说,准确是最重要的;对于抒情的诗来说,则更重视文采。

---

① Manion, Eileen & Sherry Simon, "An Interview with Susan Sontag", in Leland Poague, ed., *Conversations with Susan Sontag*, Jackson: University Press of Mississippi, 1995, p. 212.
② 童庆炳:《文体与文体的创造》,北京师范大学出版社2016年版,第13页。
③ 吴承学:《中国古代文体风格学的历史发展》,《中山大学学报》(社会科学版)1993年第1期。

各种文体间既是泾渭分明的个体，又可以成为浑然天成的整体。这种"既此亦彼""亦黑亦白""阴中有阳、阳中有阴"的变易模式，主导着中国古典文论的整体框架。以此为出发点，考察桑塔格的整体创作及美学思想，变易中的不易，以及不易中的变易，既纵贯其创作的始终，也横跨她创作的所有文类。在这个基本共识的前提下，中国传统文艺美学理论的价值完全可以在对她作品的解读中得以彰显，桑塔格与中国的关系也才可以得到深入理解。

具体说来，我们可以从以下六个方面对桑塔格的美学思想和文学创作加以认识。

第一，对创作主体的认识。在中国传统文论中，对创作主体的关注由来已久。孔子就曾论及言辞与人的人格、品质、情感等因素的必然联系："将叛者其辞惭，中心疑者其辞枝，吉人之辞寡，躁人之辞多，诬善之人其辞游，失其守者其辞屈"（《周易·系辞下》），这已经包含了人品与言辞相一致的观念。《孟子·万章下》也说："颂其诗，读其书，不知其人，可乎？"直接把作者的为人和作品的特点联系起来了。

但是，以道家美学为主的诗学纲领则主张跳出一己得失之局限，主张"吾丧我""虚室生白""虚静"等创作方式，从而获得一种"人"与"文"合一的"无我"之境。质朴、素淡的美学观念对中国艺术的影响十分深远。中国诗以恬淡清纯者为最高标准；中国画大多以简单的水墨为色；中国小说不重视大量渲染，只重视白描；中国戏曲的布景和道具也都以极简为特色。同理，平淡素朴的色调在传统建筑中也占了很重要的位置，例如，徽派建筑均以黑瓦白墙为基调，色彩淡雅、古朴。与此相关的创作观认为，创造，应当如张操论画时所说"外师造化，中得心源"，像自然造化创造万物那样去创造艺术品，尽量做到"无我""无为"。

以上两种创作主体观之间的张力恰如其分地体现在桑塔格的美

学观念和创作实践中。正如笔者在对其小说所作的专门研究时所论述的:"从刻意隐身到刻意现身,桑塔格作为作者在她自己的小说中的地位表明了她对小说作者观的变化。仔细看来,这种变化是基于不同时代的文学风气,也基于她自己关于包括作者在内的各种文学要素的看法之上的,决不是什么空穴来风。贯穿其中的,仍是她不变的反思精神,哪怕反思的对象是自己。"①

第二,对文学批评的认识。中国古人常说"文章如金玉,各有定价"②,批评主体和读者的知识背景和个人喜好都对文学鉴赏有决定性的影响,因此,在面对相同的文本时,不同的读者和学者都会有各自的理解与判断。批评主体的"才""学""识"对其所进行的批评活动至关重要,"故村学究断不可与谈诗,有识量者,得其道,守其道,以俟知者;倘识量未定,为其所移,一盲引众盲,相将入火坑矣"③,批评者的主观感受和主体意识之重要地位可见一斑。

然而,在具体的批评活动中,批评者的主体意识又需要最大限度地减少,乃至达到"虚神""静气"的程度,周敦颐所谓"读词之法,取前人名句意境绝佳者,将此境缔构于吾想望中,然后澄思渺虑,以吾身入乎其中,而涵咏玩索之"④。"澄思渺虑",讲究的是平心、静气,将批评主体的主观意识完全搁置,才有可能真正得到所读文章之妙。

这两种批评观念也同样并行不悖地存在于桑塔格的批评实践中。

---

① 郝桂莲:《反思的文学:苏珊·桑塔格小说艺术研究》,光明日报出版社2013年版,第67页。
② (宋)苏轼:《答毛滂书》,载《经进东坡文集事略》卷四十七。参见李斌、钱宗武《论苏轼诗文的价值追求》,载《中国文学研究》2011年第4期。
③ (清)梁九图:《十二山斋诗话》第七卷,载汪涌豪《中国文学批评范畴及体系》,复旦大学出版社2007年版,第708页。
④ (宋)周敦颐:《蕙风词话》第一卷,载张兆勇《试论〈蕙风词话〉的思维独出及"词心"真相》,《中国韵文学刊》2017年第4期。

一方面，她的批评论文中无时无处不浸染着她个人的品位和立场，乃至她自己也公开承认，当她写别人的时候，其实就是在写自己。在接受《加拿大政治与社会理论》杂志记者采访时，她说："最近几篇随笔已经变得更加个人化。它们在某种意义上就是自画像：论卡内蒂、本雅明、巴特的随笔，萨特那篇随笔则是一种反自画像。"①另一方面，桑塔格是个坚定的"反对阐释"的旗手。在她看来，"透明是艺术——也是批评——中最高、最具解放性的价值。透明是指体验事物自身的那种明晰，或体验事物之本来面目的那种明晰"（《反对》16），批评者的任务，不是根据自身的品位和爱好在作品中挖掘"深意"，而是最大限度地保持"静默"，从而让作品本身自我呈现。反对阐释是一种阐释，不进行判断也是一种判断，这与"易"的圆融智慧有着很大的共鸣。

第三，对文学与社会之关系的认识。中国传统文艺观向来以儒家思想为核心，并以其经世的人文主义精神奠定了文学与社会水乳交融的基本关系。这种文艺观主张"文本于经"，将文章之根本归为六经：诗、书、礼、乐、易、春秋。据《汉书·艺文志》记载，诸子之文章，"皆起于王道既微，诸侯力政，时君世主，好恶殊方，是以九家之术蠭出并作，各引一端，崇其所善，以此驰说，取合诸侯。其言虽殊，辟犹水火，相灭亦相生也。仁之与义，敬之与和，相反而皆相成也"。此后又引用《易经》说明六经为各家之源流："《易》曰：'天下同归而殊途，一致而百虑。'今异家者各推所长，穷知究虑，以明其指，虽有蔽短，合其要归，亦六经之支与流裔。"②

此六经，既包含社会文化生活的"常"识，也是圣人之文，因此，宋代学者孙复有云："是故《诗》《书》《礼》《乐》《大易》《春

---

① Manion, Eileen & Sherry Simon, "An Interview with Susan Sontag", in Leland Poague, ed., *Conversations with Susan Sontag*, Jackson: University Press of Mississippi, 1995, p.208.
② （汉）班固撰，（唐）颜师古注：《汉书·艺文志》，中华书局1962年版，第1746页。

秋》皆文也，总而谓之经者也，以其终于孔子之手，尊而异之尔，斯圣人之文也。"① 社会生活中的方方面面无不有道，而其中相反相成之理也遂成为我们讨论桑塔格文学社会观的依据。中国人所常说的"中庸"之道，并不是左与右中间的折"中"位置，而是"不偏不倚、无过不及"的平常之理，是在该当左时即处左，该当右时即处右的"随时以处中"②。具体说来，桑塔格既左派又反左派的政治立场、既男性化又女性化的性别属性，以及非真也真的历史观，完美地诠释了"变易中的不易""不易中的变易"之基本规律。

第四，对文学与道德之关系的认识。中国传统文艺观历来重视文学的道德教化功能，因此，才有《诗·大序》中诸如"正得失，感天地，动鬼神，莫近于诗。先王以是经夫妇，成孝敬，厚人伦，美教化，移风俗"③的大量论述。有鉴于此，一种文艺观认为，文学如果能够陶冶人心，发挥经世济用、风上化下的功能，对现实社会状况有所反映与批评，便常被视为是道德的；或者，如果文学本身在内容及其传达的意义上具有洗涤情绪、提升人性等性质，则也常被看成是富含道德意义的。至于作者，如果确实能在作品中表达自己的道德正义感或社会责任感，我们也常称赞他是有正义、有社会良知的文学家。

然而，文学到底不是道德训诫，不能以是否包含道德训诫的内容作为评价其道德属性的依据，例如，《水浒传》中包含大量的反抗、暴力、偷盗等内容，我们却不能因此就认定其为不道德。另外一种文艺观则强调艺术之"真"，并通过真诚的感动产生道德教化的功用。"子曰：'诗三百，一言以蔽之，曰思无邪。'"（《论语·为

---

① （宋）孙复：《答张洞书》，《全宋文》第19册，上海辞书出版社、安徽教育出版社2006年版，第294页。
② （宋）朱熹：《四书章句集注》，中华书局2011年版，第21页。
③ （汉）毛亨：《十三经注疏·毛诗正义》（上），载李学勤主编《十三经注疏》，北京大学出版社1999年版，第10页。

政》）而"无邪"，据宋代学者程颐的解释，"'思无邪'者，诚也"。① "思无邪"的诚正之美，既可以使读者在情感上产生共鸣，并激发读者的感受力，同时，也是对文学艺术与教育实践在审美领域的完美结合，最终对人之温柔敦厚的性情与诚正无邪的品格起到不言而喻的形塑作用。

从这个角度看，桑塔格作为"道德家中的美学家"和"美学家中的道德家"就可以合二为一了。她毕生都在思考文学在表达正义、影响读者、塑造道德榜样方面的力量，并在自己的各种艺术创作中加以实践。"不用说，我把写长篇小说、短篇小说和戏剧的作家视为一种道德力量。……一位坚守文学岗位的小说作家必然是一个思考道德问题的人。"（《同时》218）而道德问题的表现，在桑塔格看来，是由"故事及其解决所提供的圆满性的模式，强烈感受的模式，启蒙的模式"（《反对》231）所提供的，而绝非依靠写出来的道德律令。这也正是"思无邪"的精诚所至。

第五，对文学文体的认识。中国文学批评重视对文体的区分，《文心雕龙》自"明诗"至"书记"20篇讨论了诗、赋、颂、赞、盟、誓等30多种文章体裁，而《文选》则以"文体编次"，选录了近40种文体。与之相应的，"体"还用来指文章的语言特征及其表意方式，比如，刘祁在《归潜志》中说："文章各有体，本不可相犯。故古文不宜蹈袭前人成语，当以奇异自强。四六宜用前人成语，复不宜生涩求异。如散文不宜用诗家语，诗句不宜用散文言，律赋不宜犯散文言，散文不宜犯律赋语，皆判然各异。如杂用之，非惟失体，且梗目难通。"② 再如，李东阳在《匏翁家藏集序》中说："言之成章者为文，文之成声者则为诗。诗与文同谓之言，亦各有

---

① （宋）朱熹：《四书章句集注》，中华书局2011年版，第55页。
② （金）刘祁：《归潜志》，载刘勇强《中国古代小说的文体兼容性》，《北京大学学报》（哲学社会科学版）2012年第3期。

体，而不相乱。"① 所谓"有体"，是指运用与文章的体裁相匹配的表意方式，否则便是"失体"。

在《疾病的隐喻》及《艾滋病及其隐喻》中，桑塔格分析了在各种流行的象征性话语体系中被赋予了各种"意义"之疾病，以至于疾病不再仅仅是身体上的一个事件，而是一个心理事件、文学事件、道德事件、政治事件、经济事件，甚至是军事事件。而桑塔格对于疾病之隐喻的书写，用桑塔格自己的话说，是为了去"平息想象，而不是去激发想象"（《疾病》90）。与文学活动的传统宗旨相反，桑塔格对疾病隐喻的书写"不是去演绎意义，而是从意义中剥离出一些东西：这一次，我把那种具有堂吉诃德色彩和高度论辩性的'反对释义'策略运用到了真实世界，运用到了身体上"（《疾病》90）。

"反对释义"，并非反对意义本身，而是反对那种跨越各自边界的阐释方式，这与中国文学批评中的"文章各有体，本不可相犯"有着异曲同工之妙。桑塔格是一个特立独行的批评家，原本以打破各种文化边界闻名，但是，在对待疾病的问题上，她不仅认识到了边界存在的合理性，同时用自己的文化批评实践再次说明：坚守变易中的不易，以及不易中的变易，才能让言语脱离历史性的藩篱，走向无时性，进入她所崇尚的"静默"艺术的行列。文各有体，遵守各自体裁的规则，才可以真正做到"修辞立其诚"。

第六，对影像与观看的认识。摄影是一种当代艺术，中国传统文艺观中自然没有涉及，然而与影像同为视知觉产物的"象"，则是中国文论，乃至整个中国思想传统中的核心之一。《易经》的以"象"类物，是中国古人对世间万物进行分类和分析的方法，是一种认识世界的方法和手段，而中国的汉字被称为"象形文字"，更说明

---

① （明）李东阳：《匏翁家藏集序》，匏翁家藏集：序—中国哲学书电子化计划（ctext.org），https：//ctext.org/wiki.pl？if=gb&chapter=297380&remap=gb，2022年5月4日。

了"象"思维在中国文化和思想中的基础地位，诗歌上常用的"比兴"手法就是"象"思维在诗歌领域的具体应用。

"象"非"形"，但是却与"形"密切相关。"在天成象，在地成形"，孔子在《周易·系辞上》中如此概括。也就是说，"象"既可以展现为可感可触的具体形象，又是没有形象的"恍惚"之物。因其恍惚混沌，尚未完成，人才可以参与对于"象"的创造。桑塔格对影像的论述，也是从照片涉及的客观性和主观性两个方面展开，与"象"有着异曲同工之妙。

与之相关联的，是对影像作品的观看。中国人的"观"，既是动词，如"观看""观察"，也是名词，如"观念""景观"，其中同样包含着中国人周到圆融的思维方式与智慧。"观"既可以是整体性的宏"观"，又可以是可视可感的细节"微"观，两者在"观"卦的祭祀仪式中得到了圆满体现，因此成为中国人"神道设教"的教化方式。桑塔格对摄影式观看的论述，曾经历了《论摄影》中的悲观失望，到《关于他人的痛苦》中的满怀期待，正与"观看"涉及的感受力相关。"就让暴行影像令我们寝食难安吧"（《关于》101），桑塔格如是说。"这些影像说：这就是人类有能力做的——也许是主动地、热情地、自以为是地做的。请勿忘记。"（《关于》102）

这不就是中国人祭祀天地祖宗所要表达的吗？焚香叩拜，进贡行礼，供世人"观"瞻，一切无非也就是要说："请勿忘记。"桑塔格与中国真正的关系，要从这些地方开始说起。

第一章　文学与作者

桑塔格首先是一个作家，其次还是一个对其他作者异常关注的批评家。在桑塔格众多的批评论文中，有很大一部分聚焦于对作家、艺术家的评论。对她来说，前现代文学把写作视作非个人的、自给自足的、独立的成就；而现代文学则认为，写作是一种媒介，作者"独特的个性在其中英雄般地展现出来"（《土星》17）。她对本雅明等人所做的著名评传即是此种认识的集中展现。同时，她深受 20 世纪中叶法国结构主义和后结构主义思潮的影响，曾一度认为作者在自己的作品中应该是隐身的、"零度"的。她自己在 20 世纪 60 年代创作的两部长篇小说就是此种作者观的直接体现。在《恩主》中文版序言里，桑塔格说："他（《恩主》的主人公）是法国男人，上年纪了（年过六十），而我呢，是个美国女人，当时才二十多岁。我完全是希望塑造这样一位与我截然不同的人物，轻松自如、游刃有余地处理一个个吸引我的主题。"（《恩主》中文版序）

这样两种看似不同、相互补充，内在又有着惊人一致性的作者观，体现了桑塔格作为 20 世纪最犀利的批评家之一的复杂性。这种"既是这也是那""既不是这也不是那"的复杂性，在以作家为主体的中国古典文艺批评理论中，占据着核心的位置。中国第一部诗歌专论《毛诗序》认为："诗者，志之所志也。在心为志，发言为诗。"① 突出了诗人的心志在诗歌创作中的作用。同时，体现诗人心志之诗文，也与诗人之情感紧密相关，如明代汤显祖就曾明确表明："志也者，情也"，"万物之情各有其志"②。而作为传统哲学的重要范畴之一的"性"，是与"情"紧密相关的另一个概念。从哲学上说，"性"是指人的天赋本性，所谓"天命之谓性"（《中庸》）；而从文学批评的角度来说，"诗之为道，本于性生，而亦随其闻见诸记，情绪感遇之浅深以递进"③，或"词与诗体格不同，其为据写性情，标举景物则一也"④，乃至"填词种子，要在性中带来"⑤ 等，都是文学作品本于作者性情说的不同变体。"诗言志""文如其人""言为心声"等词语几乎成了中国文人的常识，长期支配并影响了中国文人对文学作品的评价，是中国传统文论重要的诗学观念。

　　同时，"天人合一"这一基本哲学观念也对中国文学批评影响深远。"文如其人"之"人"，首先是自然之人，终究也是自然之人。自然，是中国文人观照生命与创作活动的源泉，创作者经常把自己的创作活动外化到自然事物中去，因此，对自然之物极其关注。"凡音之起，由人心生也，人心之动，物使之然也"（《礼记·乐记》）、"物色之动，心亦摇焉"⑥ 等，无不是这种"感物"观的表达。由于"物"对心有着决定性的影响，从作者的角度来说，如何在表现"物"的过程中对待作者的"心"就成了众多讨论的焦点，并由此

---

① （汉）毛亨：《十三经注疏·毛诗正义》（上），载李学勤主编《十三经注疏》，北京大学出版社1999年版，第6页。
② （明）汤显祖：《董解元西厢题辞》，载《汤显祖诗文集》卷五十，上海古籍出版社1982年版，第1502页。
③ （明）彭宾：《岳起堂稿序》，（明）陈子龙：《陈子龙全集》，人民文学出版社2011年版，第1643页。
④ （清）田同之：《西圃词说》，载唐圭璋《词话丛编》，中华书局1986年版，第1450页。
⑤ （清）李渔：《李渔全集》第三卷，浙江古籍出版社1991年版，第20页。
⑥ （南梁）刘勰著，范文澜注：《文心雕龙》，人民文学出版社1958年版，第693页。

提出了诸如"观物""感物""应物""写物""体物"等多个命题。近代学者王国维所提出的"有我之境"和"无我之境"就是对这一命题的回应。在他看来,"无我之境,以物观物,故不知何者为我,何者为物"。① 以此种"无我"心境进行创造的作者,其笔下的事物"不视为与我有关系之物,而但视为外物,则今之所观者,非昔之所观者"②。

一个是有我,一个是无我,桑塔格的批评拥抱了以上两种作者观。在这种既相互矛盾又内在统一的作者观基础上,桑塔格的小说、剧本,甚至是电影创作才可以找到一以贯之的线索,同她以作者论为主体的风格论批评相映成趣。从中国的诗学话语逻辑出发,我们可以更好地看出桑塔格这一作者观的伦理价值与内涵。

第一节　文如其人:桑塔格论本雅明

文学作品无论以何种样式呈现,或者试图表现何种内容,都必须经由作者产生,因此,与作者的性格、气质、情感乃至生活经历都有着直接的联系。此种作者观曾遭到20世纪初期以新批评为首的形式论批评家的大力批判,被认为是一种"意图谬误"("intentional fallacy")。他们反对把作品当作作者表达情感的工具,认为"文学研究的合情合理的出发点是解释和分析作品本身"。③ 换句话说,对一部作品的理解,作者的情感气质与生活经历可以是毫不相关的。

然而,深受形式主义批评影响的桑塔格对此种作者观却相当不以为然。在"在土星的标志下"一文中,她描绘了一个"文如其人""因内符外"的作者本雅明,认为他是"法国人所谓的郁郁寡

---

① 王国维:《人间词话》,上海古籍出版社2008年版,第23页。
② 王国维:《红楼梦评论》,载《静庵文集》,辽宁教育出版社1997年版,第68页。
③ [美]勒内·韦勒克、奥斯汀·沃伦:《文学理论》,刘象愚等译,江苏教育出版社2005年版,第155页。

欢的人"(《土星》110）。在桑塔格看来，要理解本雅明的主要作品，很大程度上我们必须"依赖于忧郁理论，否则，便无法充分理解它们"(《土星》110）。换句话说，本雅明作为作者，他个人的性情投射到了他的主要写作对象之中，在他论述卡夫卡、波德莱尔、普鲁斯特等人的文章中，他看到的正是他自己的性情。"他甚而至于在歌德身上也发现了土星性格特征。"(《土星》111）

这样的批评方式，用中国人的话来说，恰恰是"文如其人"的。作者在对自己的批评对象进行审美判断或者在笔下构建其风格秩序时，通常与他/她自身的才情禀赋和审美情趣密不可分。《文心雕龙·体性》篇认为，作者与其文章"表里必符"，并举例说："贾生俊发，故文洁而体清；长卿傲诞，故理侈而辞溢；……安仁轻敏，故锋发而韵流；士衡矜重，故情繁而辞隐。"① 如此看来，古今中外那些风格独特的艺术作品，无不源于其作者独特的个性与性情。创作主体所具备的文艺才情与气质是形成文艺作品风格及体调的根本。陆机在《文赋》中所说的"夸目者尚奢""惬心者贵当""言穷者无隘""论达者唯旷"等论述，也呼应了这种才性特征对应审美面目的内容。② 阮籍之旷达，陶渊明之淡然，李白之飘逸，杜甫之深沉，都体现在他们或旷达淡然，或飘逸深沉的诗文中。桑塔格论述本雅明的作品，就是从他忧郁的外貌和个性开始的。

"在他的大多数肖像照中，他的头都低着，目光俯视，右手托腮。"(《土星》109）在桑塔格看来，照片是我们认识作者的一种非常直接的途径。透过照片，作者的独特性格特征得以展现。在本雅明1927年拍摄的一张照片中，桑塔格描述道："他低着头，……透过眼镜向下看的眼神——一个近视者温柔的、白日梦般的那种凝视——似乎瞟向了照片的左下角。"(《土星》109）低头、俯视、白

---

① （南梁）刘勰著，范文澜注：《文学雕龙》，人民文学出版社1978年版，第506页。
② 杨明：《〈文赋〉〈诗品〉译注》，上海古籍出版社1999年版，第9—10页。

日梦、凝视,这些词都成了接下来桑塔格论述本雅明作品的关键词,也构成了读者了解本雅明的直观线索。

除了这些直观线索,桑塔格在这些照片中还加入了自己的审美和价值判断。在20世纪30年代末的一张照片中,他"神情迷离,若有所思;他可能在思考,或者在聆听"。(《土星》109)这些判断从照片中来,但很快就走进了他的作品。本雅明不仅在照片中若有所思,更是在他的作品中展现了无与伦比的思考能力。"本雅明在《柏林纪事》的其他地方讲到,有好多年,他都在玩索如何图绘自己的生活。"(《土星》112—113)体现在他的作品中,频繁出现的地图与草图、记忆与梦境、迷宫与拱廊、远景与全景是他自身气质的某种隐喻。利用这些隐喻,他提出的,实际上是关于方位和空间的问题,并且在"建立关于困难和复杂性的一种标准"(《土星》113)。

这种对于作品的审美或价值判断,在很大程度上是源于桑塔格对作者本雅明整体人格和气质的认识。"他是法国人所谓的郁郁寡欢的人"(《土星》110),这种郁郁寡欢的性情整体上影响了本雅明所有创作的体调。在桑塔格看来,这正是把握其创作风格的钥匙。这种"郁郁寡欢"来源于本雅明所生活的现代都市,来源于"对生活中的成功所怀有的恐惧",对未知的、无法把握的世界感到不安。这种不安导致本雅明一直以来自觉生活在迷宫中,把城市想象为一张灰色的地图。为了寻找方向,他将每个地点都打上丰富多彩的标志符号,然而,每个标志符号却又是另一个迷宫的入口。在现代都市的迷宫中,本雅明自觉将自己迷失于其间,成了迷宫的一部分。他的漠然、犹豫和迟钝让他放任自己成为没有答案的问题本身,化身为空间,而非时间。"时间是约束、不足、重复、结束等等的媒介。在时间里,一个人不过是他本人:是他一直以来的自己;在空间里,人可以变成另一个人。"(《土星》116)本雅明在审视自己的空间维度时,同时也映射了于己相关,甚至自己眼中看到的事物。这是一个迷路者给自己的定位方式。

在中国诗文传统中，这种从作者内在性情出发而对其外在才情及作品进行认识和判断的方法相当普遍。"才有庸俊，气有刚柔，学有浅深，习有雅郑，并情性所铄，陶染所凝，是以笔区云谲，文苑波诡者矣。故辞理庸俊，莫能翻其才；风趣刚柔，宁或改其气；事义浅深，未闻乖其学；体式雅郑，鲜有反其习。"① 也就是说，虽然文章的体例范式有相对规范的特征，可以通过学习基本掌握，但是，作者的才力源自其血气，它侵入情志，外显为文章的文辞，最终不会背离各自的禀赋性情，并成为主体能够如何创造文章以及创造何种文章体调的决定性因素，内在的主体活力和外在的艺术生命由此得到贯通。

在运用照片进行作者个性说明的基础上，桑塔格在文中最主要使用了"土星"这一星象术语来论述本雅明的作者人格及其作品风格。"土星的标志"原本是本雅明为自己贴附的标签："我在土星的标志下来到这个世界——土星运行最慢，是一颗充满迂回曲、耽搁停滞的行星……"（转引自《土星》110）在古希腊神话里，土星掌管农业与耕种，是一个农业与耕种方面的神。在占星学上，土星代表老年人、障碍与困难，以及一切已经被岁月所侵蚀并业已衰微的东西。具体到人的性情，土星会对人产生较大的影响，倾向于产生一种忧郁的情怀。在桑塔格笔下，作为作者的本雅明几乎所有作品的特征都可以用"土星"这一星象加以比拟。"土星的影响使人变得'漠然、犹豫、迟钝'，他在《德国悲剧的起源》里写道。……对于出生在土星标志下的人来说，时间是控制、不足、重复、仅仅实现等等的媒介。……自我是文本——它需要译解。（所以，对于知识分子来讲，土星气质是一种合适的气质。）自我又是一个工程，需要建设。（所以，土星气质又是适合艺术家和殉难者的气质，因为正

---

① （南梁）刘勰著，范文澜注：《文心雕龙》，人民文学出版社1978年版，第505页。

如本雅明谈论卡夫卡时所说的那样,艺术家和殉难者追求失败的'纯洁和美丽'。)"(《土星》114—117)

这种用自然物象作为人物性情的比拟,在中国诗文传统中可谓历史悠久。《周易》中的八卦取象法,就是把宇宙间一切自然现象,归结为天、地、雷、风、水、火、山、泽八种符号。这八种符号(八卦)两两重叠,形成六十四卦,代表世间万事万物及其变化。"天"所代表的光明、刚健,与"地"所代表的阴暗、顺从等取象方法,在中国人看来,是基于天人合一的自然原型。据说,华夏始祖伏羲氏仰观天文,俯察地理,感悟鸟兽之文与万物之宜,拟容取心,立象尽意,神用象通,而作八卦。刘勰在《文心雕龙·神思》篇中赞曰:"神用象通,情变所孕。物心貌求,心以理应。刻镂声律,萌芽比兴。结虑司契,垂帷制胜。"① 换句话说,想要做到神思如泉,可以大量借助外在的物象。作家的思维活动和外物相结合,构成作品要表达的主要内容。外物以形貌触动作家,作家也可以借用外在的物象,由此及彼,达到神扬意现的目的。

桑塔格把本雅明归在"土星"的标志之下,有着相似的意图。土星气质的特征之一是迟缓、犹豫不决,桑塔格以此来说明本雅明作品中不断出现的地图和迷宫等意象。"本雅明方向感差,看不懂街上的路牌,却变成对旅游的喜爱,对漫游这门艺术的得心应手。"(《土星》117)另外,"土星气质的标志是与自身之间存在的有自我意识的、不宽容的关系,自我是需要重视的。自我是文本——它需要译解。……自我又是一个工程,需要建设"(《土星》117)。在桑塔格看来,本雅明收藏寓意画册,设计字谜游戏,以及频繁使用假名等都是他土星气质的标志。而他在《德国悲剧的起源》一书中借助忧郁理论对王子和弄臣两种角色进行了分析,认为土星气质的一

---

① (南梁)刘勰著,范文澜注:《文学雕龙》,人民文学出版社1978年版,第495页。

个特征是慢,另一个特征是不忠实。这完全是他自己本身的土星气质在这两种角色身上的投射。

土星的忧郁气质还表现为对收藏的热情。"本雅明本人作为一类收藏家,对作为物的物始终是忠实的。"(《土星》120)本雅明的书房收集了很多初版本和珍本,藏书是他个人表现最为热情、持续时间也最长的事情。在桑塔格看来,本雅明的忧郁气质"在物一样的灾难面前无动于衷,倒会因为一些特别的宝贝东西激发起的激情而变得精神振奋"(《土星》120)。除了初版本和巴洛克寓言画册,本雅明还专门收集儿童书籍和疯子所创作的书籍。其书房奇怪的格局,在桑塔格看来,就像本雅明的作品中所采取的策略一样。在其作品中,一方面,我们可以看到在超现实主义灵感激发下对短暂、不可置信和被忽略的有价值的宝贝的搜寻;另一方面,我们也可以看到其对高品位的传统经典所保持的忠实。通常说来,忧郁的人总觉得物样的东西会控制他,因而感觉受到威胁,但是,超现实主义趣味嘲笑这些恐惧感。在桑塔格看来,"超现实主义在感受力方面的禀赋就是让忧郁的人变得开开心心"(《土星》124)。

在中国诗文批评传统中,这种依据某一具体意象厘定作者或者某一人物特征的方法同样相当普遍,被称为"拟象批评"①。《乾嘉诗坛点将录》以九纹龙、美髯公、花和尚等小说人物形象来对作者

---

① 最早的"拟象批评"来源于《周易·系辞》:"圣人立象以尽意,设卦已尽情伪。"王弼注解说:"夫象者,出意者也。言者,明象者也。尽意莫若象,尽象莫若言。言生于象,故可寻言以观象;象生于言,故可寻象以观意。"虽然易象中的"象"不等于文学上的意象,但它们在很大程度上是相通的,都是"仰则观象于天,俯则取法于地,观鸟兽之文与地之宜,近取诸身,远取诸物"。参见王弼《周易略例·明象》篇。"拟象批评"这一术语在近代西方也颇多人使用。德里达通过解读马拉美的《摹拟》使幽灵、拟像或幻像进入相互游戏,基于摹仿的维度将书写与拟像联系起来,从而使书写开启了"重影、摹本、摹仿、拟像的可能性",改变了柏拉图基于"临床范式"对"拟像"的界定。在德里达看来,拟像不再是摹本的摹本,而是徘徊在"像"与"原型"之间,因此拟像是没有原型的"像",既不是"像",也不是原型,而是居于两者之间。参见董树宝《幽灵之舞:德里达论拟像》,《外国文学》2018年第4期。相关论述详见 Derrida, Jacques, *La dissémination*, Paris: Seuil, 1972; *échographies de la télévision: entretiens filmés*, Paris: Galilée, 1996; 以及 *Spectres de Marx*, Paris: Galilée, 1993。

进行类比的时候，读者便依据在阅读历史中所获得的共同感受力，对这一意象进行再创造。换句话说，批评家对作者所拟之"象"，并不是一个形而下的具体之象，而是一个"拟容取心，立象尽意"之象。例如，《易经》中乾卦取"龙"为象，并不就是说乾卦就是龙的形象，而是取其刚健之意，因此，爻辞中才有潜龙勿用、见龙在田、或跃在渊、飞龙在天、亢龙有悔等龙之象，而这诸种龙"象"均是由其向上、刚健之"意"作用而来，因此有着巨大的包容性。

桑塔格对本雅明作为作者的论述，就是包裹在这个"土星标志"巨大的"象"之下的。"对于出生在土星标志下的人来说，时间是约束、不足、重复、结束等等的媒介。在时间里，一个人不过是他本人：是他一直以来的自己；在空间里，人可以变成另外一个人。"（《土星》116）正是由于这一主题特征，桑塔格认为，本雅明一再讨论并因此成为其风格特征的主题就是将世界空间化的途径。"记忆，作为往昔的重现，将一幕幕的事件变成一幅幅画面。本雅明要做的不是恢复他的过去，而是要理解他的过去：将其压缩成空间形式，压缩成先兆的结构。"（《土星》116）本雅明作为作者之性情，恰恰是在其作品风格的主题中不断得到自然而然的彰显。

"土星标志"之"象"还体现在本雅明的思考方式和写作风格中。在写给朋友的一封信中，他说到自己撰写《巴黎：十九世纪之都》时的"土星式的缓慢进展"，在桑塔格看来，也恰如其分地展现了他总体的思考方式。"每个句子写出来就好像是第一句，或最后一句。"（《土星》128）写作时的本雅明正是那个原本忧郁的本雅明。"心理过程和历史过程变成了概念图表；思想转换成极端的文字，知识的视角呈现出多变的面貌。"（《土星》128）本雅明笔下的文字，与其说是作者思索的结果，倒不如说是作者性情的流露，其风格与作者的性情源自同一种力量。在一篇赞扬卡尔·克劳斯的文章中，本雅明写道："如果说，风格是思想在语言中游刃有余而不落入平庸的力量,那么,获得这一力量主要依靠伟大思想心脏的力量,它驱使着语言的血液流经句法的毛细血管,而流到距心脏最远的地方。"(转引自《土星》129)换句话说,本雅明自己也认为,写作的风格是天然的,源自作者内在的思想力量,而不是外在于作者的一种独立存在,对此,桑塔格显然有着同样的认识。

无论是主题也好,语言风格也罢,都是"土星标志"之"象"具体到本雅明作品之中的一个侧面。中国的文学批评历来重视对于个体生命整体人格的把握,对人与文一体性的强调,使得文学批评在审美意识的发展中,偏重作者人格的整体性。作家在文学创作中所形成的某种风格总是源于其整体气质,所谓"功以学成,才力居中,肇自血气。气以实志,志以定言,吐纳英华,莫非性情"。[①] 钟嵘的《诗品》以三品论诗,更是直接把对诗人的品评和对作品的品评对等起来,以作者人格因素作为评价文学风格和品格的主要标准。钟嵘论诗,首推曹植,认为其诗"源出于国风,骨气奇高,词采华茂,情兼雅怨,体被文质,粲溢今古,卓尔不群"[②],足见诗文作者的整体的性情风骨对其文其词所起的决定性作用。

在桑塔格对本雅明的解读中,这种对其人格整体性的评价可谓无处不在。自杀与反讽是其中较为显著的两项。本雅明多次试图自杀,并最终以自杀结束了自己的生命。在桑塔格看来,自杀所代表的破坏性因素是现代作家的"道德任务"之一。"现代作家的道德任务不是成为一个创造者,而是成为一个破坏者——破坏浅薄的内在性,破坏普遍人性、半瓶子醋的创造性及空洞的言词所具有的安慰人的意图。"(《土星》130)这种破坏性因素在本雅明的作品里体现为一种兴高采烈的激情和超越英雄主义的努力。他从来不会有被什么困住的感觉,因为他视所有障碍为可破坏的废墟,在任何地方

[①] (南梁)刘勰著,范文澜注:《文学雕龙》,人民文学出版社1978年版,第506页。
[②] 杨明:《〈文赋〉〈诗品〉译注》,上海古籍出版社1999年版,第47页。

都能看到出路。他把自身置于十字路口,"兴高采烈地忙碌于将存在化为瓦砾"(《土星》131)。

除了自杀这种破坏性因素,体现在本雅明作品中的反讽也是其整体人格及风骨的展现。本雅明赞扬反讽,认为反讽"让个人得以有权过一种独立于社会的存在权利"。这种权利,在桑塔格看来,则是"忧郁之人赋予其孤独和非社会选择的一个积极的名号"(《土星》131)。本雅明恰恰是这样一个未被社会选择的孤独的忧郁者。他生前默默无闻,而在身后为他留下"特立独行"之盛名的,恰恰是其生前被人广泛诟病的那些著述:论文《德国浪漫主义的艺术批评观》未能通过大学教授资格的评选;《德意志悲苦剧的起源》也被法兰克福大学一票否决,并获评语"如一片泥淖,不知所云";《在波德莱尔笔下第二帝国时代的巴黎》未能得到学院期刊的发表。本雅明终其一生所展现出的反讽,成就了他作品中的反讽,使其"以反讽姿态将自己置于十字路口"(《土星》132),其生命,则因此获得了众多立场,众多可能性。

尼采曾经说过,每种哲学都是一种气质的合理化。桑塔格对此深以为然。中国人也常说"文如其人",桑塔格对本雅明其人其文的评价几乎可以用这四个字一言以蔽之。其土星气质、收藏嗜好、碎片情节及其破坏倾向和对反讽的钟爱,不仅仅是本雅明终生人格及性情的写照,也同样写进了他的诸多著作中。当他讨论到克劳斯①的时候,本雅明说:"克劳斯站在新时代的前沿吗?'我的天哪,根本不是。因为他站在末日审判的门槛上。'"(转引自《土星》132)在桑塔格看来,这样的评价其实就是本雅明自身的翻版。"本雅明心里在想的是他本人。在末日审判时,这位最后的知识分子——现代文化的具有土星气质的英雄,带着他的残篇断简、他的傲睨一切的神

---

① 卡尔·克劳斯(Karl Kraus,1874—1936),20世纪早期最著名的奥地利作家之一。作为一名记者、讽刺作家、诗人、剧作家、格言作家、语言与文化评论家,尽管克劳斯受到他同时代的许多著名作家(包括本雅明和布莱希特)的推崇,但在德语国家之外鲜为人知。

色、他的沉思，还有他那无法克服的忧郁和他俯视的目光——会解释说，他占据了许多'立场'，并会以他所能拥有的正义的、非人的方式捍卫精神生活，直到永远。"（《土星》132）

第二节 "无我"之"我"：桑塔格论巴特

如果说本雅明式的作者是文如其人的，桑塔格对罗兰·巴特这位作者的评价则体现了她看似不同但也一脉相承的作者观。在文如其人的本雅明作品中，读者领略到的是作家人格的整体，是文与人气质上的贯通，是作家随时随地对自己独特性情的展现。与之相对应的，则是罗兰·巴特作品中"作者"的缺席。众所周知，"作者之死"（Death of the Author）是巴特在20世纪提出的具有颠覆性意义的宣言，对瓦解19世纪以人为中心的理性主义传统起到了推波助澜的作用。传统的理性主义者认为，作者是文学作品的本源，因此也是作品意义生成的最大权威。而对于包括巴特在内的众多结构主义者来说，作品的意义由语言产生并受语言所决定，从而否定了作者在文学作品生产中的权威地位。"对于那些将被阐释的作品而言，艺术家本人的意图无关紧要。"（《反对》11）到了后结构主义者那里，包括语言符号在内的各种系统也遭到了解构，它成了像网一样不断变化的话语（discourse），任何权威和中心都化解在话语这张大网之中。作品不再具有固定的意义，而是成了可以不断被添加意义、不断被重写的"文本"（text），它是"可写型"（writerly）的，不断呼唤读者的积极参与，如巴特所说："文本是这样一种空间，在这里没有任何一种语言可以操纵别的语言，文本是语言的循环。"①

可是，在为巴特所写的著名评传"写作本身：论罗兰·巴特"

---

① Roland Barthes, "From Work to Text", in *Modern Literary Theory: A Reader*, Ed. P. Rice & P. Waugh, London: Edward Arnold, 1989, p.171.

一文中，桑塔格断言说，他就是自己笔下的傅里叶，"不受罪恶感影响，远离政治"；他就是文乐木偶剧中的木偶，"非人格化，难以捉摸"；同时，他也是自己所写的纪德，"永葆青春的作者"（《重点》105）。换句话说，在他所有作品的主题中，巴特都把自己投射了进去。"他是他自己所赞赏的所有主题中的主题（他必须如此做的理由恰恰是可以跟他为自己定义和设立标准的方案有关联）。从这种意义上来说，巴特的大部分作品现在可以算作他的自传性作品。"（《重点》105）可以说，通过这看似矛盾的论断，桑塔格道出了"作者之死"真正的端倪。

无独有偶，中国传统美学中"有我"与"无我"之辩，也是这种矛盾的某种体现。众所周知，所有艺术创作都必须从作者作为情感和经验个体的"有我"开始，而且，这个"我"会贯穿艺术创造的全过程。中国诗学的核心纲领"诗言志"说（《毛诗·大序》）和"诗缘情"说（陆机的《文赋》），都从不同角度说明创作主体的情志与审美对象之间有着密不可分的关系。但是，以道家美学为主的诗学纲领则主张跳出一己得失之局限，主张"吾丧我""虚室生白""虚静"等方式，从而获得一种与物合一的"无我"之境。作为这种诗学观在近代的延伸，王国维所提出的"无我之境"也认为，创作主体在创作过程中若能排除个体情绪和判断倾向，以胸中洞然无物的审美状态面对审美客体，则必然能"以物观物"，从而做到"不知何者为我，何者为物"。① 在这种状态下，作者在创作的过程中，会展现出对形式和文体不知疲倦的乐趣。

桑塔格对巴特作为作者的论述，就是从他的形式主义气质开始的。在桑塔格看来，巴特并不具有现代主义的审美趣味，但是，他在实践方面所展现出来的，却是一个现代主义者。"他不负责任，好

---

① 王国维：《人间词话》，上海古籍出版社2008年版，第23页。

玩，是个形式主义者——以谈论文学的形式来创造文学。"(《土星》168）在"谈论"文学的过程中，作者体现出的，往往是一种事不关己、出离于所谈论对象的客观姿态。巴特对日本俳句的兴趣就在于其本质上的形式主义使语言不再被简化为交流的工具，从而将作者排除在语言之外。《罗兰·巴特论罗兰·巴特》一书中包含作者的三幅画，在对这些画作的自评中反复出现的字眼，如"没有所指的能指"或"乱涂一气"等，也体现了巴特鲜明的形式主义主张。"巴特用词广泛，讲究，毫无顾忌地追求过分繁复。即使是他那些不甚流畅，有更多专业术语的作品——其中多数写于60年代——也都风味十足；他设法使用了大量而丰富的新词。"（《重点》82）这些对语言和形式的关注，使巴特成为60年代形式主义及结构主义著名的代表，被看作是当时的文坛风向标。

  在谈论他人风格的过程中，巴特自己的创作风格得以彰显和明确。他的《S/Z》用一种典型的结构主义模式分析了巴尔扎克早期的一部短篇小说《萨拉辛》，指出，小说中的人物仅仅处在人为符码的结构中，所谓"现实"，不过是为了制造写实的效果而生产出来的幻觉。因此，巴特钟爱一种反现实主义的风格。他经常采用概括扼要的形式，从不试图假装客观。文章中出现的箴言、警句等片段，在桑塔格看来，可以合成一本格言录。而格言，"作为一种通过对立词语的对称排列来进行浓缩的表述方式，格言体现了情景或思想——它们的构思和形状——的对称性和互补性。如同对素描要比对彩画更具偏好一样，格言家的禀赋也可被称为一种形式主义气质"（《重点》82）。

  这种形式主义气质貌似摒弃了作者主观的判断和介入，实际上是在根本意义上对主体性的认可和回归。正如桑塔格所说，形式主义气质的主要标志，体现在其"对于品位标准的依赖，以及它骄傲地拒绝提出任何没有主观性标记的理论"（《重点》82）。在中国传统文艺理论中，作者的"无我"之境，也并非没有"我"在，而是要作者跳出一己之情感和得失的局限，以胸中洞然无物的状态，排除各种情感和意志上的干扰，以物观物，从而达到与物合一的境界。此时，"其所写者，即其所观；其所观者，即其所畜者也。物我无间，而道艺为一，与天冥合，而不知其所以然"。① 换句话说，作者的主体意志与情感与外在所描写之事物浑然一体，内在之我与外在之物没有对峙或疆界，以致观者忘了自身的存在，读者顺着观者的眼光，看到的也只是物，作者成了"零度"的作者。

既然是"零度""无我"之真我，作者必然会赋予作品最大意义上的"民主"，作品之"真意"也才会自然呈现。这些"真意"，体现在作品中，是对细节无休止的追求和越来越多的迷恋。在《萨德、傅立叶、罗耀拉》一书的前言里，巴特这样讲述自己对细节的看法："假如我是一个作家，并已故世，我将会多么高兴地看到某个友善而且公正的传记作者努力把我的一生表现成一些细节，一些偏爱，一些曲折变化形式等所谓'传记元素'，这些元素的清晰特征和灵活性可能会超越任何命运的界限，并且就像伊壁鸠鲁的原子那样，会接触到某个未来的躯体，注定要同样散射开来。"（转引自《重点》108）

在桑塔格看来，这些细节或偏爱等"传记元素"，是巴特作品最主要的特征，因为它们是真正可以穿越时空，到达未来领域的原子。"像所有真正的作家一样，他被'细节'（他的原话），即经验的典型简短形式，所深深吸引。"（《重点》87）巴特的作品极其精简，很多时候，看起来都不像是真正的书籍，而是各种话题的"旅行指南"。在《萨德、傅立叶、罗耀拉》一书中，有令人炫目的博尔赫斯式的附录，而《S/Z》则是一部以文本评注形式出现的巴尔扎克式中

---

① 王国维：《王国维文学美学论著集》，周锡山评校，上海三联书店2018年版，第272页。

篇小说。附录这种形式，看起来最客观，不掺杂作者主观评价，实际上最能体现作者的偏好和品位。而看似非常主观的文本评注却隐藏在原作者（巴尔扎克）的文本框架中，不经意间还原了其虚构的本质。

　　主即是客，客也是主。对这种物我交融的审美趣味，中国人早已了然于心。陶渊明的"采菊东篱下，悠然见南山"和元好问的"寒波澹澹起，白鸟悠悠下"就是这种审美趣味的写照。主体之"我"的情感被外物所消解、淡化以至遗忘，"我"隐身于"物"，从对"物"的观照来实现对主体性的彰显，从而产生出超越于"物""我"之疆界的"真意"。这就是"无我之境"的终极指向。

　　之所以能够对"物"和"我"这一对二元概念进行超越，主要源于作者反"观"的能力。王国维在《人间词乙稿序》中指出："原夫文学之所以有意境者，以其能观也。出于观我者，意余于境。而出于观物者，境多于意。然非物无以见我，而观我之时，又自有我在。故二者常相互错综，能有所偏重，而不能有所偏废也。"① 桑塔格眼中的巴特，就是这样一个"观"者。"他把摄影纯粹视作是一个旁观者出没的领域。在《明室》中，几乎没有什么摄影者——主体就是照片本身（完全当作是被发现的物体）和那些痴迷于这些照片的人们。"（《重点》102）通过"旁观"，通过对作者自身主体性的消解，审美对象和审美者的主体性才得以彰显，如巴特所说，"世界正是通过景观的形式得以观察的"（转引自《重点》102）。

　　可是，作者自身的主体性真的被消解了吗？既是也不是。说是，是因为在创作的过程中作者的声音完全隐退，让位给了自己创造的角色。"在巴特早期的作品中，戏剧性属于自由的范畴。在这个领域里，身份仅仅是角色，人们能*改换*角色。"②（《重点》102—103）由于作者不再是某个始终占据舞台的中央的单一的"我"，角色因此

---

① 王国维：《人间词话》，上海古籍出版社2008年版，第68页。
② 此处的斜体为原书中本有。

可以有很多声音，意义也因此可以是无数的，所谓作者主体性也因此得以消解。后期的巴特认为，不仅体系是需要被消解的对象，"作品中的'我'也必须被拆散"（《重点》109）。在桑塔格看来，"缺失的美学——空的符号，空的主题，意义免除——都是人格解体这一伟大计划的征兆，显示了唯美主义者优雅品味的最高姿态"（《重点》109）。

说不是，是因为在消解某种主体性的同时，真正的主体性恰恰正在建立。桑塔格认为，在众多关于他自己理性发展的文章中，巴特把自己描述成一位永久的信徒。所谓永久，并非意味着他开始忠于某种主义，他真正想强调的是，"最终他仍是一成不变的"（《重点》103）。这一成不变的东西，在桑塔格看来，就是巴特终生对自己思想的抵制，对自身权力的摧毁。"尽管他与诸多庇护性的学说具有因缘关系，但巴特对那些学说的信服只是表面的。归根结蒂，所有那些思想理论都将被扬弃。"（《重点》103）缺失的美学，就像众多巴特曾经偏爱过的理论一样，最终被巴特所超越。文学，在巴特最后的作品和教学中被看作是"主观与客观的相互拥抱"，而作为作者的巴特，则展现出了"一种柏拉图式的'智慧'幻象"，这其中又糅合了一种"世俗的智慧：如对教条的怀疑态度，对愉悦的真诚期待，对乌托邦理想的追求"（《重点》109）。

正是在此主客交融的意义上，桑塔格眼中的巴特才抵达了"无我之境"，也正因为如此，桑塔格才将巴特所有的作品描述为一种自传。"作家是其自我的代言人——在作品被定格之前，自我永远是在逃逸，就像人的头脑在不断逃脱教条。"（《重点》105）而巴特的全部著作，在桑塔格看来，都是"关于自我描述的极其复杂的工程"（《土星》170），其复杂性犹如一个身体，作品的"身体"——每一个部分都各有其特征、对感官及感觉的赞美、对陈词滥调和道德主义的抵制。在逃逸和抵制的过程中，作者真正的逍遥的姿态才得以彰显。

对这种"无我"之境描述得更加深刻的是道家经典之一《庄子》。全书明确点出"无我"观念的包括以下几处:

"至人无己,神人无功,圣人无名。"(《逍遥游》)
"今者吾丧我,汝知之乎?"(《齐物论》)
"挈汝适复之挠挠,以游无端,出入无旁,与日无始,颂论形躯,合乎大同,大同而无己。"(《在宥》)
"道人不闻,至德不得,大人无己,约分之至也。"(《秋水》)

所谓"无己""丧我",说的就是摒弃了一己之私、以万物之心为己心的逍遥状态。由于无心,才能以百姓之心为心;由于无我,才能视天下皆为我。圣人之心并没有"物"与"我"的区分,因此,才能做到"生而不有,为而不恃,长而不宰,功成而弗居"。①

对感官的赞美和体认,也是道家修炼的必由之路。人之所以为万物之灵,正在于其灵明觉知之性,而这灵明觉知之性,也恰恰是道所显发之处。"无声无臭独知时,此是乾坤万有基。"② 此处的"知",并不来自我们的意识和判断,而是直接来自道体。若是把这灵明觉知之性去掉,道也就不成其为道了。如果人丧失了所有感官机能,本身就已经不自然了,更不能觉知自然的境界,遑论道的境界?所以道家所谓"黜聪明"并不是要人摒弃眼睛和耳朵的功能从而整日昏昏沉沉一无所知,而是如黄元吉所说:"当灭动心,莫灭照心。"③

思虑扰动之"知",与本然灵觉之"知",恰是背道而驰的。巴特对政治立场和众多主义的逃离,对陈词滥调和道德主义的抵制,就可以看作是对这思虑扰动之"知"的拒绝。取而代之的,是他对

---

① (魏)王弼注,楼宇烈校:《老子道德经注》,中华书局2011年版,第7页。
② (明)王阳明:《咏良知四首示诸生》,参见陈立胜《王阳明思想中的"独知"概念——兼论王阳明与朱子工夫论之异同》,《中山大学学报》(社会科学版)2016年第5期。
③ (清)黄元吉撰,蒋门马校注:《道德经注释》,中华书局2012年版,第2页。

"文之悦"的追求。"对于巴特而言，并非对写作本身之外事物的投入（以实现社会或道德的目标）使得文学变成反对或颠覆的工具，而是写作本身的某种实践使然：过度的、游戏的、复杂的、微妙的和感官的——这是一种决不隶属于权势的语言。"（《重点》94）这样的写作是令人愉悦的，为自由、博大、满足的意识提供了理想的境界。在这样的境界中，人们不必区分好与坏，真与假，也不必为自己的行为做出解释和辩护。在桑塔格看来，最吸引巴特的，是那些对二元对立表示蔑视的文本和事物，例如时尚，"作为一个领域，它如同性爱一般，其中并不存在对立的双方（'时尚寻求对等和有效——而非真实性'）。在这一领域，个人可以使自己得以满足，意义与快乐都极其丰富"（《重点》96）。

虽然巴特对"悦"和"乐"的体验与道家的逍遥体验不可同日而语，但其中倒也有着某些相通之处。通过逃逸和拒绝，去掉了对各种形式的"有"的执着之后再来观物，就不会被自己关于是非、善恶的观念所影响，从而以物的本来面目观之，即所谓"以物观物"。物虽生生灭灭，但万物的生灭处也正是道的显现处。虽然我们从体的层面看到了一花一木背后的生命无常。但却并不妨碍这一花一木在当下以美的面目显现，也并不剥夺我们当下对此花此木之美的感官体验。感官的体验由于通达了事物的真相，"悦"和"乐"的体验才更加真实、持久，也才有可能通向真正的自由。

巴特对自由的追求，在桑塔格看来，是通过写作实现的。"巴特认为'写作'这个不及物动词的含义不仅仅是作家幸福的源泉，而且是自由的样板。"（《重点》94）之所以强调不及物动词的写作，就是要摒弃所谓写作的意义，抛弃写作的内容，从而使写作变得纯粹，如同埃菲尔铁塔因其无用性而成为极其有用的象征，无功利性的写作也可以成为自由的样板，因此使其在伦理上变得非常有用。

这种无用却蕴含大用、无为却无所不为的理念，在《道德经》中体现得最为明确。"道常无为而无不为"（第37章）、"为者败之，执者失之。是以圣人无为，故无败；无执，故无失"（第64章），等等，都是这种理念的直接表述。道生长宇宙万物，但没有丝毫主宰万物的用意。从创作和审美的角度来看，作者创造了文本，却不去将某种特定的意义强加在这个文本之上，使之成为某一观念或主义的奴仆。正如巴特在论述到神话的一篇文章中写道："其形式空洞却存在；其意义缺乏然而丰满。"（转引自《重点》97）

把缺乏意义的事物当作意义最丰富的载体，如同宗教活动或祭祀活动中的仪式一样，是一种全神贯注的体验。这种体验无法描述，只能不断地以否定的姿态或比喻的形式出现，空虚和充实，最低落状态和最充盈状态，它们并不对立，而是交替出现，或成为彼此的互补，如同阴与阳之间的关系。在这样的状态下，桑塔格说，"将主体引入与此相关的话语中本身也是一种同样的行为：倒空主体，以便再将它们装满"（《重点》97）。

这几乎就是庄子所说的"吾丧我"，或者王国维所说的"无我之境"的另一个版本。在桑塔格看来，虽然巴特终生都在掩饰自己作者的形象，甚至在他的《罗兰·巴特》一书中经常将自己称之为"他"，但巴特大部分作品都可以算作是自传性的。"最终，他的作品成为了名至实归的自传。"（《重点》105）作家通过摒弃自我，最终成就了自我，这是一个看似悖论却无比真实的逻辑。宇文所安在论述到如何对诗人进行解读的时候曾说："事实上，诗人常通过隐退来唤起人们对他更强烈的关注。"[①] 这也是桑塔格对巴特的最终认识。

在1995年写就的"单一性"一文中，桑塔格曾就自己作为作者的"有我之境"与"无我之境"作过论述。早年的桑塔格认为，她

---

① ［美］宇文所安：《中国传统诗歌与诗学》，陈小亮译，中国社会科学出版社2013年版，第36页。

的才能和她希望自己的作品所具有的品质之间存在差距,因此,"一种双重身份感受表达了并强化了对这种差距的认识。而我所依仗的恰恰是这种双重感"(《重点》309)。换句话说,"我"和写书的"我"不是同一个,那个写作的"我"是生活中那个"我"的一种变形。三十年后,桑塔格反思自己当年的作者观,认为自己已经不再需要故意营造一种疏离的效果以提供安慰,而是朝着相反的方向发展。她开始觉得"那作家就是我,而不是我的另一个替身,不是熟悉的腻友或影子般的伙伴,也不是我创造出来的产物。……我和我的书是有区别的。然而写书的人和生活的人是同一个"(《重点》311)。也就是说,被作者苦心营造出来的"假我",或者说韦恩·布斯(Wayne Booth)所说的"隐含作者"(implied author),已经消融在作者所描写的事物中了。用王国维的话来说,"无我之境,以物观物,故不知何者为我,何者为物",正是这一境界的写照。

第三节 "贞观"之道:桑塔格的"重点所在"

桑塔格对本雅明和巴特的评述满怀激情,深刻睿智,展现了两个迥然不同的作者:一个彰显个性,另一个隐匿个性;一个具有明确的政治倾向,另一个明确反对任何政治倾向;一个具有深刻的悲剧意识,另一个则拒绝悲剧。两个看似截然相反的作者,在桑塔格眼里,都同样具有魅力,同样可以跻身于20世纪最伟大的作家行列。何以如此呢?在"一种文化与新感受力"一文中,桑塔格就曾庄严宣告:多种文化样态,多种文化价值,乃至多种创作形式,都同样具有价值。在她看来,"从这种新感受力的观点看,一部机器的美、解决一个数学难题的美、雅斯贝·约翰斯的某幅画作的美、让-吕克·戈达尔的某部影片的美,以及披头士的个性和音乐的美,全都可以同等接纳"。(《反对》352)

那么，桑塔格自己又是一个什么样的作者呢？在她生前最后一部文集《同时》中，桑塔格引用葡萄牙诗人费尔南多·佩索亚①的话说："我发现，我总是同时留意，以及总是同时思考两样事物。我猜大家都有点儿像这样……就我而言，引起我注意的两种现象都是同等生动的。正是这，构成了我的原创性。也许正是这，构成我的悲剧，以及使悲剧变成喜剧。"（转引自《同时》232）这种同时留意、同时关注两种现象的能力，也正是桑塔格本人最为推崇并终其一生的实践。

桑塔格是通过将自己化为一个观察者的身份来实现这种能力的。如同一个无所不在，但又绝不使自己深深介入的幽灵，这个观察者总能同时注意到正在发生的所有事件，同时观察到所有人物的内心世界。她/他看得见一切，看得见自己。她/他把这一切展示给读者，包括自己的选择和判断。"创造更加含蓄微妙的、更加狼吞虎咽的了解、同情和阻止人受伤害的方法。这是个形容词的问题。这就是重点所在。"（《重点》39）

真是一语道破天机。中国的古老经典《易经》中有言："天地之道，贞观者也。"（《周易·系辞下》）清代学者陈梦雷注释说："观，示也。天地常垂象以示人，故曰贞观。"② 天地之道不断得到展示，源于圣人不假私意、一以贯之的观察。"古者包牺氏之王天下也，仰则观象于天，俯则观法于地，观鸟兽之文，与地之宜，近取诸身，远取诸物，于是始作八卦，以通神明之德，以类万物之情。"（《周易·系辞下》）无论是天地之象、鸟兽之文，还是远近诸物、土地之宜，圣人只是观察，不断观察，所谓"贞观"者也。

六十四卦之中第二十卦即为"观"卦，更是极言"观"之妙

---

① 费尔南多·佩索亚（Fernando Antonio Nogueira De Seabra Pessoa，1888—1935），葡萄牙诗人、作家，后期象征主义的代表人物。代表作有《使命》《惶然录》等。哈罗德·布鲁姆在《西方正典》中评价其在幻想创作上超过了博尔赫斯的所有作品。

② （清）陈梦雷：《周易浅述》，中央编译出版社2012年版，第250页。

用。观卦之卦象为☷☴,是风行地上之象。风在大地上吹拂,无孔不入、遍触万物。而天地之道之所以是"贞观者也",秘密就在此处。天地没有私心,因此,可以观万物之心,以万物之心为心。相对于作品来说,作者就是造物主"天地"了。而桑塔格所中意的叙事者就是代表这个造物主在说话。"'凡是有钱的单身汉,总是想娶位太太,这已经成了一条举世公认的真理。'谁在说这番话?是作者,带着讽刺的味道说的。……谁在说'幸福的家庭都是相似的;不幸的家庭各有各的不幸'?还是作者。"(《重点》22—23)这两部小说中著名的开场白之所以具备权威的声音,在桑塔格看来,不是因为它们是某个具体人物的话语,甚至不是由于智慧那貌似客观、神谕似的、无名无姓而又专横的本性。"作为对婚姻状况的残酷性和对一个幼稚妻子在发现丈夫不忠以后绝望的不耐烦的*观察*,两者却又都显示出无可辩驳的成熟与中肯。"①(《重点》23)

观察者显示出了成熟与中肯。"观"的妙用之一就在于此。观卦的卦辞说:"盥而不荐,有孚颙若",强调了"孚",即真诚、中肯的重要性。陈梦雷注释此卦辞说:"风行地上,万物肃清,然无形可见,有盥而不荐之象。然气之所至,自然鼓动万物,有孚而颙若之象。圣人洁清自治,恭己无为。不待政教号令之行,而群下信而仰之,莫不整肃。犹祭者方盥手于洗,诚意精专。"② 观察者置身事外,不将私意带入自己的观察之中;在观的过程中,万事万物的真实面貌便会自然显现。

这种真诚与中肯,在桑塔格看来,首先体现为一种回顾性的语气。这种语气亲切、脆弱、不那么咄咄逼人,有时甚至是自我解嘲式的。"一部想着要悼念某些事情的第一人称小说有很多方面可以说明为什

---

① 桑塔格这里的原文是:Both seem unchallengeably mature and *pertinent* as impatient *observations* about the cruelties of the marriage market and the despair of a naïve wife upon discovering her husband's infidelity,斜体为本书作者所加。

② (清)陈梦雷:《周易浅述》,中央编译出版社2012年版,第86页。

么那回顾总是错误百出：记忆有误、人心的不可揣摩、过去与现在之间令人模糊的距离等等。"(《重点》24）回忆的不可靠性使回忆的主体显得犹豫、谦卑，同时也显得真诚。桑塔格第一部长篇小说《恩主》的第一人称叙述者，就是用这样回顾性的口吻开始讲述的：

> 多么希望能跟你解释一下那些日子以来我身上所发生的变化啊！我变了，可又还是老样子，不过，我现在能冷静地看待我以前那些痴迷的想法了。在过去的三十年间，这一痴迷的形式改变了，不妨说是倒了个个儿。
>
> ……
>
> 我现在与我的回忆为伴，生活比较安稳，也不奢望得到任何人的安慰。你能把我想象成这个样子，就够了。同样，如果你能把我想象成一名作家，在记录年轻时代的自我，并能接受我已经变了，不同于以前了这一点，也就够了。(《恩主》1，13)

叙事者的声音内敛、安详，既是小说的主人公，也是一个历尽沧桑、置身事外的旁观者。而回顾性的语气使叙事者或狭隘或武断的选择在读者面前一览无遗。"在搜索过往的时候，记忆对要讲述的东西做出狭隘的、似乎是武断的选择。……然后，由于联想持续不断的流动和断断续续地受压抑，使之成为蒙太奇式的画面。有时候为了记忆而记忆。你甚至可以为了别人而记忆。"(《重点》26）就像《恩主》里的"我"一样，叙事者可以不断重申自己的迷惑，不断对自己的叙述进行再叙述，常常抱怨自己没有足够的能力对过去进行很好的描述。在评论伊丽莎白·哈德威克[①]的作品《不眠之夜》

[①] 伊丽莎白·哈德威克（Elizabeth Hardwick, 1915—2007）美国女作家，《纽约书评》创始人之一，被以赛亚·伯林称之为"我所认识的最聪明的女人"。代表作有小说《不眠之夜》《赫尔曼·梅尔维尔传记》，散文集《诱惑与背叛》等。

时，桑塔格这样说："这部记忆的作品，这个记忆，是选择，非常有重点地选择讨论女人，尤其是一辈子做苦工的女人，那些描写精致的书常常习惯于忽视的女人。正义要求我们记住她们，为她们绘画，把她们召唤起来成为想象力和语言的取之不尽的源泉。"（《重点》38）记忆，有选择的记忆，不仅仅是一场演出，也是一种创造。经由作者大胆的联想和语言上精湛的技巧，这种创造真诚、中肯，产生了"孚"的效果。

除回顾性的叙述之外，观察型叙事者还经常表现出明确的不确定性。"那脆弱的、自我怀疑的叙述声音听起来更有吸引力，看起来也更可信"（《重点》23），桑塔格如是说。这种不确定性也充斥在桑塔格自己的小说创作之中。如前所述，《恩主》是由一个六十一岁的老人进行的回忆，这种不可靠的回忆又因梦境的复杂多变而显得更加变化无常。主人公希波赖特是个根据梦想生活的人。在梦的引导下，他一步步勾引了安德斯太太，并乘她丈夫在外出差的时机与她私奔。在一座阿拉伯城市尽情玩耍享乐之后，希波赖特极其荒诞地将安德斯太太转手卖给了一个阿拉伯商人。后来，又是在梦的指引下，两年后，他试图将受了虐待之后回来的安德斯太太用火烧死，但没有成功。再后来，为躲避她的纠缠，希波赖特根据自己对梦的理解，回到老家并娶了一位善解人意的妻子。几年后，这位妻子却不幸染疾而终。为了补偿自己对安德斯太太犯下的过失，希波赖特将父亲临终后留给自己的大房子送给了她，并跟她在这栋房子里形同路人般地共同生活。令人匪夷所思的是，最后希波赖特不相信自己的记忆，好像他所叙述的"我的生活"是他做过的最令人迷惑的梦。他说："诸位读者，我跟你们谈论确定性，甚而至于跟你们吹嘘自己已经获得了确定性。但是，我隐瞒了某种尽管说出来会让人尴尬或者根本就无法解释清楚，但我又必须承认的东西。就在我谈论确定性的当口，有件重要的事情我却仍然不能确定！"（《恩主》265—

266）根据希波赖特的叙述，在他住进那所大房子第六个年头的时候，管家告诉他有客人来访。当他走下楼来，惊讶地发现，客厅里竟然坐着安德斯太太。在希波赖特的记忆里，安德斯太太不是一直跟他住在同一所大房子里吗？怎么突然又冒出来一个安德斯太太？希波赖特被自己的记忆搞糊涂了。一方面，自己的记忆告诉他一个故事；另一方面，当他拿出当年的笔记本、试图寻找确切的依据时，找到的东西却令他自己都无法确定。也许这是一部小说，他给它起的名字叫《你读的东西别全信》，书中记录的则是另一个版本的希波赖特的生活。

的确，天地之间唯一可以确定的事就是：没有什么是可以确定的。这是中国人很早就认识到的宇宙真相。"易与天地准，故能弥纶天地之道""神无方而易无体""天地设位，而易行乎其中矣，成性存存，道义之门"（《周易·系辞上》）等，都是对"易"这一体相用兼具的概念之描述。虽然"不确定性"仅仅是"易"这一概念的一层含义，却也准确地捕捉到了"生生之谓易"这一天地创生之基本原则，而作品作为作家的创造，在桑塔格看来，也同样不能背离这一原则。

在论述到电影《假面》的叙事技巧时，桑塔格这样评价导演伯格曼①："他告诉我们电影可以反映的事物复杂多样，并断言，对任何事物的深入、确定的认知最终都会带来破坏性。"（《激进》150）在桑塔格看来，伯格曼之所以要保持《假面》在心理体验上的不确定性，而又不损害其内在的可信性，是因为这样可以使他拥有更大的发挥空间，而不必拘泥于仅仅讲述故事。他不是要讲述一个完整的故事，而是要透过故事展现一个饱含素材的主题。比起讲故事来说，这个饱含素材的主题更粗糙、更抽象。"主题或是素材既制造了

---

① 伯格曼（Ernst Ingmar Bergman，1918—2007），瑞典导演、编剧、制作人。一生创作过50多部作品，其中《处女泉》《杯中黑影》《呼喊与细语》和《芬妮与亚历山大》分别于1960年、1962年、1972年和1982年先后夺得奥斯卡最佳外语片奖。伍迪·艾伦在祝贺伯格曼70岁寿辰时这样说："自从电影被发明出来之后，英格玛也许是这个世界上最伟大的电影艺术家。"

相当的模糊与多变，也使得导演能够轻易地将其外化在确定的情节与镜头之中。"（《激进》142）

这种在确定性与不确定性之间进行来回转换的能力，是桑塔格颇为看重的，也是中国诗文显著的特征之一。严羽在《沧浪诗话》中有言："诗者，吟咏情性也。盛唐诸人惟在兴趣，羚羊挂角，无迹可求。故其妙处，透彻玲珑，不可凑泊，如空中之音，相中之色，水中之月，镜中之象，言有尽而意无穷。"① 换句话说，诗歌的高妙之处就在于其玲珑透彻的意境，这种意境难以直接把握，就好比空中的声音、水中的月亮或者镜中的形象，无法确定其具体形态，没有踪迹可求。用当代诗人于坚的话来说，"诗歌的持久性不在于它的语言形式，而在于它通过时代的语言表达的那种普遍性的不可言传的'无'。永恒魅力来自诗所传达的'无'，而不是'有'。我们是被那种言已尽而意无穷的'无'所感动的"。②

一点都不错。可是，文学作品中俯拾皆是的，恰恰是关于"有"的。"有"即是当下的、现场的。《死亡之匣》中最频繁出现的词之一就是"现在"（"now"），据中文译者刘国枝统计，总共有448处，其中335处加了括号。③ 这不仅仅意味着主人公迪迪"试图自新的绝望的努力"，④ 更标志着桑塔格对于智性、艺术或道德活动终将历史化的对抗姿态。在《死亡之匣》发表的同年，在"'自省'：反思齐奥兰"一文中，桑塔格说："一百多年来，历史化观点一直占据着我们理解一切事物的中心。也许它一度不过是意识的边缘抽搐，现在却变成一种巨大而无从控制的姿态——一种让人类得以不断保护自

---

① （宋）严羽：《沧浪诗话校释》，郭绍虞校释，人民文学出版社1983年版，第26页。
② 于坚：《为世界文身》，陕西出版传媒集团2015年版，第216页。
③ 刘国枝："译后记"，载［美］苏珊·桑塔格《死亡匣子》，上海译文出版社2009年版，第371页。
④ Carl Rollyson, *Reading Susan Sontag: A Critical Introduction to Her Work*, Chicago: Ivan R. Dee, 2001, p.82.

己的姿态。"(《激进》81)换句话说,"现在"这个瞬间一旦发生,旋即就被时间卷入了历史化的洪流,永远都只能通过言语或各种符号的形式再现了。"随着现在变为过去,现在也变得虚无缥缈。"(《死亡》2)没有什么能停下时间的脚步,在主人公迪迪的心中,他只不过是寄居在自己生命里的房客,不知道契约何时到期,因此,他整日惴惴不安。如何让"现在"再度成为可以被感知的瞬间,是桑塔格在《死亡之匣》中所进行的巨大的尝试。严格说来,《死亡之匣》中事件发生所持续的物理时间只有非常短的一瞬间,也就是迪迪死前的片刻。但是,桑塔格却将看似短暂的线性时间在空间上进行了分解,通过幻觉叙事和自由联想等细节加强了这一瞬间的可感性,大大拓宽了叙事的可能性。

只有通过细节,即中国哲学术语中的"有",才能克服"无"带给人们的虚无感,也才能在根本意义上使人回归"无"。《道德经》开篇即说:"故常无,欲以观其妙;常有,欲以观其徼。此两者,同出而异名,同谓之玄。"(《道德经》第1章)也就是说,天地的奥妙,是需要通过观察"无"中获得的,而世间万物的踪迹,则需要常常从"有"当中寻找。"有"和"无",只不过是同一来源的不同名称罢了。"有"和"无"都是幽昧深远的,它们是一切变化的总纲领。

桑塔格曾说:"一部虚构作品中的每一个细节都曾经是一度观察到的现象,或一个记忆,或一个愿望,或是对一个独立于自我之外的现实的真诚的敬意。"(《重点》35)"独立于自我之外的现实",就是那个我们通常称之为普遍经验的"无"。而观察,持续不断的观察,是通往这一现实的必由之路。"故常无,欲以观其妙;常有,欲以观其徼。"这其中的"常"也是桑塔格所体验到的另一真相。在论述到贾雷尔①的小说《学院小景》时,桑塔格指出,这部小说真正

---

① 贾雷尔(Randall Jarrell,1914—1965),美国诗人、小说家兼批评家,主要作品有《失去的世界》和《学院小景》等。

的情节，是由作者对人物连绵不断的、熠熠生辉的描绘所构成的。"人物需要反复描写，……'我'不断地描述他的人物，因为他不断地创造新的、精巧的、令人眩晕的、越来越多的夸张词句来概括总结他们。他们不断表现得傻里傻气，而他——那叙述者的声音——不断地有所创新。"（《重点》29）

正是这种持续性、不间断性使文学创作有别于电视等媒体所提供的信息。"文学讲故事，电视传播信息，文学参与。它是人类的紧密联系之再创造。电视（以其直接性的幻觉）则制造距离——把我们幽禁在我们自己的冷漠中。"（《同时》230）在桑塔格看来，在小说中的观看，与电视媒体中的观看，其本质的区别就在于，小说家作为故事的讲述者，总有一个伦理的责任。"讲故事即是要说：这才是重要的故事。"（《同时》231）通过持续不断地观察某种故事、某个人物或某些事件，小说家得以赋予这个乱糟糟的、同时发生无数事件的世界以秩序。"当我们作出判断，我们不只是在说这比那好。在更根本的意义上，我们是在说这比*那*更重要。"①（《同时》231）而做一个有道德的人，桑塔格说，"就是给予、有责任给予某种注意"（《同时》231）。

在一定意义上，这完全可以成为《道德经》第一章中"常有，欲以观其徼"的注解。宋代诗人苏轼曾说："君子可以寓意于物，而不可以留意于物。"② 寓意而不留意，说的就是这种观察者寄情于物却又不执于物的审美态度。这种态度使审美者以主体的地位体察世间万物，同时又以观察者的地位对某些人物或某些事物，或予以同情，或加以贬斥，如《周易》的象辞所说："风行地上，观；先王以省方，观民设教。"（《周易·观卦》）这样的"贞观"之道，也就是桑塔格作为作者的"重点所在"。

---

① 斜体为原文所有。
② 张志烈、马德富、周裕锴编：《苏轼全集校注·文集》，河北人民出版社2011年版，第1123页。

第二章 文学与批评

桑塔格是作为"反对阐释"的旗手而闻名的。作为20世纪五六十年代风靡欧美的文化批评斗士，桑塔格对当代的艺术批评一直持批判的态度。她把当今时代的阐释行为称为是"反动的和僵化的"，是"智力对艺术的报复"（《反对》9）。在她看来，当代的艺术阐释依据于一种侵犯性的、不虔敬的理论体系。这种阐释理论通过把真实世界纳入一个既定的意义系统，导致真实世界被搁置，从而日益贫瘠。与之相对的，却是意义的"影子世界"日益膨胀。

有鉴于此，她主张一种依于感性体验的阐释模式。"现在重要的是恢复我们的感觉。我们必须学会去更多地看，更多地听，更多地感觉。……批评的功能应该是显示它如何是这样，甚至是它本来就是这样，而不是显示它意味着什么。"①（《反对》17）换句话说，桑塔格主张摒弃那种以作品内容或意义为旨归的批评模式，代之以对作品的形式、风格或"身体"性层面的关注。阐释不仅仅针对文学作品，其对象还可以是电影、照片、建筑、音乐、戏剧、舞蹈等。但它的核心是感受力问题，桑塔格称其为"新感受力"。这种新感受力反映了一种新的、更加开放多元的看待世界及世间万物的方式。

---

① 此处文字的强调为原文所有。

"新感受力是多元的：它既致力于一种令人苦恼的严肃性，又致力于乐趣、机智和怀旧。它也极有历史意识；其贪婪的兴趣来得非常快，而且非常活跃。"（《反对》352）对多样感受及其价值的坚决捍卫，是对各种固有观念和等级制度的蔑视和反叛，也使桑塔格成为在"一场非常古老的战役中一位披挂着一身崭新铠甲登场的武士"（《反对》354），在这场"对抗平庸、对抗伦理上和美学上的浅薄和冷漠的战斗"中（《反对》354），桑塔格成为自己的英雄。

相较之下，中国传统的文艺阐释并没有这么强的"火药味"，但是，"文章如金玉，各有定价"①，欣赏者或批评者视听殊好，爱憎难同，面对文本所采取的解读策略也因人而异。《文心雕龙》对此有专门章节讨论，并援引音乐欣赏之理，发出了"知音其难哉，音实难知，知实难逢。逢其知音，千载其一乎"②的感叹。

那么，批评主体应该具备怎样的主观素养和在客观上采取怎样的策略才能使阐释活动成为"知音"之举呢？从主观方面讲，中国文人大体认为，批评者应该"虚静""养气"，以至于"虚神静志"，才能使作品之真意自然呈现。如清代学者文龙所言："夫批书当置身事外而设想局中，又当心入书中而神游象外，即评史亦有然者，推之听讼、解纷、行兵、治病亦何莫不然。不可过刻，亦不可过宽；不可违情，亦不可悖理。"③也就是说，批评者进行文学批评之时，不能将自己已有的主观意识与情感带入作品的解读中去，而应该保持心的虚静与平和，才能获得"静默"与"通观"的能力。从客观方面讲，批评与阐释大体从"鉴照""观""味""解"等几个主要方面展开。文章有可解之处，也有不可解之处，而对于那些不可解

---

① （宋）苏轼：《答毛滂书》，参见李斌、钱宗武《论苏轼诗文的价值追求》，《中国文学研究》2011年第4期。
② （南梁）刘勰著，范文澜注：《文心雕龙》，人民文学出版社1958年版，第713页。
③ （清）文龙：《金瓶梅》文龙评本第十八回。载朱一玄编《金瓶梅资料汇编》，南开大学出版社2002年版，第526页。

之处进行强解必然使批评落入"泥、凿、碎"的弊端。① 桑塔格所提出的"反对阐释",大抵也是基于此种认识。

总体来说,中国传统的文学批评主张一种建立在"无为"基础上的阐释,在主客一体、天人合一的哲学图式下,"新感受力"才能成为可能,阐释才能成为一种无言的"静默"。作为驰骋欧美文坛四十多年的文化批评斗士,桑塔格一以贯之地实践了这种批评模式。她是这种阐释观的提出者,也是其最热情的实践者。

第一节 "不可解"与"强解":"反对阐释"

在《反对阐释》一文面世之前,桑塔格曾与自己的前夫菲利普·里夫(Philip Rieff)合作了一部《弗洛伊德:道德家的思想》(*Freud: The Mind of the Moralist*, 1959),并从此奠定了她早期作品中对弗洛伊德式阐释行为的批判和反讽。在她看来,弗洛伊德式的阐释方法力图寻找所有文本背后的潜藏意义,是一种"侵犯性的""不虔敬的"的理论。"用弗洛伊德的话说,所有能被观察到的现象都被当作表面内容而括入括号。这些内容必须被深究,必须被推到一边,以求发现表面之下的真正的意义——潜在的意义。"(《反对》8)这种基于先入为主的观念而对文学作品"内容"的挖掘令人窒息,是"反动的、荒谬的、懦怯的和僵化的"(《反对》9)。

桑塔格的"反对阐释",首先反对的就是这种对内容和意义无穷尽的挖掘,从而改变了原文本的阐释。桑塔格以斯多葛派②的阐释为

---

① 清代学者陈僅在《竹林答问》一文中提出此三弊:"说诗当去三弊,曰泥,曰凿,曰碎。执典实训诂而失意象,拘体格比兴而遗性情,谓之泥;厌旧说而求新,强古人以就我,谓之凿;释乎所不足释,疑乎所不必疑,谓之碎。"对阐释所产生的三种问题,说得可谓详细清晰了。参见郭绍虞辑,富寿荪校点《清诗话续编》第四册,上海古籍出版社1983年版,第2253页。

② Stoicism,也称"斯多葛主义",是古希腊的四大哲学学派之一。斯多葛学派认为,宇宙是一个统一的整体,存在一种支配万物的普遍法则,即"自然法",有时,他们又称它为"逻各斯""世界理性""上帝"或"命运",是宇宙秩序的创造者、主宰者。

例，认为他们把荷马史诗中描写宙斯及其狂暴性情的部分寓言化，从而符合他们自己的观点，即"诸神一定是有道德的"，无论在文本的描述中是否真有这样的意义。"阐释于是就在文本清晰明了的原意与（后来的）读者的要求之间预先假定了某种不一致。而阐释试图解决这种不一致。"（《反对》7）解决的方法通常粗暴简单，那就是对其进行改写式的阐释，宣称自己通过对文本意义的进一步挖掘，揭示了它的"真实"含义。"无论阐释者对文本的改动有多大，他们都必定声称自己只是读出了本来就存在于文本中的那种意义。"（《反对》7—8）

这种简单粗暴、牵强附会的阐释，中国人称之为"强解"。吴雷发在《说诗菅蒯》中说：

> 古来名句如"枫落吴江冷"，就子言之，必曰枫自然落，吴江自然冷，枫落则随处皆冷，何必独曰吴江？况吴江冷亦是常事，有何吃紧处。即"空梁燕落泥"，必曰梁必有燕，燕泥落下，亦何足取？不几使千秋佳句，兴趣索然哉！且唐人诗中，钟声曰"湿"，柳花曰"香"，必来君辈指摘，不知此等皆宜细参，不得强解。甚矣，可为知者道也。①

这里用具体的实例明确表明，"枫落"与"吴江冷"并没有什么逻辑或因果上的关系，两种自然现象并置，并非一定包含着作者特定的意图，或者什么神秘的话外之音，而阐释者也大可不必强求对此进行解读，以便把自己心中已有的观念牵强附会给原来的诗句。

归根结底，这种牵强附会是批评者运用所谓"智力"的产物。在桑塔格看来，当今时代的阐释，是智力在艺术作品之外、之上另

---

① （清）吴雷发：《说诗菅蒯》，载胡建次《归趣难求：中国古代文论"趣"范畴研究》，百花洲文艺出版社2005年版，第226页。

建的一个意义世界。"阐释还是智力对世界的报复。去阐释，就是去使世界贫瘠，使世界枯竭——为的是另建一个'意义'的影子世界。"(《反对》9)换句话说，在面对作品时，批评者没有保持一种虚心、谦卑的心态，而是把自己的意识和智力强加在文本之上。桑塔格认为，萨特对让·热内①的评论冗长、令人不快，其主要原因即在于萨特高高在上地道出的大量"精彩思想"：

>使这本书变得越来越长的原因，是哲学家萨特情不自禁地（不管他如何恭敬）想显得比诗人热内更高明。……萨特写的是一个特定的人物，但他雄心勃勃的计划其实是想展示他自己的哲学风格。
>
>……
>
>此外，哲学的困境也能说明该书何以如此冗长——以及何以如此沉闷。萨特明白，一切思想都倾向于普遍化。而萨特想做得具体。他阐发热内，并不只是想活动活动自己不知疲倦的智能而已。但他做不到具体。他的雄心勃勃的计划，从根本上说就不可能。他抓不住真实的热内；他老是溜回到"弃婴"、"小偷"、"同性恋者"、"自由而明智的个人"、"作家"这些范畴。萨特大概看到了这一点，而这使他烦恼不已。《圣热内》冗长的篇幅、无情的语调，其实是智力痛苦的产物。(《反对》108—109)

高高在上并指手画脚的阐释者不仅仅用智力的指挥棒将文本的世界打得支离破碎，而且使作品原有的神秘感及其力量化为乌有。

---

① 萨特对让·热内（Jean Genet, 1910—1986），法国当代著名小说家、剧作家、诗人、评论家、社会活动家。热内早年经常流浪，还曾因偷盗罪而被捕，后来转而从事写作。著有小说《布雷斯特之争》《小偷日记》《鲜花圣母》，戏剧《严加监视》《阳台》《黑奴》《屏风》等。

对于桑塔格来说，英格玛·伯格曼电影中在空荡荡街道上行驶的坦克也许象征着阳具（用弗洛伊德的方式阐释），但是，"作为一个粗野之物，作为旅馆内正在发生的神秘、鲁莽、隐蔽之事当下的感性对应物，坦克的连续镜头是该片中最惹人注目的段落。那些想从坦克意象中获得一种弗洛伊德阐释的人，只不过显露出他们对银幕上的东西缺乏反应"（《反对》12）。

确实如此，对文本中"不可解"之物的强行解释无疑会破坏文本中的神秘力量。明代诗人谢榛有云："诗有可解，不可解，不必解，若水月镜花，勿泥其迹可也"①，说的就是这种不可解、不必解的情形。水月镜花的意境，不能单纯从对"水""月""镜""花"四种事物的阐释产生，也不是这四种事物简单相加或意指所构成。此种意境玲珑剔透，观者不能添加任何外力，即便是一阵风吹来，那水中月、镜中花都会化为乌有，更遑论对其进行分解，或者从外面拿来棒子，对其进行字句分析？

清末学者马其昶在论及读书时说："若夫古人之精神意趣，寓于文字中者，固未可猝遇，读之久而吾之心与古人之心冥契焉，则往往有神解独到，非世所云云也。"② 所谓"神解"，并非指那些惊世骇俗之言，而是读者或批评者经过大量的研读并对所读之物充分玩味，久而久之便契入了作者的精神，此时的解读绝不会对号入座，更不会假装对作者及作品无所不知从而指手画脚，而是试图体现一种透明，完全契入了作者精神的透明。正如桑塔格所说："如今，透明是艺术——也是批评——中最高、最具解放性的价值。透明是指体验事物自身的那种明晰，或体验事物之本来面目的那种明晰。"（《反对》16）

---

① （明）谢榛：《四溟诗话》，载高歌东、张志清《红楼梦成语辞典》，天津社会科学院出版社1997年版，第264页。

② （清）马其昶：《古文辞类纂标注序》，《抱润轩文集》卷四。参见《中国近代文学大系》总编辑委员会编《中国近代文学大系·1840—1919·卷1·文学理论集·1》，上海书店出版社2012年版，第496页。

文本之本来面目，看起来与批评者强加给文本的意义一样，都呈现出阐释的样态，但是，实际上却相去甚远。首先，它是一种体验，因此注重感觉。"要确立批评家的任务，我们必须根据我们自身的感觉、我们自身的感知力（而不是另一个时代的感觉和感知力）的状况。"（《反对》16）也就是说，阐释绝非理性意义上的条缕分析，而是每一个读者建立在自身感受基础上的一种体验以及由此而受到的影响。这种直觉思维的性质常常是非逻辑的，因此拒斥那种所谓理性的确定性阐释。中国文论中的很多范畴如"神韵""趣味""境界"等，都是建立在欣赏者、阅读者为阐释主体的模式上，以个体体验为核心的批评样式。这种批评或欣赏模式通常"以表象为元素，进行非逻辑的联想和推思，因此其指述关系常常丰富而不固定，意义隐微而不外显"。① 意义的丰富性源于其不固定性，因此"神韵""趣味""境界"等批评术语才可以一直被历朝历代的作家和批评家所沿用，也因此才具有了更广泛意义上的客观实用性。

蕴藏在文本中的神秘意境，虽然不能强解，却可以体验。桑塔格说："最早的艺术体验想必是巫术的，魔法的；艺术是仪式的工具。"（《反对》3）也就是说，艺术作品的意义并不在于其对现实世界的模仿或反讽，而是一种神秘的召唤。这种神秘有时看起来是对现实的一种偏离或扭曲，实际上却是在更深层的意义上对真理和现实的一种回归。在论述到法国社会哲学家西蒙娜·韦伊②时，桑塔格说：

> 我们之所以阅读这些具有如此犀利的原创性的作家，是因

---

① 汪涌豪：《中国文学批评范畴及体系》，复旦大学出版社2017年版，第574页。
② 西蒙娜·韦伊（Simone Weil, 1909—1943），法国女社会哲学家，神秘主义者。第二次世界大战期间曾积极参加法国抵抗运动，对战后欧洲思潮产生过重要影响。主要著作有《重负与神恩》《等待上帝》等。

为他们的个人威望,是因为他们堪称典范的严肃性,是因为他们献身于自己的真理的明显意愿,此外——只不过零碎地——因为他们的"观点"。……热爱生活的人,没有谁希望去模仿她(指西蒙娜·韦伊)对磨难的献身精神,也不希望自己的孩子或自己所爱的任何人去模仿。但只要我们既热爱严肃性,又热爱生活,那我们就会为严肃性所感动,为他所滋养。在我们对这样的生活表示的敬意中,我们意识到世界中存在神秘——而神秘正是对真理、对客观真理的可靠把握所要否定的东西。在这种意识上,所有的真理都是肤浅的;对真理的某些歪曲(但不是全部歪曲),某些疯狂(但不是全部疯狂),某些病态(但不是全部的病态),对生活的某些弃绝(但不是全部的弃绝),是能提供真理、带来正常、塑造健康和促进生活的。(《反对》58—59)

在一定程度上的歪曲、疯狂、病态与弃绝,正是能回归真理、产生理智、创造健康并提升生命的。这种用否定进行肯定、用极端回归平衡的方式,在《周易》中也早有体现。《小过》卦的象辞说:"山上有雷,小过。君子以行过乎恭,丧过乎哀,用过乎俭。"(《周易·小过》)在一个严肃性不复存在的时空里,用一种极端的严肃性,即"小过"的形式与其对抗,其结果恰恰体现出一种真理意义上的平衡。如果仅仅对文本进行内容上的挖掘,无疑会被其疯狂的甚至扭曲的表现形式所迷惑,从而遮蔽了文本的本来面目。

在反对以内容为主的阐释的同时,桑塔格强调对艺术作品的体验。在她看来,"被作为艺术作品来看待的艺术作品是一种体验,不是一个声明或对某个问题的回答"(《反对》25)。也就是说,读者或者批评者面对艺术作品时,需要把它作为它自身,而不是当作其他任何东西的复制品来体验,这种体验带来令人兴奋的情感,而不是关于某物的知识。批评者需要在体验上与创作者合作,阐释只有建立在这种体验式合作基础上才能进行。对桑塔格来说,"艺术是引诱,而不是强奸。艺术作品提供了一类被加以构思设计以显示不可抗拒之魅力的体验。但艺术若没有体验主体的合谋,则无法实施其引诱"(《反对》25)。

这参与合谋的体验主体,就是读者或批评者了。如果文本的本来面目是不可解的,又不能强解,即桑塔格所说的是"反对阐释"的,而体验又是个人的、独立的,那么读者或批评者面对文本又该如何进行广义上的阐释呢?对桑塔格来说,最好的批评便是"把对内容的关注转化为对形式的关注的批评"(《反对》15),是把"形式服务于内容"的看法转变为"形式即内容"的看法上来。形式是使某一艺术作品区别于其他作品的主要元素,而这一作品的内容,也许是被古往今来无数艺术家们无数次咀嚼过的话题,如"爱情""复仇""永恒""死亡",等等。从内容上看,莎士比亚笔下的《哈姆雷特》可以说根本没有什么稀奇之处,这个丹麦王子的故事早在莎士比亚出生之前就广为流传,但毫无疑问的是,莎士比亚所赋予这个故事特殊的语言及表现形式,才使这个被人熟知的故事再次呈现出不朽的艺术魅力,从而展现出非凡的现实意义。在桑塔格看来,"艺术作品是一种展现、记录或者见证,它赋予意识以可感的形式;它的目的是使某物独一无二地呈现"(《反对》34)。

形式即内容。正如桑塔格在《反对阐释》一文的开头引用王尔德的话说:"惟浅薄之人才不以外表来判断。世界之隐秘是可见之物,而非不可见之物"(《反对》3),桑塔格一直对艺术作品的外表,即表现形式,情有独钟。而这种对形式和整体风格的倚重,也是中国传统文学批评显著的核心之一。《论语》中记载说,"子曰:'质胜文则野,文胜质则史。文质彬彬,然后君子'"(《论语·雍也》),可见孔子对"文"的重视。有意味的是,"文"这个字的早期字型是一个身上有文身图案的人形，表明"文"最初的意思就是文身的图案。《说文解字》上说："文，错画也，象交文。"而《诗经·秦风·小戎》中，"文茵畅毂，驾我骐馵"中的"文"即表示车中坐褥的虎皮纹理。后来，"文"曾被用来指代各种身上的记号或花纹，例如人身上的胎记、丝绸彩缎上的花纹，以及建筑马车上的图案。① "文"即"纹"，是中国古人重视形式最原始的证据，而《礼记》中记载的"礼仪三百，威仪三千"，更是中国古人日常生活形式化的直接体现。

关于文章之"文"，《文心雕龙》有赞云："言以文远，诚哉斯验。心术既形，英华乃赡"②，也就是说，语言依靠文采才能传播久远，而空有内容的语言，如同"虎豹无文，则鞟同犬羊"③，是无法称其为"文"的。刘勰进而举例说：老子一生厌恶虚伪，曾经说"美言不信"，但是，他留下的文章《道德经》却文辞精巧，绝不是粗鄙无文之作。庄周也主张"辩雕万物"，用巧妙的言辞细致描绘刻画万事万物。韩非子则认为，"艳采辩说"，辩论的时候需要艳丽的辞藻。这些都是对语言形式的关注，是对文质彬彬之文风的赞誉。进而言之，"立文之道，其理有三：一曰形文，五色是也；二曰声文，五音是也；三曰情文，五性是也。五色杂而成黼黻，五音比而成韶夏，五情发而为辞章，神理之数也"。④

对于"形文""声文""情文"的关注可以说是桑塔格批评论文的显著特点。在"形文"的层面，桑塔格的论述可以大大拓宽我们对"五色"的认识。桑塔格认为，作品的形式是其可感特征的总和，

---

① 关于"文"字的各种含义及其来历，古今中外曾有过很多研究和论述。总体说来，"文"是无处不在的，就其具体情境来说，几乎可以指任何显示为文采的东西。参见龚鹏程《文心雕龙讲记》，广西师范大学出版社2020年版，第199—203页。
② （南梁）刘勰著，范文澜注：《文心雕龙》，人民文学出版社1958年版，第539页。
③ （南梁）刘勰著，范文澜注：《文心雕龙》，人民文学出版社1958年版，第537页。
④ （南梁）刘勰著，范文澜注：《文心雕龙》，人民文学出版社1958年版，第537页。

而这些可感的特征，如节奏、重复、对称等，使作品变得可以理解。她举例说：

> 格特鲁德·斯坦因《梅兰克塔》的那种循环往复的风格，表达了她对记忆和预感带来的稍纵即逝的意识的淡化过程的兴趣，她把这种即刻的意识称之为"联想"，而在语言中"联想"却被动词时态系统弄得暧昧不明。斯坦因对体验的现时性的强调，与她选择坚持使用动词现在时态、选用常见的短词、不断重复这些词群、采用一种极其松散的句法以及放弃大多数标点的做法一致。每种风格都是对某种东西进行强调的手段。（《反对》41）

也就是说，作品的形式体现着作者在认识论上的一种选择，这种选择意味着作品将呈现出，而不是用说教的语言说出一定的意义。桑塔格本人的小说创作，就充分体现了这种"呈现"的方式。《恩主》中叙事者对于梦的理解，是通过"梦幻叙事"的形式展开的，《死亡之匣》中对作者死亡主题的探讨，完全可以从她上百次对"现在"（now）一词的强调中看出，更体现在时态从现在时到过去时的变化之中。

同样，从"声文"的层面来看，桑塔格认为，"似乎值得一写的唯一的故事是一声哭喊，一声枪响，一声尖叫"①，而她自己所写的故事就经常从某个声音开始。在一次访谈中，桑塔格谈到她早期的两篇小说："《恩主》和《死亡匣子》都是作为脑子中的语言首先出现的。开始时，我在头脑里听见词语，一种语调，一个声音。通过某种语言，带有某种节奏，但是，是词语——我听到词语，听到某

---

① ［美］戴维·里夫编：《心为身役——苏珊·桑塔格日记与笔记》，姚君伟译，上海译文出版社2015年版，第431页。

人在说话。《恩主》是一个第一人称的声音，而《死亡之匣》的声音则是第三人称，虽然也是第一人称的一种伪装。"[1] 对桑塔格来说，故事通常都是伴随着某个声音出现，并贯穿整个故事的始终。

与此同时，桑塔格并没有将声音仅仅局限于物理层面，而是将对声音的理解扩展到叙事者所采取的视角和语调。在她看来，小说是毫不掩饰的对话体，"它提供一种激烈的第一人称和第三人称声音的混合物"（《同时》41）。在讨论到安娜·班蒂[2]的小说《阿尔泰米西娅》时，桑塔格持续关注作品的声音：

> "别哭。"这是安娜·班蒂的小说《阿尔泰米西娅》开篇的话。谁在说？什么时候？第一人称的声音——作者的声音——说"这是八月的日子"，略去日期和年份，但这些不难填充。……
>
> "别哭。"谁在说话？在哪里？是仍穿着睡袍的作者（仿佛在梦中，她写道）坐在阿尔诺河南岸岬角上的博博利花园一条石子路上饮泣着，告诉自己别哭，终于不哭了，因为她更尖锐地意识到数小时前的爆炸所造成的破坏和幅度，并被震呆。……
>
> "别哭。"谁在跟谁说话？是悲痛的作者在跟自己说话，告诉她自己要勇敢。但她也是在跟她的小说中的女主角——"我的来自三百年前的友伴"——说话，她曾再次活在班蒂曾讲述的她的故事的字里行间。（《同时》37—38）

显然，桑塔格认为，安娜·班蒂的小说之所以超越了一般意义上的历史小说或自传体小说，根本上是源于其"对话式或审问式的声音"，它的"双重叙述"，以及"第一人称和第三人称叙述的自由混

---

[1] Joe David Bellamy, "Susan Sontag", in Leland Poague (ed.) *Conversations with Susan Sontag*, Jackson: University Press of Mississippi, 1995.

[2] 安娜·班蒂（Anna Banti, 1895—1985），意大利传记作家、评论家和小说家，主要作品有《阿尔泰米西娅》《上海尼姑》《烧伤的衬衫》等。

合",而不是它对现实如实的模仿,或者暗含的某种道德权威。

此外,从"情文"的层面看,桑塔格对每一个她所讨论的艺术家都满怀深情,至少是在"情"的层面对其进行阐释。本雅明的满怀激情与忧郁、罗兰·巴特的快乐与忧伤、阿尔托的严肃与疯狂,都是桑塔格对其作品进行解读的重要入口与支撑点。在为苏联作家维克托·塞尔日①进行辩护的文章中,桑塔格说,小说家或者诗人那带着拯救使命的淡漠以及那带着拯救使命的大视野永远不会因为小说的终止而消亡,这样的小说告诉我们,"还有比政治,甚至比历史更深远的。勇敢……和淡漠……和感官愉悦……和活生生的人间……和怜悯,怜悯一切"(《同时》89)。换句话说,小说所讲述的故事,无论是否虚构,无论带着怎样的政治倾向或道德诉求,都是伴随着人物的情感产生的。这些情感可以超越小说的篇幅,超越政治的边界或时空的限制,持续感染、影响一代又一代的读者,而有效的阐释应该能够捕捉这些情感,发现这些情感的表现形式,并对这些形式予以描述。

文章都是因情而生的,所谓"文采所以饰言,而辩丽本于情性。故情者文之经,辞者理之纬。经正而后纬成,理定而后辞畅。此立文之本源也"②。文章虽然要"因情造文",但情不孤生,一定是缘事而发、感物而动的,因此必然会在如何"缘事"、如何"感物"上大做文章。桑塔格就是在这个基础上对感觉进行了整体分析,并对各种感觉予以拓展,称之为"新感受力"(New Sensibility)。在她看来,当代艺术最引人入胜的作品,至少可以追溯到法国象征主义诗歌,它们"是对感觉的探索之作,是新的'感觉混合物'"(《反对》348)。

---

① 维克托·塞尔日(Victor Serge,1880—1947),比利时无政府主义革命家、作家。一生矢志不渝地捍卫俄国十月布尔什维克革命的传统和为反对法西斯主义、斯大林主义而作不懈的斗争。用法语写作,主要作品有《一位革命者的回忆》、小说《图拉耶夫同志的案件》等。

② (南梁)刘勰著,范文澜注:《文心雕龙》,人民文学出版社1958年版,第538页。

第二节 "象"与"通感":"新感受力"

"新感受力"这一概念一经提出,就受到了各方的关注。一部分人认为这篇文章与之前的《反对阐释》一起,对"向理性主义追求内容、意义和秩序的做法提出了挑战"①。与之相类似的,是菲利普斯对桑塔格的评价:

> 桑塔格是地道的时代产物,而且过于聪明,以至于无法接受早前那种稳妥的理性思维方式。但是她同时又痴迷于理论思考,对事物的复杂性有充分的认识,因此不满足于纯粹的行动主义政治和美学。桑塔格的全部写作都有如下两方面的特征:对构成思想史的尚未解决的问题保持深刻的怀疑;对变革以及历史上极具魅力但却没有定论的新思想、新发现保持强烈的、几乎是充满意志的感受力。②

可以看出,桑塔格对美国 60 年代知识分子群体有着相当大的冲击力,她提出的"新感受力"尤其令人耳目一新。

在桑塔格写作这篇檄文的 20 世纪 60 年代初期,美国批评界还沉浸在"顺从的 50 年代"的余音里,知识分子的公共言论谨小慎微而且大同小异。文化保守主义者特里林③等人继承了资产阶级的文化遗产,而这种文化,在《反对阐释》的中译者程巍看来,就是"贵

---

① [美]道格拉斯·凯尔纳、斯蒂文·贝斯特:《后现代理论:批判性的质疑》,张志斌译,中央编译出版社 2001 年版,第 13 页。
② William Phillips, "Radical Style", in *Partisan Review* 36 (1969): 390.
③ 特里林(Lionel Trilling, 1905—1975),美国著名批评家,哥伦比亚大学教授。他继承阿诺德、利维斯以来的批评传统,侧重从社会历史、道德心理的角度评论文学和文化,被称为 20 世纪中期美国年轻一代的思想导师,极大地影响了当代文化批评。其代表作有《自由的想象》《弗洛伊德与我们的文化危机》《反对自我》《超越文化》等。

族时代的高级文化"(《反对》译者卷首语),不仅继承了其社会等级制度,而且排斥和贬低大众文化和先锋艺术。在这样的背景下,桑塔格提出了一种新的感受形式,认为在艺术与科学技术之间不存在不可逾越的鸿沟。在她看来,当今的艺术"更接近于科学的精神,而不是传统意义上的艺术精神,它强调冷静,拒绝它所认为的那种多愁善感的东西,提倡精确的精神,具有'探索'和'问题'的意识"(《反对》344),从而在科学与艺术之间搭建了一座桥梁。对于那些对内容不那么重视、道德评判方式更加冷静的艺术,如舞蹈、建筑、绘画、音乐、电影以及雕刻等,新感受力更为适合,因为它们大量吸纳了科学和技术的因素,全然不以科学技术为敌。

不以科学技术为敌,并不意味着将艺术作品科学化,或者将科学技术艺术化。桑塔格认为,比起阿诺德的将艺术定义为对生活进行批判的观点来说,新感受力"把艺术理解为对生活的一种拓展——这被理解为(新的)活力形式的再现"(《反对》347)。这种感受力并不否定道德评价的作用,而是改变了道德评价的范围和形式。"它变得不那么严厉,它在精确性和潜意识力量方面的所获弥补了它在话语明确性方面的损失。这是因为,比起我们储存在我们脑袋里的那些思想储存物所塑造的我们,我们之本是甚至能更强烈、更深刻地去看(去听、去尝、去嗅、去感觉)。"(《反对》347)

创作者有"感"而发,批评者由"感"而释,这显然有悖于重视科学的理性传统,却是桑塔格提出"新感受力"的契机,也是中国传统文学与美学理论丰富生态的源泉。所有"感"受都有赖于身体的介入,因此,传统中国批评术语中充斥着与身体有关的比喻。南北朝时期颜之推的"文章当以理致为心肾,气调为筋骨,事义为皮肤,华丽为冠冕"①,可以说颇具代表性。而宋代吴沆的"诗有肌

---

① (北齐)颜之推:《颜氏家训》第九篇,载方羽《中国古代家训三百篇》,商务印书馆2019年版,第155页。

肤，有血脉，有骨格，有精神。无肌肤则不全，无血脉则不通，无骨格则不健，无精神则不美。四者备，然后成诗，则不待识者而知其佳矣"①，更是将此种比喻推进了一步。这种比喻不仅形象生动，而且将不可描述的"感受"具象化、系统化了。例如，"肌肤"可以指诗的词语及其音律，"血脉"可以指诗内部的组织联系，"骨格"指诗的结构框架，而"精神"则可以指代诗歌整体的美学风貌。

这种具象化、结构化的批评模式，在中国传统文论中占据很重要的地位。这是一种既强调细节、重视个体感受和直接体验，又强调宏观、重视整体和超验概念的批评模式。在1974年7月的一篇日记中，桑塔格说："我意识到到目前为止，我思考的方式既太抽象又太具象"②，而她在《一种文化与新感受力》中专门提到的"去看、去听、去尝、去嗅、去感觉"恰好对应了我们身体上"眼、耳、鼻、舌、身"五种感官的感受，是中国文论乃至中国哲学直觉思维重要的范畴。

先从"看"说起。桑塔格认为，"观看"（looking）与"凝望"（staring）是不同的。"观看是自愿的；它还是变化的，注意力随着兴趣焦点的出现和消失而起落"（《激进》17），也就是说，观看者的目光随着被观看对象的变化而变化，因此很容易受到被观看对象的影响，如受到惊吓、感到恐慌或为之雀跃等。与之不同的是，"凝望本质上是一种强制性的冲动；它平稳、不变且'固定'"（《激进》17），观看者由于并未将注意力放在某个特定的观看对象上，因此可以无所不观，无所不看，但同时又与所有观看对象保持一定的距离。桑塔格认为，现代艺术鼓励"凝望"，从而"可以被描述成在（观者与艺术客体，观者与其情感之间）设置重要的'距离'"（《激进》28）。

---

① （宋）吴沆：《环溪诗话》，载《丛书集成初编·文学类》，商务印书馆1935—1937年版，第130页。
② ［美］戴维·里夫编：《心为身役——苏珊·桑塔格日记与笔记》，姚君伟译，上海译文出版社2015年版，第450页。

这种设置距离的凝望式观看的结果，中国古人称之为观"象"。"象"既是具象的、意象的，也是抽象的，是中国文字以及文化形成的基本来源。《文心雕龙·原道》有云："人文之元，肇自太极。幽赞神明，易象惟先。庖羲画其始，仲尼翼其终。而乾坤两位，独制文言。言之文也，天地之心哉！"① 换句话说，文明肇始于伏羲"仰观天文、俯察地理、近取诸身、远取诸物"的创造性书写，而最早的书写模式法天象地，将具象的天、地、雷、风、水、火、山、泽等八种自然现象符号化，配以抽象的乾、坤、震、巽、坎、离、艮、兑八卦之名，再到后来文王、周公，乃至孔子重卦成易并作《易传》，从而形成健、顺、动、入、陷、丽、止、悦的载意之象。最初的八种"象"均是自然界中的现象，并没有人的参与，也就是说，人是作为观察者，在一定的距离之外观看的，"平稳、不变且固定"。

对中国文化颇为钟情的庞德曾经这样描述他所理解的"象"："意象不是一种图像式的重现，而是一种在瞬间呈现的理智与情感的复杂经验，是一种各种根本不同的观念的联合。"② 正是由于"象"的复合体特征，《易传·说卦》中才有"乾为天，为圆，为君，为父，为玉，为金，为寒，为冰，为大赤，为良马，为老马，为瘠马，为驳马，为木果"，以及"坤为地，为母，为布，为釜，为吝啬，为均，为子母牛，为大舆，为文，为众，为柄，其于地也为黑"等这样的意象连立。对这种"象"的理解与阐释，当然绝非双目所视所能涵盖，也不能通过外来的无论多么冠冕堂皇的观念或道德教益所替代。

只有"更深刻地去看"，才能真正看见。桑塔格说："感觉、情感、感受力的抽象形式与风格，全都具有价值。当代意识所诉诸的

---

① （南梁）刘勰著，范文澜注：《文心雕龙》，人民文学出版社1958年版，第2页。
② ［美］庞德：《回顾》，载［美］韦勒克、沃伦《文学理论》，刘象愚等译，江苏教育出版社2005年版，第212页。

正是这些东西。"(《反对》348)也就是说,新感受力所要运用的,并非某种单一的感受力,或者某种单一的感官能力。看到,同时也可以听到,可以闻到,可以触摸到,新感受力也是庞德所说的"不同观念的联合",是一个各种感受相结合的复合体。在1967年8月9日的日记中,桑塔格说:"对世界的感知以提喻的方式开始——将部分视为整体。真正的知识结构应该是发现越来越真实的整体,同时又不失去对部分的具体感知。"① 观"象"恰恰就是这种综合性、整体性的观察。

如前所述,《易传·说卦》中"乾为天,为圆,为君,为父,为玉,为金,为寒,为冰,为大赤,为良马,为老马,为瘠马,为驳马,为木果"的乾象,就是这样一个综合性、整体性的复合体。这个复合体不仅包含视觉上的意象,也同样包含由听觉、触觉、味觉、嗅觉等多种感觉共同形成的"象",甚至包含社会、家庭关系所呈现的结构。对这样一个"象"的感受,就必然需要运用各种感官乃至意识的力量,比如说味觉。

中国素有将品读与饮食相联系的传统。《说文解字》对"美"字的解释说:"甘也。从羊从大。羊在六畜主给膳也。美与善同意。"② 也就是说,"美"最初的含义,是与味觉相联系的。中国传统文论中的一些概念如"滋味""风味""韵味"等,都是指阅读能够刺激人们的味觉、嗅觉等感官功能,从而引起诸如苦辣酸甜等生理感觉的现象。在日记中,桑塔格也曾说过:"我看书的时候总感觉我是在吃东西。看书(等等)的需要如同一种可怕的极度饥饿。所以,我常常试图同时看两三本书"③,大体也与这种品读与审美对身体感官的

---

① [美]戴维·里夫编:《心为身役——苏珊·桑塔格日记与笔记》,姚君伟译,上海译文出版社2015年版,第260页。
② (汉)许慎:《说文解字》,中华书局1963年版,第78页。
③ [美]戴维·里夫编:《心为身役——苏珊·桑塔格日记与笔记》,姚君伟译,上海译文出版社2015年版,第268页。

刺激所产生的感受力相关。

　　从另一个方面来说，中国古人对味觉的感受，也常常超越具体的苦、辣、酸、甜等感官感受，而被赋予了政治、伦理甚至审美的意义。《吕氏春秋·本味》中记载了伊尹向商汤介绍烹饪之法，从认识原料的自然性质开始："夫三群之虫，水居者腥，肉攫者臊，草食者膻。臭恶犹美，皆有所以"；然后是烹饪用火的重要性："五味三材，九沸九变，火为之纪，时疾时徐。灭腥去臊除膻，必以其胜，无失其理"；再到调味的微妙："调和之事，必以甘酸苦辛咸，先后多少，其齐甚微，皆有自起"；最后是美味的标准："久而不弊，熟而不烂，甘而不哝，酸而不酷，咸而不减，辛而不烈，淡而不薄，肥而不腻"①。伊尹通过对烹饪的方法和滋味的描述，其实远远超过了一般的厨艺展示，而是对治国理政方略的说明。《礼记·乐施》篇也有记载说："酒食者，所以合欢也。"说出了中国古人以滋味入道的真谛。饮酒饭食，除了满足人的基本口腹之需，还可以让人有至高的审美体验以及得到天道的启示。伴随酒食进行的活动，如撞钟、奏乐、投壶、赋诗等，都是古时宴饮之乐的内容，是通过具体的滋味和娱乐体验让人产生特定感受的审美形式。同时，"合欢"所体现出的中国文化整体型思维模式的特征，也必然要通过饮食滋味的体验式感受才可以获得。

　　这种整体感觉的方式，曾被桑塔格形象地描述成某种"既弄混我们的感觉，又打开我们的感觉的电击疗法"（《反对》350），中国人称之为"通感"。《文心雕龙·比兴》有云："王褒《洞箫（赋）》云：'优柔温润，如慈父之畜子也。'此心声比心者也；马融《长笛（赋）》云：'繁缛络绎，范（雎）蔡（泽）之说也。'此以响比辩者也。"②把箫声的柔和与慈父爱护儿子相比较，以及将笛声的繁响

---

① 许维遹撰，梁运华整理：《吕氏春秋集释》，中华书局2009年版，第314—315页。
② （南梁）刘勰著，范文澜注：《文心雕龙》，人民文学出版社1958年版，第602页。

比作辩士的游说,在以声类声运用听觉意象的同时,又能唤起慈父畜子和辩士辩论的视觉意象。在《文心雕龙·物色》篇中,也有对艺术创作使各种感觉混在一处从而连成一片的描述:"是以诗人感物,联类不穷,流连万象之际,沉吟视听之区。写气图貌,既随物以宛转;属采附声,亦与心而徘徊。"① 无论是"写气图貌",还是"属采附声",诗人的联想总能跨越单一的感受模式,从而在整体上对审美对象进行感知。

钱锺书在《通感》一文中说:"在日常经验里,视觉、听觉、触觉、嗅觉、味觉往往可以彼此打通或交通,眼、耳、舌、鼻、身各个官能的领域,可以不分界线……"② 也就是说,在人们对日常生活的感受之中,通感广泛存在,并非只是对艺术作品欣赏和感受的专利。就像我们看到美好的景象会唱歌,而见到恐怖的景象会尖叫一样。现实生活中,我们也常常用一种感觉描述另一种感觉,如"冷静""甜美",等等,似乎颜色会有温度,声音会有形象,而冷暖也会有重量。在桑塔格的美学观念里,"新感受力"即具备这种"通感"的特征,因此,"取用那些用来传达身体感觉的粗词俗语,如'光鲜''够味''没劲儿'或'无味',或采用情节的意象,如'不连贯',以此来谈论风格,似乎有益无害"(《反对》21)。

"感"可以"通",并不是因为创作者或批评者运用了比喻或联想的修辞手段,而是因为人类的感受能力本来就是相通的。宋祁《玉楼春》的名句"红杏枝头春意闹",既是一种视觉上的动态之"闹",也是可以让人感觉五颜六色的色彩之"闹",同时,还有各种花香之"闹"。各种感官同时发生作用,正是一个有机生命体的特征,也折射出艺术作品是一个统一的有机生命体的观念。这个生命体不需要阐释者对其添加什么,也不需要批评者对其进行判断,它需要的,只是我

---

① (南梁)刘勰著,范文澜注:《文心雕龙》,人民文学出版社1958年版,第693页。
② 钱锺书:《七缀集》,生活·读书·新知三联书店2002年版,第64页。

们全神贯注于艺术作品，是在作品面前保持"静默"，正如桑塔格所说："全神贯注于艺术作品，肯定会带来自我从世界疏离出来的体验。然而艺术作品自身也是一个生机盎然、充满魔力、堪称典范的物品，它使我们以某种更开阔、更丰富的方式重返世界。"（《反对》33）

第三节　"虚神静志"与"见素抱朴"："静默美学"

所谓"静默"，并不是指一言不发，或者不著一字。在1967年发表的《静默之美学》（*The Aesthetic of Silence*）一文中，桑塔格以一种深刻的思辨模式对"静默"进行了哲学上的探源。她认为，纯粹的静默与真正的虚空是不可能的，如同"下"总是与"上"同在，"右"也永远和"左"同行一样，静默总是存在于一个充满语言和其他声音的世界里。艺术，在桑塔格看来，是调和或者超越各种矛盾的主要渠道。同时，由于艺术是人类的作品，是一种物质产物，这种物质性与其力图表现的精神性相冲突，因此，必须逐渐趋于"静默"，才能最终从物质性中解脱，实现超越（《激进》6）。

在桑塔格看来，这篇文章是"反对阐释"之再现[①]，是对"反对阐释"这一美学观念的继续和拓展。此文发表后，引起了批评界很大的关注。菲利普斯认为，"静默美学"为"精英主义与超现实主义小说和达达主义电影之间的矛盾提供了解决的方案"，它既可以是流行的，同时也可以是反传统的[②]。著名批评家里奇则认为，"静默美学"和"反对阐释"一起，体现了桑塔格从现象学研究到阐释学研究的转折[③]。霍德华滋在其博士学位论文中指出，在桑塔

[①] Edwin Newman, "Speaking Freeing", in Leland Poague (ed.) *Conversations with Susan Sontag*, Jackson: University Press of Mississippi, 1995, p. 7.

[②] William Phillips, "Radical Styles", in *Partisan Review* 36 (1969): 388–400.

[③] Vincent Leitch, *American Literary Criticism from the Thirties to the Eighties*, New York: Columbia University Press, 1987, pp. 166–172.

格眼中，艺术同宗教一样追求超越，只不过艺术追求的是对语言的超越，因此，"静默"的价值就在于帮助言语获得了最大限度上的完整与严肃。①

虽然"静默美学"经由桑塔格的书写，获得了批评同行极大的关注，但这一概念并非桑塔格首创。莎士比亚在他的十四行诗中就曾表达过诗歌对"静默"的依赖，如"我的缄口的诗神脉脉无语，他们对你的美评却累牍连篇"②。维特根斯坦也曾在多处表达过"凡是不可说的，我们必须保持沉默"这样的愿望③。归结起来，对于"静默"的呼唤，源于诗人艺术家对语言的不信任。

对语言能否真正表现世界的怀疑，在西方文明史上早有先例。柏拉图在《斐德若篇》中就指出，书写（writing）代替了人类自然的记忆力，同时恰恰意味着人类正在遗忘。神话中的国王对发明了文字的鸟首人身大神修思（Theuth）说："你并没有发现一剂记忆的良药，而是一种提醒的符号。你为你的学生们提供了智慧的表象，而不是事实。你的发明会使他们看似无师自通地知道很多事情，实际上仍然一无所知。而且他们会很难相处，因为他们的心里装满了智慧的赝品，而不是智慧。"④ 现当代的西方哲学家也纷纷对语言与世界的关系做出了类似的论断。这其中最有代表性的就是以德里达为首的解构主义者们对语言符号、词语、书写等概念的传统价值体系所进行的质疑。在德里达看来，一切将语言基本单位固定为"能指（透明工具）—所指（逻各斯）"式符号的语言观念系统都是对书

---

① Elizabeth McCaffrey Holdsworth, *Susan Sontag*: *Writer-Filmmaker* [diss.], Ohio University, 1981.
② ［英］莎士比亚：《莎士比亚全集》第八卷，朱生豪等译，人民文学出版社 1978 年版，第 591 页。
③ 关于维特根斯坦对此问题的论述，请参考 G. E. M. Anscombe, *An Introduction to Wittgenstein's Tractatus*, New York: Harper & Row, Publishers, Incorporated, 1965。
④ Plato, *Plato: Complete Works*, J. M. Cooper (eds.), Cambridge: Hackett Publishing Co., 1997, pp. 551 – 552.

写的一种压抑并以此压抑为表征，这种语言观念系统以语言或语音所代表的真理为语言之本原及语言之终极目标。而以德里达为代表的解构主义者们主张语言符号既不是一个实体，亦不具备此在性，而只是包含差异的一种嬉戏。语言被"历史地构造成了一块差异的织物"①。

这种只包含差异的嬉戏在多大程度上能表达人类试图交流和自我表现的愿望？桑塔格认为："在最严格的意义上，意识的一切内容都是难以言表的。即便最简单的感觉，也不可能完整地描绘出来。因而，每个艺术作品不仅需要被理解为一个表达出来的东西，而且需要被理解为对那些难以用语言表达出来的东西的某种处理方式。在最伟大的艺术中，人们总是意识到一些不可言说之物，意识到表达与不可表达之物的在场之间的冲突。"（《反对》42）在不可言说、不可表达之物面前，语言显示了自己的苍白与无力，正如电影大师伯格曼在《假面》中所表达的，语言是一种失效的力量。在桑塔格看来，"《假面》一片展现了适当语言的缺失，所谓适当的语言指的是真正充实的语言。语言留给我们的只有弥补不了的空隙，对应的是'解释'上充满漏洞的叙述"（《激进》154）。

"静默美学"的提出，就是基于这种对"解释"上充满漏洞之语言的不信任，即言语的焦虑。"艺术被揭露为毫无价值的东西，而艺术家工具的具体性（特别是语言具有的史实性）似乎是个陷阱"，而这一"陷阱"导致"艺术成为艺术家的敌人，因为它不让后者实现其渴求的目标——超越"（《激进》6）。也正是在这个意义上，语言的物质特性与其试图实现的精神性发生了冲突。在桑塔格看来，相对于图像这种艺术中介来说，语言既是"非物质性"的，同时，它又是艺术创造的所有材料中最不纯净、污染最厉害、消耗最严重的，因为"语言不仅供人分享，同时也正是由于历史的积累和重压而变质"（《激进》16，17）。

---

① Jacques Derrida, *Of Grammatology*, Baltimore: The Johns Hopkins University Press, 1976, p. 141.

同样因语言在历史的积累和重压下变质而慨叹的艾略特（T. S. Eliot）在其著名的《四个四重奏》中这样表达他对语言的焦虑：

> 词的辛劳，
> 在重负与紧张中破碎，断裂，
> 它由于不精确而滑落、溜走、灭亡
> 和衰朽，它不再适得其所，
> 不再驻留于静谧。（《烧毁的诺顿》，5.13—17）

语言，在历史的重压下已经无法完成自己承诺过的使命，艾略特对此有着痛苦的自觉。面对语言的坍塌，艺术家终于成了艺术的敌人，因为语言无法实现艺术家想要超越的愿望，对精神性的追求最终成了一场失败了的战役。用桑塔格的话来说，"说出的一切都不是真实的"（《激进》21）。

在中国哲学的系统里，对于语言的非真属性，老子在《道德经》的首章中就开篇明义地写道："道可道，非常道。名可名，非常名。"（《道德经》第1章）对于先验存在的道来说，语言永远是有形和有限的存在，因此不是恒常的。"有物混成，先天地生。寂兮寥兮，独立而不改，周行而不殆，可以为天下母。吾不知其名，字之曰道，强为之名曰大。"（《道德经》第25章）换句话说，道是不可言说的，是超越了语言力量的"已经如此"，甚至"道"这个字也是老子不得已才给出的名称。有趣的是，汉语的"道"既包含了世间万物的恒常之理，也可以是作为动词的言说，一个字统摄了两种对立的属性，其妙处无以言表。

道的不可言说性，引发了后世庄子"言不尽意"的慨叹，并由此深化为"得意忘言"的主张。在著名的"轮扁斫轮"的故事里，庄子借轮扁之口说："斫轮，徐则甘而不固，疾则苦而不入，不徐不疾，得之于手而应于心，口不能言，有数存焉于其间。……古之人与其不可传也死矣，然则君之所读者，古人之糟粕已夫！"（《庄子·天道》）也就是说，轮扁经过多年实践的"得之于手而应于心"的"数"，即"道"，是无法用语言告知其他人的。比如说梨子是甜的，但对于一个从未尝过梨的滋味的人，无论如何在语言上说，用文字写，还是无法使人体会甜的属性。

当代后结构主义者也认为，语言中的意义仅仅是一种差异。对于一个词来说，如果我们想从字典中确认它的意义，我们会发现，字典只会用更多的词来解释它，而这更多的词又使我们继续对其意义不断地查阅下去。"语言为自己设置的任务是恢复绝对原始的话语，然而它对原始话语的表达却只能是试图接近它和努力说出那些与之类似的东西，并以此使各种注释能够无限地接近于和相似于忠实。注释无穷地类似着它所注释的东西，类似着它永远无法表达的东西。"[1] 这和不断地使用白雪、白马、白鹅等词语对盲人解释白色一样，是一种差异的游戏。要知道梨子的滋味，就必须亲口尝一尝；要知道白色到底为何，就必须要亲眼看一看，就是这个道理。与其说语言帮助我们记忆（memory），不如说是一种提醒（reminder），这是《斐德若篇》中的国王揭示给我们的真相。用桑塔格的话来说，"语言降格为一种事件。一件事发生了，说话的声音指向言语之前和之后的东西：静默"（《激进》25）。

可见，这种言语上的焦虑可谓中西共有、古今共存了。那么艺术家要如何使用语言、使用怎样的语言才能最终使艺术克服这种焦虑进而实现超越和永恒呢？在艾略特的《四首四重奏》中，虽然诗人对语言限度的觉察使他不断提出对语言的怀疑，但是，在第一首诗最后一章的开始，诗人还是这样暗示了他对艺术永恒的希望：

---

[1] Michel Foucault, *The Order of Things*, London and New York: Routledge Classics, 2002, p. 46.

在讲过之后，达到
寂静。只有借助形式，借助模式，言语或音乐才能达到
静止，犹如一个静止的中国花瓶
永久地在其静止中运动。①

莎士比亚也曾在其著名的十四行诗第18首中说：

但是你的长夏永远不会凋落，
也不会损失你这皎洁的红芳，
或死神夸口你在他影里漂泊，
当你在不朽的诗里与时同长。
只要一天有人类，或人有眼睛，
这诗将长存，并且赐给你生命。②

艺术的最终超越，抵达存在的永恒状态，正是无数艺术家梦寐以求的瞬间。在桑塔格看来，静默的艺术恰恰就是实现这种永恒的途径。"对济慈来说，希腊古瓮的静默是精神滋养所在：'听不到'的旋律流传了下来，而那些迎合'世俗之耳'的业已朽烂。静默等同于留住时间（'放慢时间'）。我们可以一直看着希腊古瓮。"（《激进》19）也就是说，这种艺术赋予短暂的东西以永恒的形式，从而战胜了时间。无论是文字，还是乐曲，一旦获得了静默艺术的形式，它就能超越时间，走出生死循环，让我们可以永恒地观看。

那么静默的艺术到底是一种什么样的艺术形式？桑塔格用了多种方式试图让我们明白静默艺术的特点，其中"静默的艺术引发的

---

① ［美］T. S. 艾略特：《世界诗苑英华：艾略特卷》，赵萝蕤等译，山东大学出版社1997年版，第142—143页。
② ［英］莎士比亚：《莎士比亚全集》第八卷，朱生豪等译，人民文学出版社1978年版，第524页。

是凝望"(《激进》17)很能说明问题。桑塔格说:"观看(looking)是自愿的;它还是变化的,注意力随着兴趣焦点的出现和消失而起落。凝望(staring)本质上是一种强制性的冲动,它平稳、不变且'固定'。"(《激进》17)换句话说,静默的艺术是艺术家借助完全非历史性、非异化的艺术梦想来拔高自己的手段,在历史的重压面前,既不表现得卑躬屈节,也不表现得傲慢无礼,这种艺术只是以自己的沉默表达自己永恒的姿态。

具体说来,在静默艺术的多种形式里,就包括清单式艺术、目录艺术、表层艺术和随机艺术等。对这些艺术种类的观众来说,艺术的功用不是认可某种具体的体验,而是要保持体验的多样性,不是卷入某种事态的体验,而是对所有事态保持距离,从而"平稳""固定""不变"地凝望事件的发生。"传统上,艺术作品的效果经过了不均衡的分配,以引起观众循序渐进的体验:始而唤起,次则把持,最终满足观众的情感期待。"(《激进》28)静默的艺术不进行这样的效果分配,相反,它并不存在于观众的体验之中。作为艺术品自身特性的一种伪装,静默要求观众或读者的不在场,从而可以更加接近于无为地"存在"着。

既然不要求那种传统意义上的对具体事态的体验,那么这种凝望的艺术就可以被描述成在观众与艺术客体、观者及其情感之间设置重要的"距离"。"但是,从心理方面来看,距离往往与最强烈的情感状态相关,我们对待某个事物的冷静漠然正测度出我们对它无尽的兴趣。"(《激进》28)距离使许多当代艺术家以一种淡漠、简约、非个性化、反逻辑的方式创作,试图达到观众无法参与的圆满状态,观众面对这种圆满状态,自然只能凝望。

同样主张对事物保持距离,从而不卷入任何具体事态体验的做法也是道家艺术创作与鉴赏论的重要基石。"道之为物,惟恍惟惚。惚兮恍兮,其中有象,恍兮惚兮,其中有物。"(《道德经》第21

章）这中间的象，是道的直接生成品，是道在可感世界中的显现。万物以无形开始，以致所有有形的物体，甚至言辞，都不过是这无可名状之道的瞬间形态，就像相机在永不停息的时间流动中捕捉到的片段，无论如何多样，都不是时间本身。针对这一真相，在老子"致虚极，守静笃"（《道德经》第16章）的基础上，庄子提出了"心斋"与"坐忘"的审美方式。

"心斋"不同于普通的祭祀之斋戒，而是"有"从耳经过心再归于气的"无"。"仲尼曰：'若一志，无听之以耳而听之以心，无听之以心而听之以气！听止于耳，心止于符。气也者，虚而待物者也。唯道集虚。虚者，心斋也。'"（《庄子·人间世》）如果从人的身体、心智和灵性三个层次来把握，这里的"听之以耳""听之以心""听之以气"可以分别对应身体、心智和灵性之真我。耳朵能听到声音，心智能把握概念，而灵性则能悟道。如果人心被各种感官所产生的妄念所污染，除非领悟自然之道体，否则人心便无法回到真我之虚灵状态，所以《庄子》才说"唯道集虚"。在《论语》中，我们也看到孔子这样教颜回："克己复礼为仁，一日克己复礼，天下归仁焉。"颜回进一步提问"请问其目"，孔子回答说："非礼勿视，非礼勿听，非礼勿言，非礼勿动。"（《论语·颜渊》）孔子教颜回搁置各种感观功能，不让心跟着自己的感官功能而动，在艺术层面上讲，恰恰是对艺术手法和效果的彻底削减，用简约和"零度"的方法使作者和观者（读者）一念不起，保持"本来无一物"的虚灵状态。这就是"心斋"，心的斋戒。换句话说，就是由"有心而为"回到自然无为，自然就可以"无为而无不为"了。

这种"自然无为"的心的斋戒，在通常状态下，并不表现为身处深山的隐士行为，在艺术上说，有时恰恰表现为喧嚣吵闹，唠唠叨叨；而观者的审美体验，却远离了这些喧嚣与唠叨，如颜回描述的"坐忘"："堕肢体，黜聪明，离形去知，同于大通"（《庄子·大宗师》），庖丁所说的"以神遇而不以目视，官知止而神欲行"（《庄子·养生主》），以及梓庆所说的"斋七日，辄然忘吾有四肢形体也"（《庄子·达生》）。这些不仅是中国古代艺术追求主客浑然一体的旨归，也是学道之人在体验无我无为之大道所必经的"坐忘"境界。

要达到这种"坐忘"的境界，只有通过彻底地与原有逻辑决裂，用一种"凝望"的态度，而不是深深卷入其中的体验，才能有望实现，用桑塔格的话来说，"当代艺术所能获得的与历史最远、与永恒最近的就是凝望"（《激进》18）。观众欣赏这种艺术，就应当如同欣赏风景。"风景不需要观众的'理解'，他对于意义的责难，以及他的焦虑和同情；他需要的反而是他的离开，希望他不要给它添加任何东西。沉思，严格来说，需要观众的忘我：值得沉思的客体事实上消解了感知的主体。"（《激进》18）这和循道之人的虚静无为状态实在是如出一辙。

经由凝望的艺术，经由创作者的虚神静志，艺术所要追求的静默才会最终实现。马塞尔·普鲁斯特（Marcel Proust）曾说过："书本都是孤独之作，沉默之子。沉默之子与言词之子应互不相涉——思绪的产生是源于想说些什么，想表达某种不赞许，或某种意见；也就是说，来自于某种模糊的想法。"① 既然是沉默，又如何变成了书本，变成了言辞的表达？桑塔格认为，我们呼吁静默，是因为这个时代的艺术太过喧嚣了，需要用静默来表达一种无可言说的状态。而静默，又始终呈现为一种语言形式的表达，用"唠叨不休"表达静默。"我们承认静默的力量，但还是继续说话，当我们发现没什么可说的时候，就想方设法来说出这一*境况*。"②（《激进》13）

---

① Marcel Proust, *By Way of Sainte-Beuve*, Sylvia Townsend Warner (trans.), London: Hogarth, 1984, p. 198.

② 此处斜体为原文所有。

可是到底该怎样说出这样一种无话可说的境况呢？桑塔格认为，首要的任务是恢复语言的纯洁性，重新找回那种"感觉的语言"。这种语言是直接表达感觉的介质，是一种"自然"的语言，是"惟一免于歪曲和幻想的语言"，是人类在重新找到天堂后使用的语言。（《激进》24）保罗·德·曼（Paul De Man）评价里尔克[①]诗中的语言是"一种媒介，它从自己身上剥夺了所有的资源而仅仅剩下声音。再现和表现的可能都消灭在一种禁欲主义的自我修行中，这种修行除媒介的形式属性外不能容忍任何指涉。由于声音是语言唯一的财富并且确实内在于语言而与语言之外的一切无关，它将始终是唯一可以利用的资源"[②]，换句话说，语言作为艺术作品的媒介，除声音之外，不指涉其他任何事物，而为了要表达出这种纯净的静默状态，语言又是唯一可以利用的资源。与德·曼的看法相类似，桑塔格也认为里尔克在诗中提出了尽量接近静默的方法。"为了避免以那种仅仅旁观的颓废姿态去体验自然、事物、其他人以及日常生活的构成，语言一定要回复其纯洁性。如同里尔克在第九哀歌中描绘的那样，语言的救赎（也就是通过世界在意识中的内在化过程来救赎世界）是一个极为漫长、无限艰巨的任务。"（《激进》26）

除了恢复语言的纯洁性，艺术家还必须运用削减艺术性的手段以及简约和贫乏的艺术策略来为观众提供更加直观感性的艺术体验。贝克特[③]曾经提出"贫乏的画"这一概念，耶日·格罗托夫斯基[④]为

[①] 里尔克（Rainer Maria Rilke，1875—1926）：奥地利诗人。出生于布拉格，代表性著作包括诗集《生活与诗歌》《祈祷书》《新诗集》《新诗续集》《杜伊诺哀歌》等。此外，他还创作有日记体长篇小说《马尔特手记》。

[②] Paul De Man, *Allegories of Reading*：*Figural Language in Rousseau*，*Nietzsche*，*Rilke and Proust*，New Haven：Yale University Press，1979，p. 32.

[③] 贝克特（Samuel Beckett，1906—1989），爱尔兰作家，创作的领域主要有戏剧、小说和诗歌，被认为是荒诞派戏剧的重要代表人物。1969年，他因"以一种新的小说与戏剧的形式，以崇高的艺术表现人类的苦恼"而获得诺贝尔文学奖。

[④] 耶日·格罗托夫斯基（Jerzy Grotowski，1933—1999），波兰导演，戏剧作家。重要剧场作品有《卫城》《浮士德博士》《忠贞王子》《启示录变相》等。

他在波兰的实验剧场所提的宣言是"建设一家乏味的戏院",而杜尚①在 1924 年到 1926 年所创作的唯一的电影,标题即为"乏味的电影院"。所有这些,在桑塔格看来,"不该简单地被视为是对观众的暴力训诫,而是提升观众体验的策略"(《激进》14)。

  从某种意义上说,这种贫乏的、简约的艺术策略恰好是艺术所具有的最高抱负。"在貌似恳切的谦逊之下,隐藏着充满活力的世俗亵渎:希望获得'上帝'那没有限制、不加区别的全部思想。"(《激进》15)换句话说,由于艺术的贫乏,经由静默的净化,观众也许可以超越原有意识的破坏性选择,放弃那些与事实不同的心理记忆,从而可以关注一切事物。否则,"我们总是新瓶装旧酒,将每个新体验与上一个联系起来,从而封闭了我们的体验"(《激进》25)。

  在这种艺术观的框架里,意识成了一种负担,是"所有说过的话语的记忆"(《激进》25)。而静默,经由艺术家操作,逐渐成为知觉与文化治疗计划的一部分。"语言可以用来抑制语言,表达沉默。……艺术必须用静默的标准,借由语言及其替代品,对语言本身发起全面的攻击。"(《激进》25)对语言的攻击表现为对艺术活动比以往更加迂回、更加坚决的追求,具体则表现为多种简约、虚空和反讽等形式的运用。"直白是静默美学的直接产物"(《激进》31),这导致艺术家不再用"意义"作为艺术语言的标准。一方面,静默艺术的语言如此直白,当读者试图探究其意义时,结果却只有字面意义。另一方面,它会默默地推翻以前说教式的严肃,转为反讽性的开明。在追求静默的背后隐藏着对认识上与文化上之清白历史的渴求。用桑塔格的话来说,"最激动、最热切的对静默的提倡,

---

  ① 杜尚(Henri-Robert-Marcel Duchamp,1887—1968),法国艺术家,20 世纪实验艺术的先锋,被誉为"现代艺术的守护神",对于第二次世界大战前的西方艺术有着重要的影响,是达达主义及超现实主义的代表人物和创始人之一。

表现为一个彻底解放的神话般的计划。它所设想的解放包括艺术家摆脱自身的限制,艺术摆脱特定艺术作品的限制,艺术摆脱历史的限制,精神摆脱物质的限制,思想摆脱认识和智力的限制"(《激进》19)。

这种使语言摆脱诸种限制、"彻底解放的神话般的计划",以及对直白、简约、虚空的追求,在学道之人看来,已经契入了道的精神。老子崇尚自然、无为,主张"绝学""弃智",从艺术的角度看,他主张的是一种摒弃人文,合乎天然的艺术。"道法自然""大音希声,大象无形""见素抱朴"等涉及审美心理、创作原则的只言片语,虽然寄生于"道"的体系,却极大地影响了后世文艺理论的发展和创作实践。

在庄子看来,自然即自然而然,是最高自由的典范。在《齐物论》中,庄子曾列举了包括人在内的各种生物在世界中进行言说的方式,包括天籁、地籁和人籁。其中,人籁像竹管发出的声音一样单调乏味,而地籁则像风吹大地上所有的孔穴,能发出各种天然合一的声音,"是唯无作,作则万窍怒号……前者唱吁而随者唱喁"(《庄子·齐物论》)。在这"万窍怒号"之背后,是天籁使这大地之音成为声音,它和地籁一起形成了大地上众声喧哗、异声同啸的自然之音。艺术作为人为的产物,自然要效法天地,最大限度地减少人为的痕迹,践行"见素抱朴,少私寡欲"的艺术原则,则自然可以"惊天地,泣鬼神"。

素朴,虽然在很大程度上消解了常规意义上的"意义",却潜藏着更大"意义"的可能性。暗示,就成了这种美学观所衍生出的创作手段。"少年不识愁滋味,爱上层楼。爱上层楼,为赋新词强说愁。而今识尽愁滋味,欲说还休。欲说还休,却道天凉好个秋。"(辛弃疾:《丑奴儿·书博山道中壁》)"天凉好个秋"虽然看似与愁苦忧伤的经验毫不相关,但却用召唤性的语言框架蕴含了无尽的意义。辛弃疾对忧伤与愁苦的描写可谓"不着一字，尽得风流"了。它比直接用语言说出更具有感染力，成了千古以来试图说忧道愁者不可逾越的巅峰。

受道家美学观影响，中国艺术通常主张简约和含蓄，用字用墨俭省，作品简练质朴，"大巧若拙，大辩若讷"（《道德经》第45章）。真正的能工巧匠是因循自然之理而进行的创造，因没有丝毫人工的矫饰而被认为"拙朴"，这种拙朴是中国诗学观最高的境界，是"天人合一"，意味无穷的。钟嵘所谓"文已尽而意有余"，正是这种诗学观的最好说明。绘画当中的"留白"，书法中的"疏密"，音乐中的"休止符"，都是这种静默美学观在艺术上的具体呈现。

《程氏外书》卷一记录了伊川的话说："得意可以忘言，然无言又不见吾意。"钱锺书对其解释说："盖必有言方知意之难'尽'，若本无言又安得而'外'之以求其意哉。"又说："人生大本，言语其一，苟无语言道说，则并无所谓'不尽言''不可说''非常道'。……'不道'待'道'始起，'不言'本'言'乃得。缄默正复言语中事，亦即言语之一端，犹画图上之空白、音乐中之静止也。"① 换句话说，图画中的空白、音乐中的休止，正如同言语中的静默一样，是更根本的言说，充满了潜在的意义。正是在这种无所是又无所不是的潜在状况下，才开启了学道之人圆满的解脱和所有的智慧。用当代批评家迈克尔·伍德（Michael Wood）的话来说："我们无法超越人类、超越诠释，而一个会说话的沉默也就不再是沉默。……沉默不只是在字词之外，也在字词之中，而那些隐藏在远处的书，那些多种多样的沉默之子，也许就是我们最需要的书。"②

桑塔格在她第一部长篇小说《恩主》中，曾塑造了一个一心做

---

① 钱锺书：《谈艺录》，生活·读书·新知三联书店2007年版，第239页。
② ［英］迈克尔·伍德：《沉默之子》，顾钧译，生活·读书·新知三联书店2003年版，第290页。

梦并不断在梦想和现实之间牵线搭桥的人物形象。用这位主人公的话说："在全神贯注的状态下，没有必要说服什么人相信什么东西。没有必要去分享、去劝说，或者去声明。在全神贯注的状态下，有时是沉默，还有，有时是谋杀。"（《恩主》151—152）这与她后来提出的"静默美学"如出一辙。艺术作品并非一种告白，不是用语言分享、劝说或者声明某种内容的工具，而是一种全神贯注的静默，引发的是桑塔格称之为"凝望的艺术"。然而，静默并非主体的缺席或者死亡，有时还会以"谋杀"的形式出现，正如后世道家的一句名言所说，"若要人不死，除非死个人"。桑塔格后来在论述到伯格曼电影《假面》时也谈道："就行为而言，这（沉默）也是她用于操纵和迷惑她喋喋不休的护士同伴的一种权利和手段，一种虐待，以及事实上无可挑战的强势地位。"（《激进》19）就这样，"静默"的美学形态，"见素抱朴"的艺术情怀，隔着中西方哲学观念的层层迷雾，相视一笑。

第三章　文学与社会

比起很多作家来说，桑塔格的社会活动参与度更高，社会身份更复杂，被誉为"美国公众的良心"。作为20世纪后半期最知名的公众人物之一，她的声誉很大程度上来源于她作为公共知识分子在社会生活各个领域的参与。从越南战争期间的"河内之行"开始，她积极参与社会政治事件，对美国知识界、政治界不断进行激烈的批评，她的许多关于美国政治的论断被认为是美国知识界最为激烈的异议之声。"9·11"事件之后，她几乎在第一时间通过媒体发声，并对美国长期执行的外交政策进行批评。在她看来，那些驾机自杀的极端伊斯兰分子完全不像西方媒体所描述的那样"怯懦卑鄙"，而是非常勇敢。她说："有谁敢承认这并不是'怯懦地'袭击'文明'或'自由'或'人性'或'自由世界'，而是袭击自我宣称的世界超级大国，且袭击是由于美国的某些结盟和行动的后果而发动的？"（《同时》109）如此质疑和批评自然引起了美国社会的轩然大波，其中保守派杂志《新共和》公开宣布："拉登、萨达姆和桑塔格的共同之处是什么？答案是：他们都希望美国毁灭。"[1] 同历史上很多公共知识分子一样，桑塔格坚守自己独立自主的知识

---

[1] 刘擎：《纷争的年代：当代西方思想寻踪2003—2012》，广西师范大学出版社2013年版，第224页。

分子立场，她具有炸弹般力量的文字使她赢得了"批评界的帕格尼尼"这样的称号。

但是，很多年以来，整个知识界对桑塔格的政治立场"左""右"为难。桑塔格对美国政府一贯持激烈的批判态度，多年来一直对古巴卡斯特罗革命深表同情，这些都使人们很容易给她贴上"左翼"的标签。然而，桑塔格并非单纯地站在反对美国政府，同情并支持社会主义运动的立场上，她对共产主义及其奉行共产主义理想国家的态度也曾一度受到左翼人士的批评。南斯拉夫解体后，当塞尔维亚与波黑发生军事冲突时，桑塔格亲临前线——她没有站在塞尔维亚的阵营一方，而是加入了抵抗社会主义的塞尔维亚的行列中。在被塞尔维亚军队重重包围的萨拉热窝，她排演了贝克特的著名戏剧《等待戈多》，以此谴责整个西方社会对此次塞尔维亚军队所发动的残酷战争袖手旁观。当西方的政治家们还在根据自身的利益进行左右权衡的时候，桑塔格与哈贝马斯①等一大批知识分子一起，高声呼吁联合国与北约出兵，保护弱小的波黑，制止这场血腥的种族灭绝屠杀。

另一个让知识界左右为难的立场，是桑塔格的性别身份。桑塔格结过婚生过子，是个异性恋者。同时，她又是一个同性恋者，有过不止一个同性伙伴。她被很多人称为"女性主义者"，她自己也认可这样的称呼，但是当一位朋友在媒体中称赞她为"美国最聪明的女人"时，她却为这样一种评价感到"羞辱"："首先，这是如此冒犯和侮辱性的，它如此强烈地预设了你所做的事情不适合它所命名的那种类别，即女人。其次，这是不真的，因为从不存在这样（最

---

① 哈贝马斯（Jürgen Habermas，1929— ），德国当代最重要的哲学家之一，是西方马克思主义法兰克福学派第二代的中坚人物，被称为"当代的黑格尔"和"后工业革命的最伟大的哲学家"。2015 年，获美国国会图书馆颁发克鲁格人文与社会科学终身成就奖。主要著作有《公开活动的结构变化》《知识与人的利益》《理论与实践》《走向合理的社会》《交往的理论》《合法性的危机》等。

聪明）的人。"① 桑塔格一生为女性主义运动奔走，认为女性主义运动是"世界上发生的最伟大的事情之一"②。在她看来，当今世界上所存在的暴力，很大程度上源于两性之间的对立。她说："我希望能有这样一个世界，其中女人更有进取心，而男人则更善良；换句话说，我觉得，如果他们不那么对立，那就好。"③

《火山情人》和《在美国》两部小说的出版，又为她赢来了"历史小说家"④的标签，甚至招来了"抄袭"历史文献的指责。⑤ 桑塔格最热衷的阅读书目中，除了文学，就是历史。对桑塔格来说，历史既是文学最终的归宿，同时也是文学一直试图逃离的对象。一方面，历史为文学创作提供了无限的素材、资料和借以参照的对象；另一方面，文学又对历史的累积和重压心有余悸，试图"借助完全非历史性（ahistorical）、非异化（unalienated）的艺术梦想来拔高自己，由此弥补历史带来的奴役和羞辱"（《激进》17）。可以想象，90年代桑塔格转向历史小说的做法，确实"让全国的批评家和购书者困惑不已"⑥。

桑塔格身上的标签可谓多矣。如果放在一个结构主义的框架里，这些标签多半相互对立，互相矛盾。但是，如果我们把这些标签放在中国哲学体系及其衍生的传统文论体系中，它们则以一种奇妙的方式统一在一起。左与右、阴与阳、虚与实，都是同一件事物的两个方面，是相异共生、殊途而同归的。

---

① 刘擎：《声东击西》，新星出版社 2005 年版，第 13 页。
② Monika Beyer, "A Life Style Is Not Yet a Life", in Leland Poague (ed.) *Conversations with Susan Sontag*, Jackson: University Press of Mississippi, 1995, p. 172.
③ Monika Beyer, "A Life Style Is Not Yet a Life", in Leland Poague (ed.) *Conversations with Susan Sontag*, Jackson: University Press of Mississippi, 1995, pp. 172–173.
④ Paula Span, "Susan Sontag, Hot at Last", in Leland Poague (ed.) *Conversations with Susan Sontag*, Jackson: University Press of Mississippi, 1995, p. 261.
⑤ Doreen Carvajal, "So Whose Words Are They, Anyway?: A New Sontag Novel Creates a Stir by Not Crediting Quotes From Other Books", in *The New York Times*, 27 May, 2000, B9.
⑥ Paula Span, "Susan Sontag, Hot at Last", in Leland Poague (ed.) *Conversations with Susan Sontag*, Jackson: University Press of Mississippi, 1995, p. 261.

第一节　桑塔格的政治观："左""右"不为难

少女时代的桑塔格就对社会事务十分关心，并对各种公共事务仗义执言。据传记作者卡尔·罗利森和莉萨·帕多克的书中记载，在北好莱坞中学的时候，大约14岁的桑塔格就经常以校园和政治生活为题撰写社论。"她主张一种得到两党支持的外交政策，主张致力于发掘新成立的联合国的潜力，旨在避免'侵略与绥靖政策之极端'。"同时，她还痛斥那种"在别人向我们扔炸弹之前，先将炸弹朝他们扔过去"的心态，反对那种"每个持不同政见者都是赤色分子"的歇斯底里表现。她曾与同学合写过一篇社论，提议学校附近安装红绿灯，引起了当地政府的重视，并对她们的建议予以采纳。她还发表过关于亚伯拉罕·林肯的演讲，参加过题为"第三政党的必要性"的主题辩论①。

桑塔格真正参与社会事物与国际关系的活动，应该从她在越战期间受邀赴越南访问开始。20世纪60年代后期，桑塔格对越南战争的严厉谴责看起来使她与很多和平主义者一样，被挂上了"反战"的头衔。1966年2月，她同诺曼·梅勒②、伯纳德·马拉默德③等文艺界人士一起，参加了在曼哈顿市政厅举行的"争取越南和平"的主题朗诵会。在这场朗诵会上，桑塔格和一众参加者一起，斥责了作为超级大国的美国声称维护自由，却对一个"由英

---

① ［美］卡尔·罗利森、莉萨·帕多克：《苏珊·桑塔格全传》，姚君伟译，上海译文出版社2018年版，第25—27页。
② 诺曼·梅勒（Norman Mailer，1923—2007），美国著名作家，国际笔会美国分会主席。代表作有《裸者与死者》（*The Naked and the Dead*，1948）、《夜间的军队》（*The Armies of the Night*，1968）等。
③ 伯纳德·马拉默德（Bernard Malamud，1914—1986），美国小说家，大部分作品用怜悯而扭曲的幽默描绘美国犹太人及他们的生活。代表作包括《店员》（*The Assistant*，1957）、《修配工》（*Fixer*，1967）等。

俊的国民组成的小国"进行残酷的、自以为是的屠杀①。1967年底，由于桑塔格的反战言论和抗议行动，她遭到了逮捕并被关押，1968年1月经过出庭后获释。同年5月，应北越政府的邀请，桑塔格和另外两位反战抗议者一起访问了河内，并在回国之后写下了旅行日记《河内之行》（*Trip to Hanoi*，1968），引发了美国社会激烈的争议。

但是，我们不能就此说桑塔格是反对战争的。在接受《西班牙国家日报》（*El Pais*）采访时，桑塔格对美国政府在塞尔维亚与波黑的军事冲突中表现的袖手旁观态度非常不满。②她虽然反对美国的全球霸权，但在1993年，当南斯拉夫解体后塞尔维亚与波黑发生军事冲突时，桑塔格曾大声呼吁，包括美国在内的西方国家应该对南斯拉夫的种族冲突进行人道主义干预，包括运用战争的方式，为此她甚至在战火纷飞的萨拉热窝导演了荒诞派戏剧《等待戈多》。"我的政府应该干预，因为她将自己视为一个超级大国"，桑塔格如是说。而对于美国和欧洲各国的袖手旁观，桑塔格颇为愤怒："现在没有任何左派。这是个笑话。"③

常常被归为左派作家的桑塔格曾在20世纪80年代发表了《波兰及其他问题：共产主义与左翼》的著名演讲，坚持要"揭穿谎言，呈现真相"，从"共产主义的破产和共产主义体系的彻底堕落"中汲取经验和教训。"我们要抛弃许多左翼自鸣得意的玩意儿，挑战我们多年以来习以为常的'激进'和'进步'的观念，祛除那些陈腐的辞令。"④这让那些自以为熟悉她政治立场的人颇为疑惑。诺姆·乔

---

① 参见［美］卡尔·罗利森、莉萨·帕多克《苏珊·桑塔格全传》，姚君伟译，上海译文出版社2018年版，第178页。

② Alfonso Armada, "The Twentyfirst Century Will Begin in Sarajevo", in Leland Poague (ed.) *Conversations with Susan Sontag*, Jackson: University Press of Mississippi, 1995, p. 267.

③ Alfonso Armada, "The Twentyfirst Century Will Begin in Sarajevo", in Leland Poague (ed.) *Conversations with Susan Sontag*, Jackson: University Press of Mississippi, 1995, p. 270.

④ Susan Sontag, "Poland and Other Questions: Communism and the Left", *The Nation*, 27 February, 1982, p. 230.

姆斯基①认为，桑塔格如此把共产主义和法西斯主义并置，并不能解决波兰当时的问题，而玛丽·麦卡锡②则盛赞桑塔格的勇敢与执着，认为"迟来的发现总比没有发现更好"。③ 多数人则认为，桑塔格就此改变了自己的信仰，与左派阵营彻底决裂。④

那么，桑塔格到底是左翼还是右翼？她是怎样看待作家的政治身份及文学的政治力量的？2001年5月，在获得耶路撒冷文学奖之后，桑塔格发表了题为《文字的良心》的演说。在这次演讲中，她深刻分析了作家的职责及其文字的社会功用。在她看来，作家不应该成为生产意见的机器，作家的价值及其令人赞赏的品质，应该从作家独一无二的声音中，而不应该在其所持的立场中找到。"作家的首要职责不是发表意见，而是讲出真相……以及拒绝成为谎话和假话的同谋"（《同时》155），而文学，作为能够体现细微差别甚至容纳完全相反意见的空间，不应该被粗暴地简化为一个单一的、简单的声音。文学的智慧，在桑塔格看来，是通过"揭示我们私人和集体命运的多元本质"（《同时》157）来体现的。文学的智慧不在于表达了何种意见，而且有时甚至与表达意见这种做法颇为对立。"提供意见，即使是正确的意见——无论什么时候被要求提供——都会

---

① 诺姆·乔姆斯基（Noam Chomsky, 1928—），美国哲学家、语言学家，麻省理工学院语言学的荣誉退休教授。随着他1967年在《纽约书评》上发表的一篇题为"知识分子的责任"的文章，乔姆斯基成为越南战争的主要反对者之一。从那时起，乔姆斯基便因他的政治立场而出名，对世界各地的政局发表评论，并撰写了大量文章。主要作品有《现代希伯莱语语素音位学》《转换分析》《句法结构》等。

② 玛丽·麦卡锡（Mary McCarthy, 1912—1989），美国作家、"美国文学艺术研究院"院士、美国"国家文学艺术研究院"院士。擅长对婚姻、两性关系、知识分子以及女性角色进行辛辣评论。她曾获得爱德华·麦克道尔奖章（1982）、美国国家文学奖章（1984），以及罗切斯特文学奖（1985）等多项奖项，被《纽约时报》赞誉为"我们时代唯一真正的女作家"。代表作有《群体》《国家的面具》等。

③ Will Garry, "Susan Sontag's God That Failed", *Soho News*, 2 March, 1982, p. 12.

④ 关于桑塔格的政治立场转变及其引发的争论，在卡尔·罗利森和莉萨·帕多克的《苏珊·桑塔格全传》中有专门一章进行详述，标题就称为"苏珊：改变信仰者（1982）"。参见[美]卡尔·罗利森、莉萨·帕多克《苏珊·桑塔格全传》，姚君伟译，上海译文出版社2018年版，第309—316页。

使小说家和诗人的看家本领变得廉价,他们的看家本领是省思,是追求复杂性。"(《同时》157—158)

省思、省察以及对复杂性的追求,是中国文论最早提出的文艺功能之一。孔子在《论语·阳货》中说:"小子何莫学夫诗?诗可以兴,可以观,可以群,可以怨",其中的"观"与"怨",完全可以呼应桑塔格对文学之省思和复杂性的追求。《周易·观卦》的卦辞说:"观,盥而不荐,有孚颙若",意思就是君子在祭祀的时候,刚刚洗干净了双手,在还没有献上祭品的时候,那种虔敬和肃穆的样子已经非常可观了。观祭礼的人看到这样的虔敬,自然也会以同样的虔诚肃穆对待。观卦的象辞说,"风行地上,观。先王以省方观民设教",意思是说,古代先王根据观卦的卦象(巽上坤下),即风行地上,领悟出自己当效仿天地巡省八方,考察世风民俗,观示天下,宣布教化。

"诗"虽不能等同于"世风民俗",但在孔子看来,却可以让观者,通常是君子,通过"诗"而对世风民俗有所观察,进而有所"省"。"兴观群怨"中的"观",根据汉儒郑玄解释,即为"观风俗之盛衰"[1]。据《左传·昭公二十七年》记载,季札从对各国诗乐所进行的观察中,推测出了当时各国政治的盛衰。季札观乐,就是通过各诸侯国所演奏的诗乐来判断当地的风土人情、政教得失,是典型的以诗观治。与之相类似,《孔子诗论》也说:"《邦风》,其纳物也,溥(普)观人俗焉,大敛财焉。其言文,其声善。"[2] 所谓"邦风",是指某地的政教风气、风土人情,这些都与诗风乐风紧密联系,所以君子才能够借诗以观风俗,是对前面所说"诗可以观"的有力补充。

这种"观",是对整体世风的考察,而不是对某一特定观点的提

---

[1] 程树德撰,程俊英、蒋见元点校:《论语集释·中》,中华书局2017年版,第1561页。
[2] 陈桐生:《〈孔子诗论〉研究》,中华书局2004年版,第258页。

倡或者确认，是巡省"八方"，而不是"一方"的结果。2003年，桑塔格在德国获得"德国书业和平奖"，并发表了"文学就是自由"的获奖演说。在她看来，尽管美国和欧洲很多富裕国家公民的日常生活有很多相似之处，但他们之间的"世风民俗"却存在巨大的差异，甚至是对立的。"这种对立——因为确实存在着对立——是无法在短期内解决的，尽管大西洋两岸很多人都满怀善意。"（《同时》206）归根结底，欧洲与美国之间的对立都源于我们对"新"与"旧"的不同认识。然而，"生命是什么，如果不是旧与新之间的一系列讨价还价？在我看来，我们似应时刻说服自己跳出这些死板的对立"（《同时》207）。

"跳出这些死板的对立"，就意味着抛弃某一具体的立场，从整体和全局，或者说从上帝的视角观察世事。《周易·观卦》的象辞说："观天之神道，而四时不忒。圣人以神道设教，而天下服矣。"天地之间，原本并没有新与旧、文明与野蛮之类的对立观念，而人类观察"天之神道"，顺应天理，就是要破除这些对立，将春夏秋冬四时不忒的道理演绎到社会实践中，从而实现真正的自由。桑塔格说：

> 我一生把不少时间和精力用于试图去除两极化的思维方式和对立化的思维方式的神话。放到政治脉络中，这意味着赞成多元化和世俗化。像一些美国人和很多欧洲人一样，我更愿意生活在一个多边世界里——一个不是由任何一个国家（包括我自己的国家）独霸的世界里，可以在我们这样的世纪——一个看来将成为另一个由各种极端和恐怖构成的世纪——表达我对一整套社会改良原则的支持——尤其是支持弗吉尼亚·伍尔夫所称的"宽容所包含的忧伤品德"。（《同时》207）

去除对立和两极化思维，体现在艺术作品上，是对所有占支配地位和试图独霸一方的虔诚提出质疑和批判。"文学是对话，是回应"（《同时》207），而不是成为某种观点的爪牙或复读机，因此文学作品才会使读的人得以思考和省察。班固《汉书·艺文志》说："王者所以观风俗，知得失，自考正也"①，说明中国古代统治者通过诗所"观"的不仅仅是"风俗之盛衰"，而是要进一步看见政治上的得失，从而省察自身政治上的失误并进行适当调整。唐代诗人白居易继承了孔子诗可以"观"的思想，在《与元九书》中提出，"文章合为时而著，歌诗合为事而作"，认为诗的最大功用便是"观"。他在应答皇帝关于观诗省风的对策中提出，贤明的帝王要善于采诗观风，以便体察民情，从民间流行的歌诗中了解政治上的得失，进而纠正过失。在《策林六十九·采诗以补时政》篇中，白居易说：

> 圣王酌人之言，补己之过，所以立理本、导化源也，将在乎选观风之使，建采诗之官，俾乎歌咏之声，讽刺之兴，日采于下，岁献于上者也。所谓"言之者无罪，闻之者足以自诫"。大凡人之感于事，则必动于情，然后兴于嗟叹，发于吟咏，而形于歌诗矣。故闻《蓼萧》之诗，则知泽及四海也；闻《华黍》之咏，则知时和岁丰也；闻《北风》之言，则知威虐及人也；闻《硕鼠》之刺，则知重敛于下也；闻"广袖高髻"之谣，则知风俗之奢荡也；闻"谁其获者妇与姑"之言，则知征役之废业也。故国风之盛衰，由斯而见也，王政之得失，由斯而闻也；人情之哀乐，由斯而知也；然后君臣亲览而斟酌焉；政之废者修之，阙者补之；人之忧者乐之，劳者逸之……老子曰："不出户，知天下。"斯之谓欤？②

---

① （汉）班固撰，顾实讲疏：《汉书艺文志讲疏》，上海古籍出版社2009年版，第39页。
② 陈伯海主编，查清华、胡光波等编撰：《唐诗学文献集萃》上册，上海古籍出版社2016年版，第118页。

"君臣亲览而斟酌"及"政之废者修之，阙者补之"，显然是文章"经世致用"最明确的表达，也是诗为何"可以观"的根本原因。如果从作者而不是从读者的角度来看，批判和质疑也不同于"摆观点""发表意见"，而是揭露真相。"作家的首要职责不是发表意见，而是讲出真相……以及拒绝成为谎言和假话的同谋"（《同时》155），桑塔格如是说。

真相就是事物与事件的本来面目，与"左"或"右"的立场无关。同时，这种真实也与所谓的提供"信息"无关。"信息永远不能取代启迪"（《同时》158），而以提供信息为主要责任的新闻媒体其实更多的是制造舆论。对桑塔格来说，与真正的文学相比，舆论有两大问题：其一，"你会紧跟着它"（《同时》157），导致某种观点的霸权；其二，"舆论是故步自封的经销处"（《同时》158），它使人沉迷于某种观点，陷入自我争斗。而作家要做的，是"使我们摆脱束缚，使我们振作。打开同情和新兴趣的场所。提醒我们，我们也许，只是也许，希望使自己变得跟现在不同或比现在更好。提醒我们，我们可以改变"（《同时》158）。

带来改变，这才是文学的责任、作家的职责。然而，与政客们喋喋不休的高谈阔论和声嘶力竭的唇枪舌剑不同，文学所带来的是"温柔敦厚"的教化，是"润物细无声"的改变。语言文字一旦形成，就会不可避免地落入历史性的窠臼，而立场鲜明的唇枪舌剑往往会成为瞬间被抛弃的文字垃圾。在《文字的良心》这篇演说中，桑塔格开篇即说："我们为文字苦恼，我们这些作家。"（《同时》149）一方面，"文字有所表。文字有所指。文字是箭，插在现实的厚皮上的箭"；另一方面，文字又像是一条条隧道，或是一个个房间。"它们可以扩张，或塌陷。它们可以变得充满霉味。"（《同时》149）在这次演讲中，她深刻地分析了所谓"和平"的概念，质疑了通常意义上人们对"和平"的理解。在她看来，"大多数人所说的'和平'，是指胜利。胜利在他们那边。对他们来说，这就是'和平'；而对其他人来说，和平则是指失败"（《同时》149—150）。也就是说，和平只是胜利者的和平，是强者在自己的话语体系下制造出来的冠冕堂皇。

  中国古人对文字的这种矛盾性早已了然于心，才会发出"道可道，非常道；名可名，非常名"这样的感慨。针对语言文字的这种天然特征，中国文人发展出了一种委婉含蓄的婉约之辞，避免了结构化的二元对立。《毛诗序》将诗歌的形式分为六种，即风、赋、比、兴、雅、颂，诗人通过"风"的形式对政教的得失进行讽谏。"上以风化下，下以风刺上，主文而谲谏，言之者无罪，闻之者足以戒，故曰风"①，其中，"谲谏"，就是指用一种委婉含蓄之辞及曲折比兴之法对政教的得失进行劝谏，着眼点虽然在于提出建议，但是表现形式却"温柔敦厚"。唐代孔颖达在《礼记正义》中对"温柔敦厚"所作的疏解说："温，谓颜色温润；柔，谓情性和柔。《诗》依违讽谏不指切事情，故云'温柔敦厚'，是《诗》教也。"② 讽谏而不指切事情，观点因此不那么袒露，态度因此不那么刻薄，真正做到了"发乎情而止乎礼义"③。

  文字，无论什么样的文字，背后的作者当然是有观点、有情感、处于具体时空之中的人。可是真正有责任心的作家，在付诸文字的时候，却应搁置自己的观点和情感，跳出具体的时空，抛弃所谓"个人"的情感、"个性"的表达，从而"描绘各种现实：各种恶臭的现实、各种狂喜的现实"（《同时》155）。在桑塔格看来，我们这个时代对"个人"的无休止的宣传"是颇令人怀疑的，因为'个

---

① （汉）毛亨传，（汉）郑玄笺，（唐）孔颖达疏，十三经注疏整理委员会整理：《毛诗正义》，北京大学出版社2000年版，第13页。
② （汉）郑玄注，（唐）孔颖达疏，十三经注疏整理委员会整理：《礼记正义》，北京大学出版社2000年版，第1598页。
③ （汉）毛亨传，（汉）郑玄笺，（唐）孔颖达疏，十三经注疏整理委员会整理：《毛诗正义》，北京大学出版社2000年版，第13页。

性'本身已愈来愈变成自私的同义词"(《同时》151)。在这种关注自我与自我表达的文化背景下，对"个性"与"自由"的颂扬极有可能意味着自我权利的无限扩大，以及对以满足个人欲望为目标而无限膨胀的自由需求。桑塔格说："我不相信在自我的培养中存在任何固有的价值。……如果文学作为一个计划吸引了我（先是读者，继而是作家），那是因为它扩大我对别的自我、别的范围、别的梦想、别的文字、别的关注领域的同情。"(《同时》151)

对他人他物的同情，而不是对自我情绪的宣泄和自我利益的争夺，在桑塔格看来，不仅仅是"文字的良心"，也应该是作家的道德责任。正是在这个意义上，桑塔格对南非作家纳丁·戈迪默①的评价才显得恰如其分。在她看来，纳丁·戈迪默的著作把她的想象力带给读者，带给南非本土之外的读者一副关于南非的广阔画面。然而数十年来，她在南非为争取正义与平等的革命性斗争中所持的颇具影响力的态度，并没有使她成为某种意见的简单传声筒，而是使她对世界各地一场场类似的斗争产生了自然而然的同情。"纳丁·戈迪默的作品中蕴含很多智慧。她阐述了一种令人钦佩的驳杂观点：关于人心、关于生活在文学中和历史中固有的种种矛盾。"(《同时》217)

如果把文学比作一个空间，它是一间间能体现细微差别并容纳相反意见的屋子，而不是堆满同质化、简单化声音的屋子。而作家的职责是使人们不轻易向精神抢掠者屈服，他们力图让读者看到充满各种不同要求、区域和经验的世界，看到世界本来的样子。以"左"或者"右"的派系尺度来衡量桑塔格的政治倾向，无疑是一种简化的声音。在桑塔格漫长的公共知识分子生涯中，她多次变化过自己的立场，因为，如她所说："如果既做一位作家又做一个公共的声音可以代表任何更好东西的话，那就是作家会把确切表达意见

---

① 纳丁·戈迪默（Nadine Gordimer, 1923—2014），南非女作家，1991年获得诺贝尔文学奖。主要作品有小说《七月的人民》《无人伴随我》等。

和判断视为一项困难的责任。"(《同时》158)选择固定的立场几乎就等同于故步自封,而活着就意味着改变。

桑塔格对自己观点的审慎以及对自己立场的省察,早在1964年写作的《论坎普》(On Camp)一文中就留下了印记。她在文章中特别提示了"坎普"与流行艺术的区别,甚至在结尾处特地指出:"当然,人们不能总这么说。只有在某些情况下,即在本札记中予以勾勒的那些情形下,才能这么说。"(《反对》339)同样,虽然她曾多次表示对现代主义文学即现代主义感受力的偏爱,但她也同样坚持认为,她的做法并不是为了简单地鼓吹现代主义。她对美国媒体对"9·11"事件报道的批评不仅是政治的,更是美学层面的。她所批评的不是别的,而是电视评论员在"婴儿化"美国公众,并非简单地站队与表决心。如她所说,"让我们用一切手段一起悲伤,但让我们不要一起愚蠢"(《同时》111)。

"一起愚蠢",说的就是那种不加辨别的、被各种或左或右的立场所"左右"了的判断。而桑塔格对自己作为公共知识分子责任的认识,要远远超越这些看似"正义"的宣言。她说:"就一个人未直接广泛体验过的问题散播公开意见,是粗俗的。如果我讲的是我所不知道或匆促知道的,那我只是在兜售意见罢了。"(《同时》157)而一个作家匆促之间兜售的意见,会对公众产生大规模的影响,乃至影响舆论的走向。对此,桑塔格有着充分的警觉。在她看来,文学的智慧与表达意见是颇为对立的,而她所无比珍视的作家身份,其根本的职责不是提供意见,哪怕是正确的意见。"他们的看家本领是省思,是追求复杂性。"(《同时》158)

对于复杂性的追求,贯穿了桑塔格文字生涯的一生,更是她政治身份或政治立场的一个写照。中国古人主张巡省八方之"观",其"谏"也"谲",如老子所说,"万物并作,吾以观复"(《道德经》第16章)。如果在这样的视野中看待桑塔格的政治立场和文学实践,也就不那么"左""右"为难了。

第二节 桑塔格的性别观：阴阳互体

桑塔格对社会活动的参与，还体现在她作为"大西洋两岸最智慧的人"（布罗茨基语）对女性主义运动的支持与批评上。对桑塔格来说，女性主义运动是这个世界上发生的最伟大的事情之一，是一个人能够开心地活在20世纪的理由之一。但是，她在性别上的立场与她在美学和政治上的行为一样，依据的不是教条的类别标签，而是"它的水准——它以道德和谐的名义对于知识上的率真性提出的要求"①。

换句话说，是女性主义话语的质量——而不是其表达的政治声明的内容——决定了女性主义运动的战斗力。对桑塔格来说，质量意味着参与女性主义运动的作者在自己的作品中提出并行使多种选择的方式，包括"在哪里、以什么方式以及对什么人提出这些观点"②，这些作品具体在何种意义上表现了女性主义的价值？怎样才能使这些作品更加有趣？更加有说服力？

如果把需要表现的女性主义观念和内容看作是无形的"阳"，那么支撑其发展和运动的力量必然是背后有形的"阴"③。在中国文学批评的观念里，阴阳交感、异类相交即为"文"，而世间万事万物，

---

① Maxine Bernstein and Robert Boyers, "Women, the Arts & the Politics of Culture: An Interview with Susan Sontag", in Leland Poague (ed.) *Conversations with Susan Sontag*, Jackson: University Press of Mississippi, 1995, p.62.

② Maxine Bernstein and Robert Boyers, "Women, the Arts & the Politics of Culture: An Interview with Susan Sontag", in Leland Poague (ed.) *Conversations with Susan Sontag*, Jackson: University Press of Mississippi, 1995, p.62.

③ 关于阴有形，阳无形的理论，中国传统医学多有记载。例如，《黄帝内经·阴阳应象大论》指出："阳化气，阴成形。阳为气，阴为味。味归形，形归气。"《神农本草经》也说："寒、热、温、凉，四气生于天；酸、苦、辛、咸、甘、淡，六味成于地。是以有形为味，无形为气。气为阳，味为阴。"详情参见（清）陈梦雷等编校《古今图书集成医部全录》第一册，人民卫生出版社1988年版；（明）缪希雍《神农本草经疏》，中国中医药出版社1997年版。

无一不是阴阳交感而成。当代学者龚鹏程认为,《周易》构成的基本原理即是分类,而分类的根本依据就是将世间万物用阴阳予以表示,进而以之成象,分辨其刚柔进退并判断其吉凶。同类者同气相求,异类者感而相通,而"'文'就是异类通感相交的这个过程与状况,而又因为天地要相交才能化生万物,所以'文'又是万物存有的道理"。①

对于这无形之阳与有形之阴在创作上所体现的关系,清代学者刘熙载曾说:"山之精神写不出,以烟霞写之。春之精神写不出,以草树写之。故诗无气象,则精神亦无所寓矣。"②作者无论什么样的理念或主义,就像那无形的气象,须得要有形的文辞才可以表达,即所谓"立天之道曰阴与阳,立地之道曰柔与刚。文,经纬天地者也,其道惟阴阳刚柔可以该之"③。《周易》所谓"一阴一阳之谓道",体现在文艺创作中,正是阴与阳恰到好处之错综交融。

既然阴阳错综为文,那么阴与阳是否有优劣之分呢?《周易·系辞》有云:"刚柔杂居,而吉凶见矣",又说"物相杂故曰文;文不当,故吉凶生焉",都表明如果阴阳相杂不当,就会生出吉与凶、优与劣的判断来,但阴阳本身却并没有固定的吉凶优劣。换句话说,如果一篇文章所要表达的女性主义内容(阳)与其表现形式(阴)不相匹配,即桑塔格所说的"在哪里、以什么方式以及对什么人提出这些观点",其结果不仅会大大减弱内容的意义,同时可能由于阴阳相杂不当而导致"凶"或"吝",致使女性主义运动遭人嫌弃或怀疑。

阴与阳之象,除了表现为无形的精神与有形的气象,在中国人的观念里,还分别对应着"柔"与"刚"两种气质。《周易·说卦

---

① 龚鹏程:《文心雕龙讲记》,广西师范大学出版社2020年版,第207页。
② (清)刘熙载:《艺概·诗概》,载轻言主编《历代诗话小品》,湖北辞书出版社1994年版,第456页。
③ (清)刘熙载:《刘熙载文集》,薛正兴点校,江苏古籍出版社2001年版,第197页。

传》所讲的"立天之道曰阴与阳，立地之道曰柔与刚"就是这种观念的原始依据之一。这两种气质不仅仅体现为大地滋养万物的两种方式，也体现为人的两种基本气质。这两种气质有时各领风骚，但更多的时候则需并行而不悖，如《礼记·乐记》中所说：

> 是故先王本之情性，稽之度数，制之礼义，合生气之和，道五常之行，使之阳而不散，阴而不密，刚气不怒，柔气不慑，四畅交于中而发作于外，皆安其位而不相夺也。然后立之学等，广其节奏，省其文采，以绳德厚也。类小大之称，比终始之序，以象事行，使亲疏贵贱长幼男女之理皆形见于乐。故曰"乐观其深矣"。

其中的阴阳刚柔之气，既可以是"形见于乐"的外在表现形式，也可以指制乐者内在的禀赋气质。可以看出，中国先圣以阴阳平和，各气均"安其位而不相夺"为最高旨归，并非一味地"抑阴扶阳"。

对于此中道理，清代学者姚鼐在《复鲁絜非书》一文中表达得更为明确：

> 鼐闻天地之道，阴阳刚柔而已。文者，天地之精英，而阴阳刚柔之发也。惟圣人之言，统二气之会而弗偏。然而《易》《诗》《书》《论语》所载，亦间有可以刚柔分矣。值其时其人告语之，体各有宜也。自诸子而降，其为文无弗有偏者。其得于阳与刚之美者，则其文如霆，如电，如长风之出谷，如崇山峻崖，如决大川，如奔骐骥；其光也，如杲日，如火，如金镠铁；其于人也，如凭高视远，如君而朝万众，如鼓万勇士而战之。其得于阴与柔之美者，则其文如升初日，如清风，如云，

> 如霞，如烟，如幽林曲涧，如沦，如漾，如珠玉之辉，如鸿鹄之鸣而入廖廓。其于人也，漻乎其如叹，邈乎其如有思，暖乎其如喜，愀乎其如悲。观其文，讽其音，则为文者之性情形状，举以殊焉。
>
> 且夫阴阳刚柔，其本二端，造物者糅，而气有多寡进绌，则品次亿万，以至于不可穷，万物生焉。故曰："一阴一阳之为道。"夫文之多变，亦若是也。糅而偏胜可也；偏胜之极，一有一绝无，与夫刚不足为刚，柔不足为柔者。皆不可以言文。①

也就是说，以阴与阳为主体的创作风格，虽然也有"东风压倒西风"或"西风压倒东风"式的偏胜，但却绝不可"偏胜之极"，以至于"一有一绝无"。

在这一点上，桑塔格与中国古典文论家颇有共识。在论及米歇尔·莱里斯②的自传体小说《男子气概》③时，桑塔格认为，作者并没有给我们展示他的生活史，而是提供了他生活中的一系列弱点。"通过描述自己的缺点，他追求着他所恐惧的那种惩罚，希望在他自身中唤起一种前所未有的勇气。"（《反对》76）小说作者莱里斯在小说的序言中也说："如果写作仅仅是美的、不痛不痒的、不冒风险的；如果写作这个行为没有与斗牛士面对公牛锋利犄角相当的东西；如果写作带来的只是芭蕾舞鞋似的虚幻浮华，写作这件事是不是无甚价值？"④ 然而，这种对勇气的呼唤并没有体现为一种阳刚式的写

---

① （清）姚鼐：《海愚诗抄序》，刘际高标校《惜抱轩诗文集》卷四，上海古籍出版社1992年版，第48页。

② 米歇尔·莱里斯（Michel Leiris，1901—1990），法国作家、人类学家。主要作品包括《游戏规则》《人的时代》《非洲幽灵》等。

③ 米歇尔·莱里斯的一部自传，由理查德·霍华德（Richard Howard）译自法语，原书名为 L'Âge d'homme，被译为《成人之年》。

④ ［法］米歇尔·莱里斯：《成人之年》，东门杨译，生活·读书·新知三联书店2018年版，序言。

作风格，而是一种"不动声色和冷漠"（《反对》76—77），是在行文上的"迂回曲折、绕来绕去、往复折回"（《反对》77），是桑塔格称之为"风格"（style），而非"风格化"（stylization）① 的东西。

在一次采访中，被问及到亚瑟·克拉克②的科幻小说《童年的终结》中提出的"智能"（intelligence）时，桑塔格回答说："在我看来，唯一值得辩护的智能是批评性的、辩证的、怀疑的和去简单化的。……保护文明就意味着保护非极权的智能。"③ 也就是说，任何偏颇或简单化的方式都是一种极权，是对真理的遮蔽，也是对人性的破坏。

具体到性别来说，桑塔格主张"去性别两极化"（depolarizing sexes）④，鼓励对异性的包容，而不是在性别问题上搞派别营垒。"一直以来，女权主义者倾向于永远保留这些关于等级制、理论和智力的庸俗描述。……这种二手的战斗性看起来对女权主义运动有短期的益处，但从长远看来，却意味着对幼稚的艺术和思想观念的投降，是一种真正压抑性的道德主义的鼓励。"⑤

也就是说，女权主义的力量，并不在于凸显其战斗性，而是将这种战斗性化为女权主义话语的质量。"需要重新思考的不是女权主

---

① 在《论风格》一文中，桑塔格曾对这两个术语进行简单的区分，在她看来，"风格"与"风格化"之间的区别，"或许类似于意志（will）与任性（willfulness）之间的区分"。参见［美］苏珊·桑塔格《反对阐释》，程巍译，上海译文出版社2003年版，第39页。单就这两个词来说，意志是指理性层面上的坚定，包含了克制等阴性特征，而任性只是血气之冲动。

② 亚瑟·克拉克（Arthur C. Clarke，1917—2008），英国作家、发明家，与艾萨克·阿西莫夫、罗伯特·海因莱茵并称为20世纪三大科幻小说家。其作品中对卫星通信的描写，与实际发展惊人一致，地球同步卫星轨道因此被命名为"克拉克轨道"。主要作品有《童年的终结》《月尘飘落》《来自天穹的声音》《帝国大地》《2001》等。

③ Maxine Bernstein and Robert Boyers, "Women, the Arts & the Politics of Culture: An Interview with Susan Sontag", in Leland Poague (ed.) *Conversations with Susan Sontag*, Jackson: University Press of Mississippi, 1995, p. 77.

④ Maxine Bernstein and Robert Boyers, "Women, the Arts & the Politics of Culture: An Interview with Susan Sontag", in Leland Poague (ed.) *Conversations with Susan Sontag*, Jackson: University Press of Mississippi, 1995, p. 70.

⑤ Maxine Bernstein and Robert Boyers, "Women, the Arts & the Politics of Culture: An Interview with Susan Sontag", in Leland Poague (ed.) *Conversations with Susan Sontag*, Jackson: University Press of Mississippi, 1995, p. 63.

义批评的恰当性，而是其水准——它以团结的伦理之名义对智力上的单纯提出的要求。"① 所谓智力上的单纯（intellectual simplicity），就是指不那么复杂、不那么泾渭分明的男性或女性观念，以及如儿童般率真的性别意识。这种性别意识摒弃社会规约和约定俗成的套路，用中国人常用的话来说，是阴中有阳、阳中有阴、阴阳互体的。

这种阴阳互体的性别意识，体现在中国文化中，是对男性阴柔气质的认同和对女性阳刚气质的赞美。同西方那种崇尚男性武力、强悍、冒险、征服等外向型性格和阳刚之气相比，中国人更重视男性的谦逊平和、含蓄内敛、温文尔雅等阴柔之气，把内敛恭谨、坚忍宽容、律己节制、乐天顺命等作为美德，以"文质彬彬"的谦谦君子作为修养的标准。在儒家哲学的伦理建构中，家庭是社会的核心。这种以家庭为核心的社会模式体现出的人际关系并非征服或对抗，而是以慈孝为起点的仁爱政治。"亲亲而仁民，仁民而爱物""老吾老以及人之老，幼吾幼以及人之幼"，都体现出中国文化宽厚仁爱的母性温情以及阴柔内敛的政治哲学观。

谦谦君子型的男性人物形象，在中国文学作品中更是俯拾皆是，而且备受推崇。《三国演义》中文质彬彬的诸葛亮，可以说是这类人格的典范。在中国文学传统中，"香草美人"不仅代表了屈原在《离骚》中提出的政治理想和人格追求，也常常被后世的文人士大夫争相自拟，以抒胸臆。男性诗人不以表现阴柔之气为耻，反而常常"感时花溅泪，恨别鸟惊心"（杜甫《春望》），也常常"多情自古伤离别，更那堪，冷落清秋节"（柳永《雨霖铃》）。男性不仅仅需要具备忧国忧民的英雄情怀，也需具备伤春悲秋、怜香惜玉的儿女柔情。

不仅男性的阴柔气质受到尊重，在中国文学史上，花木兰、穆

---

① Maxine Bernstein and Robert Boyers, "Women, the Arts & the Politics of Culture: An Interview with Susan Sontag", in Leland Poague (ed.) *Conversations with Susan Sontag*, Jackson: University Press of Mississippi, 1995, p. 62.

桂英似的巾帼英雄也颇引人注目。"万里赴戎机，关山度若飞。朔气传金柝，寒光照铁衣"的阳刚将士形象与"脱我战时袍，着我旧时裳。当窗理云鬓，对镜贴花黄"的阴柔女子形象完美地融合在一个人身上。读者不仅不以她身上的所谓阳刚气质为怪异，反而为其深深感动和折服。正如诗人所说："雄兔脚扑朔，雌兔眼迷离。双兔傍地走，安能辨我是雄雌。"（《木兰诗》）

这种对不辨雌雄形象的推崇，在明末清初达到了前所未有的高度。明嘉靖年间熊大木的《北宋志传》以及万历年间的《杨家府演义》，描写了杨门女将大破幽州、十二寡妇西征的故事，在当代学者龚鹏程看来，这些女性"比男人更英武，活脱呼应着《水浒传》中对一丈青扈三娘的赞词：'霜刀把雄兵乱砍，玉纤将猛将生拿。'她们是性别属雌的英雄，而非假扮男性的花木兰。"① 中国的侠义小说中有一类书写儿女英雄的传统，如《侠义风月传》《儿女英雄传》等，专门推崇这类"儿女英雄"："有了英雄至性，才成就得儿女心肠；有了儿女真情，才做得出英雄事业"（《儿女英雄传》缘起首回），可见人们对雌雄同体理想人格的向往。

作为一个双性恋者，桑塔格自己就是一个兼具阳刚与阴柔气质的人。据桑塔格的德国传记作者丹尼尔·施赖伯（Daniel Schreiber）所说，桑塔格的第一部小说是以作者 29 岁时的一张美貌绝伦的照片作为封面的。这张黑白照片"展现了一位年轻女性可以恣意挥霍的美丽，同时也表现了桑塔格所具备的成为高级时尚杂志模特的潜质"，但是，这种美丽并不妖娆，"她精致高雅的容貌则散发着一种威严的严肃性"②。施赖伯认为，桑塔格的智性与美丽在这张照片中得以统一并奠定了她此后的职业生涯及公众形象的基础。"正如她的

---

① 龚鹏程：《中国文学史》下册，世界图书出版公司 2012 年版，第 396 页。
② ［德］丹尼尔·施赖伯：《苏珊·桑塔格：精神与魅力》，郭逸豪译，社会科学文献出版社 2018 年版，第 86—87 页。

许多朋友讲到的,桑塔格以游戏般的轻松和一种混合了无辜与明确的态度成功维护了这种象征,将一种关涉魅力与浪漫的观念带进了这个干涸的男性知识界。"①

施赖伯这里所说的象征,或形象,就是双性同体的人物形象,他(她)们在桑塔格的作品里也同样备受瞩目。在《火山情人》中,桑塔格以四个女人的独白结束了她的故事,而最后出场的女革命家爱勒纳拉[以拿破仑革命中的爱勒纳拉·芳斯卡·皮明特尔(Eleonora de Fonseca Pimentel)为原型],据桑塔格的儿子戴维判断,"完全接近于我母亲在心理层面描写自己时所能达到的深度"(《火山》中文版序)。回顾自己的一生,爱勒纳拉说:

> 我知道,我说起话来像个女人,尽管不像所有的女人。……在我的报纸上,我从来没有提过妇女权利的问题。我是独立的。我没有把我的思想放在我性别的某个琐碎的概念上。的确,我首先不认为自己是个妇女。我思考我们正义的事业。我很高兴忘记我只是个女人。在我们的许多会议上,我很容易就忘记我是唯一的女性。我要成为纯粹的火舌。(《火山》447—448)

成为"纯粹的火舌",而不是首先将自己放进一个性别的模板,戴上某种性别的面具,直至终老,这是桑塔格反复提及的话题。即便都是男性或都是女性,他(她)们之间仍然存在非常大的个体差异,不能简单地以"男性"或"女性"笼统论之。在接受《巴黎评论》编辑爱德华·霍斯克(Edward Hirsch)采访时,桑塔格就是这样解释自己在《火山情人》最后一章中所采用的四个女人的独白。在桑塔格看来,这些独白并不代表女性的观点,虽然她们都是女性:

---

① [德]丹尼尔·施赖伯:《苏珊·桑塔格:精神与魅力》,郭逸豪译,社会科学文献出版社2018年版,第87页。

第三章 文学与社会

从文化对女人的塑造来看，无论其数量多少，女人总是少数。正因为女人是少数，所以我们将女人只会有一种特定的观点加诸她们。"上帝啊，女人想要什么？"等就是一个实例。假定小说通过四个男人的话语来结束，这四种话语之不同如此明显，大概不会有人觉得我提出了一种男性的观点，这些女人的看法正如我可能选择四个男主角之间的不同是一样的。她们每个人都以自己的观点重述了一遍已为读者所了解的故事（或部分的故事）。她们都有一段可讲的故事。①

抛弃所有的面具，包括性别的面具，是桑塔格在《恩主》（Benefactor, 1963）中反复提到的主题之一。主人公希波赖特唯一的朋友让·雅克是个作家，也是一个同性恋。虽然"我们之间趣味迥然不同，性格差异极大"，但是，这些不妨碍希波赖特"敬重他、仰慕他，把他当作我寻求自我过程中的导师和伙伴"（《恩主》63）。他常常劝希波赖特不要那么严肃，并对自己的生活进行自我辩护：

"我们大家为什么不能每晚、每月、每年换一副面具呢？"他说，"包括我们的工作面具，阶级面具，公民身份面具，还有我们的观念面具，夫妻面具，家长子女面具，主仆面具。甚至身体面具——男与女、美与丑、老与少面具。多数人不作任何反抗就戴上这些面具，一戴就是一辈子。但是，在这家咖啡馆里，你周围的人不是这样。你懂吧，同性恋是对面具的一种调侃。你试了，就会明白同性恋是怎样带给你一种可爱的自我疏离的。"（《恩主》61—62）

---

① *Paris Review-The Art of Fiction*, No. 143. https://www.theparisreview.org/interviews/1505/the-art-of-fiction-no-143-susan-sontag, accessed on June 22nd, 2021.

对面具的调侃，以及对自我的疏离，是同一时期桑塔格写作《论坎普》一文重要的关键词。"坎普"，作为一种风格，通过过分的夸张，提供了一种极其细腻的反讽，类似于"阴极则阳生，阳极则阴生"的效果。"坎普的标志是那种铺张的精神。坎普是一个身穿由三百万片羽毛织成的上装四处游荡的女人。"（《反对》329）将女性特征无限凸显，坎普体现了对这种单一特征的反讽。用赵毅衡的话来说，"坎普实际上是一种非常特殊的符号修辞方式，它是一种有意的过分艳俗，到如此一种程度，以至于它不能再被当作艳俗，反而成为推翻艳俗的手法"。①

这种推翻，不是以暴力或者严肃的道德教唆的形式呈现，而是以"罢黜严肃"的喜剧形式呈现的。桑塔格说："坎普提出了一种喜剧色彩的世界观。……如果说悲剧是深深卷入事态的体验，那么喜剧就是不那么投入事态的体验，是不动声色、超然事外的体验。"（《反对》335）也就是说，坎普用一种过度严肃的形式恰恰体现了一种反严肃的精神，用"离谱"对所有的"谱"进行消解。

每一次消解，都意味着一次重建。对桑塔格来说，"坎普是那种兼具两性特征的风格（'男人'与'女人'、'人'与'物'的可转换性）的胜利。但所有的风格，也就是所有的技巧，终究是兼具两性特征的"（《反对》325）。双性同体，不仅仅代表了桑塔格在人类学、社会学和美学方面的理想，也是中国美学、伦理学及哲学的主要特征。"一阴一阳之为道""阴阳互体"，以至于接近"太极""无极"。桑塔格从不强调自己是个女人，经常忘记自己的性别，从而成为自己笔下"纯粹的火舌"。

---

① 赵毅衡：《论坎普：艳俗的反讽性再生》，《江西师范大学学报》（哲学社会科学版）2020年第5期。

第三节　桑塔格的历史观：虚实相间

对于桑塔格的文学声誉最激烈的批评，来源于文学叙事与历史书写之关系的认定。在 21 世纪的开篇之年，桑塔格出版了她第四部，也是最后一部长篇小说《在美国》（*In America*，2000），并一举获得了当年的国家图书奖（National Book Award）和一年后以色列国际书展的耶路撒冷奖（Jerusalem Prize）。这部小说以历史上著名的波兰裔女演员海伦娜·莫德耶斯卡①为原型，可以说是对历史事件的一次文学改编。桑塔格在创作中运用了传统的第一人称视角，结合了日记片段、书信和内心独白等叙事形式，对历史上真实存在的人物故事进行了再叙述。在小说出版所附的前言里，桑塔格说：

> 《在美国》的故事灵感来源于以下事件：1876 年，波兰著名女演员海伦娜·莫德耶斯卡（1840—1909）移民美国，与她同行的还有她的丈夫卡罗尔·查波斯基伯爵，15 岁的儿子鲁道夫，青年记者、日后《你往何处去》的作者亨利克·显克维奇，以及其他几位朋友。在加利福尼亚的阿纳海姆居住了一小段时间后，海伦娜·莫德耶斯卡开始了她在美国的舞台生涯。后来她更名为海伦娜·莫杰斯卡，在美国红极一时。
>
> 受到的灵感……不多，也不少。小说中绝大多数人物都是虚构的，而那些并非虚构的人物则与他们现实生活中的形象有很大出入。②

---

① 海伦娜·莫德耶斯卡（Helena Modrzejewska，1840—1909），出生于波兰的美国女演员，有"波兰舞台皇后"和"民族希望"的美誉。她以表演莎士比亚的悲剧角色闻名。1866—1876 年间在华沙帝国剧院担任主演，1876 年移居美国。著有自传《海伦娜·莫德耶斯卡的回忆与印象》。

② Susan Sontag: *In America*, New York: Picador USA., 2000, Front page.

就是这样一部"与现实生活中的形象有很大出入"的虚构作品，给桑塔格带来了"抄袭"的指责。2000年5月，业余历史学家、加利福尼亚"海伦娜·莫德耶斯卡基金"的创办人艾伦·李（Ellen Lee）对桑塔格提出控诉，指出，桑塔格的小说有12段逐字逐句的抄袭或稍加改动的段落，这些段落出自海伦娜·莫德耶斯卡的回忆录《回忆与印象》（*Memories and Impressions*，1910）、海伦娜·莫德耶斯卡与朋友的信件、诺贝尔文学奖获得者亨利克·显克维奇的《美国肖像》（*Portrait of America*，1959）、一本鲜为人知的莫德耶斯卡传记《美丽的罗莎琳德：海伦娜·莫德耶斯卡的美国职业生涯》（*Fair Rosalind*：*The American Career of Helena Modjeska*，1969）以及薇拉·凯瑟（Willa Cather）的小说《我的死敌》（*My Mortal Enemy*，1926）。

对于这样的指控，桑塔格当然给予了坚决的回应。除了不断强调自己在小说前言中早就嵌入的关于小说人物的历史原型的说明，她还对《纽约时报》的记者说："所有处理真实历史人物的作家都会吸取并改写原始资料。……我使用了这些原始资料，也彻底改变了它们。……我看了这些书。更主要的是，文学一直以来就暗含着一系列的引用和影射。"[①]

桑塔格所说的"一系列的引用和影射"，即文本间（包括历史文本与叙事文本）的"互文性"，是古今中外史学界和文学界一直津津乐道的话题。荷马的史诗虽然历来都被认为是口传的叙事文学，但至今仍有大量史学家在其中挖掘历史事实；而莎士比亚的戏剧，包括悲剧、喜剧和历史剧，很大一部分素材来源于历史文献，甚至有些段落是原封不动地照搬，这也是批评界所达成的共识。[②] 在中国

[①] Margalit Fox, "Susan Sontag, Social Critic With Verve, Dies at 71", *New York Times*, December 28, 2004.

[②] S. Schoenbaum, "Looney and the Oxfordians", From *Shakespeare*: *An Anthology of Criticism and Theory* 1945 – 2000, Russ McDonald (ed.), MA: Blackwell Publishing Ltd., 2004, pp. 4 – 13.

文学的传统里，孟子的"诗亡而春秋作"（《孟子·离娄章句下》）可以说是将诗歌与历史的性质相联系的最初典范。明末清初的文人钱牧斋在感慨时代变革之余，更是发展出了"史亡而诗作"的观念。在《故致果诗序》中，他说："《春秋》未作以前之诗，皆国史也。人知夫子之删诗，不知其定史。人知夫子之作《春秋》，不知其为续诗。……曹之《赠白马》、阮之《咏怀》、刘之《扶风》、张之《七哀》，千古之兴亡升降，感叹悲愤者，皆于诗发之。驯至于少陵，而诗中之史大备，天下称曰诗史。"① 具体到小说这种体裁，小说本来就出自稗官野史，因此原就属于"史籍"类。"余嘉锡'小说家出于稗官说'、钱基博'小说家均为采访民间琐闻杂话之类史官'等，均从来源上说明历史记叙与小说同类。而从目录学上看，古人亦将《汉武故事》《西京杂记》《搜神记》《续齐谐记》等纳入史部起居注及杂传类中。唐人传奇《吴保安》《谢小娥传》等也都被采入唐史。"② 可见，文学叙事与历史书写有着斩不断、理还乱的血脉渊源。

然而，文学终归不是历史，历史也终归有别于文学。小说通过想象和虚构所要建构的"真"，与历史书写通过"实"录力图还原的"真"，虽然有相通之处，但却分属不同的层面。在中国，史学界自古就有左传家和公羊家的分野③，而根据公羊家的"口说"传统形成的宋元时期的"话本""讲史"及后来的"演义"，则被认为是

---

① 龚鹏程：《中国文学史》下册，世界图书出版公司2012年版，第299页。
② 龚鹏程：《中国小说史论》，北京大学出版社2008年版，第203页。
③ 孔子所著《春秋》一书语言极为精练，而且遣词有序。后代学者尝试着对它进行诠释，对书中的记载进行解释和说明，后世称之为"传"。其中，左丘明的《春秋左氏传》、公羊高的《春秋公羊传》和谷梁赤的《春秋谷梁传》最为著名，合称《春秋三传》。一般认为，中国人的史书写作注重"实录"，主张作史者甄录事实，据实而书。而据当代学者龚鹏程的考证，历史书写主要有两种方式，一种重文录，一种重口说。"谓史应记实事者，只有书写文录的史学传统才这么说，如果是口说传统，则根本无此要求，不但无此要求，甚至还会认为历史可以完全与事实无关，只是寓言。"参见龚鹏程《中国小说史论》，北京大学出版社2008年版，第194—195页。

"历史小说"的渊源。宋代学者吴自牧在《梦粱录》中将"说话"分为四种类型,即"说话四家数":小说、谈经、讲史书、说参请,开始逐渐明确了"小说"与"讲史书"的区别。根据吴自牧的分类,小说"谈讲古今,如水之流",而讲史书"讲说《通鉴》汉唐历代书史文传兴废战争之事",虽然两者均"真假相半",但"说话者,谓之舌辩,虽有四家数,各有门庭"①。

既然小说和讲史各有门庭,该如何识别呢?首先,"小说家谈讲古今,可以说今,也可以道古;讲史家却只能演述古事"②。依此看来,《在美国》作为小说的特征可谓无比鲜明。《在美国》以一个现代叙事者在19世纪波兰的一家宾馆的私人餐厅外偷听开始。叙事者丝毫不掩饰自己对所观察到的人和事的主观判断和评价,"我想,如果第一个男人是她的丈夫,那么,第二个男人必定是她的情人……我想,如果能发现这两个,或者这三个人,而且给他们都取个名字,这会有助于揭开这个谜,我决定权且称她玛琳娜吧"(《在美国》1、2)。这种写"故事"的手法使桑塔格不断在历史故事中切换视角,并不时插入现代叙事者的声音,用叙事者的声音使过去和现在、故事和现实巧妙地连接起来。

对于这样一个叙事者,桑塔格的传记作者写道:"叙事者一望即知是桑塔格本人,不仅对19世纪的故事发表高论,而且谈到了她在萨拉热窝的遭遇、自己的童年和祖父母、她与菲利普·里夫的婚姻、她对波兰诗人蔡斯洛·米洛茨的钟情,以及她对欧洲的喜爱。小说中被奥地利、普鲁士和俄罗斯所瓜分的波兰,就是她所热爱的波斯尼亚的先例,其时正遭受塞尔维亚和克罗地亚的肢解。"③ 在故事的

---

① (宋)吴自牧:《梦粱录·小说讲经史》卷二十,张社国、符均校注,三秦出版社2004年版,第319页。
② 龚鹏程:《中国小说史论》,北京大学出版社2008年版,第207页。
③ Carl Rollyson and Lisa Paddock, *Susan Sontag: The Making of an Icon*, New York: W. W. Norton & Company Inc., 2000, pp. 299–300.

展开过程中，身处现代的叙事者又不断插话，对所发生的历史事件给予超越时空的评价，所谓"谈讲古今，如水之流"。这个叙事者在叙事时间与故事时间之间自由穿梭，"自我"的声音随意出现在对故事的叙述中，使叙事者自由穿行于历史与现实之间，过去和现在因此连成了一片。

同样随意穿行于历史和现实之间的叙事者，还出现在桑塔格的第三部长篇小说《火山情人》之中。与《在美国》一样，小说不是从第一章开始的，而是另外有一个"序幕"。"序幕"开始的时候，时间是1992年，叙事者"我"站在一个跳蚤市场的入口。她看到，到处都是衣衫褴褛、熙熙攘攘的人群。"我正在看。我在查看世上有些什么。留下了什么。丢弃了什么。什么东西不再受到珍爱。什么东西不得不亏本出售。"（《火山》3）显然，作者运用这样的叙事手法，是在刻意营造一幅历史景观，而叙事者"我"则不受具体历史时空的限制，"谈讲古今，如水之流"。小说中的骑士面对即将到来的革命，正在担心自己的收藏品遭到破坏或者受到抢掠之时，叙事者话锋一转，跳出了过去的时间与空间。"每个收藏者都受到所有会带来灾难的难料之事的威胁"（《火山》220），接着，叙事者转而把视线转到故事中的人物不可能到达的时间和空间：

> 佛罗里达南部有个不知疲倦的收藏家乘坐美国最后一列私人火车，踏上了他的购买之旅，他在热那亚得到了一个巨大的城堡来存放他数量巨大的装饰品；一九四九年中国国民党把中国大地上当时所有可以携带的艺术杰作（丝绸画、小型雕塑、玉器、青铜、瓷器和书法作品）包在稻草和棉花里，打包带到台湾，……藏品存放在一个让人感觉不安全的地方，就是一个永远的焦虑之源。收藏之乐受到丢失之幽灵的侵扰。（《火山》220）

显然，桑塔格在意的，并非是在那不勒斯所爆发的那场革命，甚至也不是在革命中名闻天下的那些历史人物本身，而是借助那个具体的历史时空以及历史事件谈古论今。这样的小说，在中国"说话"传统中可谓屡见不鲜，大家熟知的《西游记》《儒林外史》《镜花缘》甚至《聊斋志异》，等等，都有着清晰可辨的历史时空，可是，真要在其中寻求"史实之真"，就显得非常荒唐了。仅就《镜花缘》来说，全书共一百回，时间设置在武则天的年代。故事中的人物有很多都确有历史原型，如曾中了探花的唐敖、其妻弟林之洋、反对武则天的徐敬业，等等，然而，整个故事却是托了这个时代背景的框架，目的是展示才女们琴棋书画、医卜星相、音韵算法、灯谜酒令、双陆马吊、射鹄蹴球、斗草投壶等各项才艺。桑塔格在两部小说中展现的对收藏、表演、性别、政治、暴力、语言、艺术、道德等问题的真知灼见，只有顺着历史故事的框架，才得以一一展开。

与之相对应的，则是"讲史书"这种体裁，大致可以对应西方的"历史小说"。虽然同样本于虚构，讲史书"讲说《通鉴》汉唐历代书史文传兴废战争之事"，重点在于讲述历史本身。历史不仅仅提供了故事发生的具体时空，同时对故事本身的发展及结构加以限制，只能道古，不能论今。例如，《三国演义》的作者无论多么同情蜀汉，无论多么赞赏刘备的仁德和诸葛亮的智慧，都不能更改历史事实，将历史讲成是蜀汉统一了天下，或者说蜀汉打败了吴魏。"历史如长河，英雄与事迹只是发生于历史中，如长河大江激起的浪花、形成的回澜，引人注目，然皆仅为历史中的一部分而已。讲史所要讲的，就是这历史本身，而不是替历史某一波澜作传。"[1]

桑塔格将《火山情人》定位为"传奇"（Romance），将《在美

---

[1] 龚鹏程：《中国小说史论》，北京大学出版社2008年版，第208页。

国》定位为"小说"（Novel），而不是"传记"（Biography），也不是"历史小说"（Historical Novel），可见，她本人对此间的区别是非常清楚的。把故事嵌在具体的历史时空里，不仅展示了桑塔格在微观层面对具体历史事件细致入微的观察和关注，同时也在宏观层面彰显了她非凡的历史意识。在一次接受采访时，她对采访者说：

> 我们意识到自己是历史连续中的个人，身后都负载着无限浓厚的过去，这是很正常的事……只有通过过去感才能意识到自身，艺术是当下最拥有过去的普遍条件。变成"过去"，从一个角度说，就是变成"艺术"（最能说明这一变体的艺术是建筑和摄影）。所有艺术作品的悲怆感均来自它们的历史性……大概没有哪个艺术品是艺术，只有当它成为过去的一部分时才能成为艺术。[①]

把故事放到时间的长河中，让它成为过去的一部分，这正是桑塔格后两部长篇小说所采取的策略。

然而，桑塔格对于历史的态度并非如此简单。在《静默美学》一文中，桑塔格主张一种"静默"的美学姿态，呼吁艺术家和读者摒弃过去再现式或者表现式的文学观，认为艺术家应该从历史和意识形态中解放出来。她说："在追求静默的背后隐藏着对认识上与文化上之清白历史的渴求。最激动、最热切的对静默的提倡，表现为一个彻底解放的神话般的计划。它所设想的解放包括艺术家摆脱自身的限制，艺术摆脱特定艺术作品的限制，艺术摆脱历史的限制，精神摆脱物质的限制，思想摆脱认识和智力的限制。"（《激进》19）

艺术摆脱历史的限制，意味着对具体历史时空的超越，通过具

[①] Maxine Bernstein and Robert Boyers, "Women, the Arts & the Politics of Culture: An Interview with Susan Sontag", in Leland Poague (ed.) *Conversations with Susan Sontag*, Jackson: University Press of Mississippi, 1995, p.65.

体历史人物和事件获得永恒之"真"。这就是文学与历史"各有门庭"的另外一个表现,即"在道古时也自有不同的立场"①。梦觉主人《甲辰本红楼梦序》中说:"其事则窃古假名,人情好恶,编者托词讥讽,观者徒娱耳目。今夫《红楼梦》之书,立意以贾氏为主,甄姓为宾,明矣真少而假多也。假多即幻,幻即是梦。书之奚究其真假,惟取乎事之近理。"②其中,"事之近理"强调的是作者对所写之人物和事物的体悟,而不是从讲史述史的角度强调历史事件的真实无讹。这不仅把作品从史学的牵绊中脱离出来,也解放了历史人物甚至作者的历史负担。《红楼梦》中著名的"假作真时真亦假,无为有处有还无",以一种极其诗意的方式说明了虚构与真实之间互为镜像的关系。

桑塔格在回应她抄袭的指控时说:"我使用了这些原始资料,也彻底改变了它们。"③改变原始资料,去掉历史人物原型身上的大量特征④,并加入大量的虚构和想象,桑塔格对此毫不顾忌,因为她不是在讲历史,而是在讲一个故事。在《双重命运:论安娜·班蒂的〈阿尔泰米西娅〉》一文中,桑塔格指出,小说作者班蒂不仅同时出现在所写的历史人物的时代(1611 年)和她自己所在的时代(1944年),而且对她的人物实行"上帝"般的创造权利。桑塔格说:"班蒂把作家在想象、再创造、发明方面的自由,发挥得淋漓尽致……这位作者宣称有权拖着一个再创造的真实人物到处走,把新的感觉强加给她,甚至改变她的外貌。"(《同时》42)

---

① 龚鹏程:《中国小说史论》,北京大学出版社 2008 年版,第 207 页。
② 朱一玄编:《中国古典小说名著资料丛刊·〈红楼梦〉资料汇编》,南开大学出版社 2012 年版,第 562 页。
③ Margalit Fox, "Susan Sontag, Social Critic With Verve, Dies at 71", *New York Times*, December 28, 2004.
④ 据说,海伦娜·莫德耶斯卡本人是个具有极端种族歧视倾向的人,而桑塔格在小说中对其进行了美化。参见 Carl Rollyson, *Reading Susan Sontag: The Elegiac Modernist*, New York: Routlege, 1990, p. 59。

改变，一方面意味着作者在历史真实中加入虚构，或者把原本真实的事件进行改动，变成假的；另一方面也意味着在原本虚构的事件中添加"真实"的形式，使"假"的看起来就像"真"的一样。桑塔格在《在美国》中使用的大量信件、日记、档案材料，以及言之凿凿的各种细节——姓名、日期、地点等，都使故事产生一种"真实"感。但这些与小说的虚构性质并不冲突。在论述小说家W. G. 谢巴德①的作品时，桑塔格说："虚构与事实并不相互抵触。这部小说②英译本的推荐词之一就是这是一段真实的历史。一本书是虚构作品的原因并不在于故事不真实——它很有可能部分或全部真实——而在于它动用或发展各种叙事技巧（包括虚假或伪造的文件）制造了文学理论家所谓'真实的效果'。"（《重点》55）考虑到此文出版的时间与《在美国》的出版几乎同时③，我们几乎可以把它看作是桑塔格对自己著作的一个注脚。

对虚构作品拟真，说来也是中国文学作品里常见的手段。孔尚任撰写《桃花扇》传奇，卷末考据篇就专门注明其采用了《樵史通俗演义》中二十四段史实，使得原本准备纯粹消遣一下的读者不禁正襟危坐起来。此种手段，在《红楼梦》中体现得最为具体。翻开第一页，作者说："此开卷第一回也。作者自云曾经历过一番梦幻之后，故将真事隐去，而借通灵说此《石头记》一书也。"如此看来，真事已然隐去，留下的必然都是虚构。但随即作者又说："其间离合悲欢、兴衰际遇，俱是按迹寻踪，不敢稍加穿凿，至失其真。……只是实录其事。"不敢失真，那么就应该并非虚构。虚构与真实，一时间与读者捉起了迷藏。

---

① W. G. 谢巴德（W. G. Sebald, 1944—2001），另译"塞巴尔德"，德国作家、学者。主要作品包括《眩晕》《移民》《土星之环》《奥斯特利茨》等。
② 指谢巴德第三部被译为英语的小说《眩晕》。
③ 此文标题为《悲怆的心灵》（*A Mind in Mourning*），文后作者注明写作于2000年2月。参见《重点所在》，第54—63页。

钱锺书曾经撰文对比了一节历史掌故、一个宗教寓言和一篇小说，认为一桩历史掌故既可以是一个宗教寓言，也可以是一个"譬喻"，更可以是一篇小说。钱锺书说：

> 作者希罗多德写到埃及王定下美人计，使亲生女儿沦为犯罪分子不花钱来嫖的娼妓，也觉得这事太荒唐离奇，一般读者准以为不可能，因而不足信。照顾普通人的常情常识，同时维护历史家的职业道德，他特意插进一句话："如是云云，我斯未信。"既把它大书特书，又自表不轻信全信，仿佛又做巫婆又做鬼，跟兔子逃跑而也和猎狗追赶。这样一来，两面都顾全了。①

"跟兔子逃跑而也和猎狗追赶"，显然是只有小说作者才能拥有的特权。《在美国》里的玛琳娜在离开波兰来到美国之后，怀着对美好理想的无限期待，试图在加利福尼亚与朋友们建立一个农业乌托邦社区。好似那个逃跑的兔子，我们可以把这一举动看作她逃离过去、回归本真世界的尝试。在波兰的舞台上，"既保持原来的我，又能扮演我所喜爱的角色……是不可能的"（《在美国》53）。她迫切地希望摆脱历史和民族所赋予的沉重负担，找到一个"真正"的自己，就好比是在与猎狗追赶。虽然这个乌托邦社区最终以失败告终，但无疑代表着女主人公以及作者对沉重历史负担进行的反抗。

来到历史中对历史进行反抗，就好像桑塔格所说的"使用语言来表达沉默"（《激进》33）、"在说话中进入静默"（《激进》29），或者中国人所说的"以言破言""随说随扫"。桑塔格在作品中不仅运用了日记、信件等纪实性手段，同时在叙述的另外一个层面对这些进行瓦解，使得作品同时拥有多重声音，形成多向度的空间。在

---

① 钱锺书：《七缀集》，生活·读书·新知三联书店2002年版，第179—180页。

题为"同时：小说家与道德考量"的纳丁·戈迪默讲座上，桑塔格说："每一位小说家都很想讲很多故事，但我们知道，我们不可能讲所有故事——肯定不能同时讲。我们知道，我们必须挑一个故事，应该说，一个中心故事；我们必须精心选择。作家的艺术是在那故事中、在那次序中……在那时间中（故事的活动时间表）、在那空间中（故事的具体地理）寻找尽可能多的东西。"（《同时》219）

　　就像钱锺书所说追赶兔子的猎狗，很难说在追赶的过程中，猎狗是不是也被周围的鲜花吸引，或者蝴蝶、小溪，以及猎人的呼唤。桑塔格说："小说家是带你去旅行的人。穿越空间的旅行。穿越时间的旅行。"（《同时》219）这旅行不是小说家一个人的，顺着小说家的视线，读者与他/她一起"巡省八方"，在虚构的时间与空间里感受非真之真。

第四章　文学与道德

桑塔格曾被评价为"道德家中的美学家"和"美学家中的道德家",并得到了批评界广泛的认同。据她儿子戴维·里夫的描述,桑塔格早期的大量文章,如《反对阐释》《关于"坎普"的札记》等,是她作为美学家的思考,而后期的很多文章,特别是《关于他人的痛苦》等,则体现了桑塔格作为道德家的立场。①

像历史上众多伟大的文学家和批评家一样,桑塔格毕生都在思考文学在表达正义、影响读者、塑造道德榜样方面的力量,并在自己各种艺术实践中得以实践。"不用说,我把写长篇小说、短篇小说和戏剧的作家视为一种道德力量。……一位坚守文学岗位的小说作家必然是一个思考道德问题的人"(《同时》218),在纳丁·戈迪默讲座上,桑塔格这样表述自己对作家的道德力量的看法。而道德问题,对桑塔格来说,意味着"什么是公正和不公正,什么是更好或更坏,什么是令人讨厌和令人欣赏的,什么是可悲的和什么是激发欢乐和赞许的"(《同时》218)。作家的道德力量,就在于对以上问题的揭示和呈现,而文字,特别是文学性的文字,能够提供给读者对以上问题更全面、更公正、更忠实的标准。

这样的标准,对于桑塔格来说,并不意味着"需要在任何直接

---

① [美]戴维·里夫:《〈火山情人〉中文版序》,载《火山情人》,姚君伟译,上海译文出版社2012年版。

或粗鲁的意义上进行道德说教"(《同时》218),与之相反,作家应该抵制在作品中发表意见的诱惑,不使自己成为"投币式自动唱机"。在她阅读的作家群体里,加缪被桑塔格称作"当代文学的理想丈夫"(《反对》61),虽然他不得不和当代作家一样描写那些惯常的主题,如自杀、冷漠、罪疚以及绝对的恐怖,但是"靠了他镇静的声音和语调的力量",他总会把读者"带向那些人文主义和人道主义的结论"(《反对》61)。桑塔格认为,在加缪的作品中,"既找不到最高质量的艺术,也找不到最高质量的思想。能够解释他的作品的非同寻常的吸引力的,是另一种类型的美,即道德之美"(《反对》63)。

然而,这样的道德之美,如同人体之美,是转瞬即逝的。桑塔格说:

> 如果说加缪道德上的严肃有时失去了吸引力,开始变得令人不快,那是因为它里面存在着某种智性上的弱点。人们从加缪身上感觉到,他有一种完全真实的、与历史相关的激情,……这种激情似乎太容易蜕变成一种用之不竭、自身流芳万古的华丽言辞。他所提供的那些用来缓和不可忍受的历史的或形而上的困境的道德律令——如爱、适度——太笼统、太抽象,也太巧于辞令。(《反对》63—64)

这些笼统、抽象的"道德律令"可以成就一个作家的道德立场,但是却无益于作品的艺术性,更无法使其成为伟大的作品。伟大的作品不提供道德训诫。它的伦理成分,在桑塔格看来,是由"故事及其解决所提供的圆满性的模式,强烈感受的模式,启蒙的模式"(《反对》231)所提供的。

"圆满性"的模式,是从本体意义上说的。本体上的圆满超越了任何意义上的二元对立,是既此亦彼、包容万物的。这个超越具体道德立场和特定社会现实的层面,在西方称为神、上帝或绝对真理,在中国则称之为"道"或"自然"。《易经·系辞传》说:"形而上者谓之道",表明道的本体必然是对形而下的具体事物和观点之超越,而文学创作或艺术,归根结底,是对这一超越层面的显现,如刘勰在《文心雕龙》中所说的"言之文也,天地之心"①,或张彦远在《历代名画记》中所说的"妙理":"凝神遐思,妙悟自然,物我两忘,离形去智,身固可使如槁木,心固可使如死灰,不亦臻于妙理哉?所谓画之道也。"②

文学作品所提供的"强烈感受"的模式,既强调作者在遣词造句和篇章结构方面的技艺,同时也强调读者智力与情感方面的参与,所谓"非陈诗何以展其义?非长歌何以骋其情?"以及"照烛三才,晖丽万有,灵祇待之以致飨,幽微藉之以昭告,动天地,感鬼神,莫近于诗"③,因此,是从主客交融的层面来说的。中国古代的文学理论,并没有发展出严格的主观批评或客观批评,而是说"欣然会意"。"欣然会意,本身乃是一种主客合一的美感经验。它不脱离主观,但也并非主观的印象式批评。"④ 由此看来,文学在提升读者的道德感受力方面,靠的不是喋喋不休的道德说教和大动干戈的"主义"之争,而是"兴于诗,立于礼,成于乐"(《论语·泰伯》),通过音乐以感人,通过诗歌之兴、观、群、怨来端正人的行为。

"启蒙"的模式,则是从文学功用的层面说的。《诗大序》有云:"正得失,感天地,动鬼神,莫近于诗。先王以是经夫妇,成孝敬,厚人伦,美教化,移风俗"⑤,说的就是文学作品的启蒙和教化功能。这种道德层面的启蒙与教化,不仅体现为诗的"讽"与

---

① (南梁)刘勰著,范文澜注:《文心雕龙》,人民文学出版社1958年版,第2页。
② (唐)张彦远:《历代名画记》,人民美术出版社1963年版,第46页。
③ (南梁)钟嵘著,杨焄编:《诗品》,上海古籍出版社2020年版,第1页。
④ 龚鹏程:《文学散步》第4版,世界图书出版公司2006年版,第160页。
⑤ (汉)毛亨:《毛诗序》,载隗芾、吴毓华编《古典戏曲美学资料集》,文化艺术出版社1992年版,第17页。

"颂",更显现为文学作品所"兴"发的"真乐",如《鹤林玉露》所说:"大抵古人好诗,在人如何看,在人把做甚么用……大抵看诗要胸次玲珑活络"①。也就是说,文学作品本身未必一定要告诉读者应该如何做人如何做事,或者何为善何为恶,但是,通过歧义蔓延的联想及超以象外的言外之意,常常使作品具备"凿空乱道,归趣难穷,读之者四顾踌躇,百端交集"的效果和功用,从而彰显文学作品的道德属性。

如此看来,桑塔格作为"道德家中的美学家"和"美学家中的道德家",隔着千山万水,可以在中国找到为数众多的知音,而文字的良心与文学的智慧,通过"动天地,感鬼神"的方式"使我们摆脱束缚,使我们振作"(《同时》158),用独一无二的声音创造一个繁复多样、"与天地并生"②的世界。

第一节 文之道,文之德

桑塔格在21世纪初出版的批评文集《重点所在》,并没有得到批评界真正的重视。虽然美国的批评界依然十分友善,认为她作为美国文化圈的代表人物,仍然怀着古老的热情在继续推动自己热爱的文化事业,但是大部分评论都在追溯她早期那些传奇式的批评论文。桑塔格的传记作者丹尼尔·施赖伯认为,《重点所在》中的文章缺乏一种严肃的分析,许多文章都是出于偶尔的资金需求才匆忙写就的序言、后记或演讲的发言稿,并且已经多次发表在不同的杂志或不同版本的书籍上。"这个散文集没有一个统一的主题,也缺乏桑塔格在其他文集中所表现出来的充满幻想的见解。"③

---

① (宋)罗大经撰,田松青校点:《鹤林玉露》,齐鲁书社2017年版,第267页。
② (南梁)刘勰著,范文澜注:《文心雕龙》,人民文学出版社1958年版,第1页。
③ [德]丹尼尔·施赖伯:《苏珊·桑塔格:精神与魅力》,郭逸豪译,社会科学文献出版社2018年版,第269页。

然而，没有一个统一的主题，也许恰恰是桑塔格对文字的追求之一。在同名文章中，桑塔格用她一贯的手法对她所欣赏的几部小说进行了卓有见地的分析。在她看来，"如何限定与提炼一个故事跟如何把故事展开是同一个任务的两个方面"（《重点》29）。这里，"限定与提炼"意味着单一性与统一性，而"把故事展开"则意味着与之相反的多样性与完整性。桑塔格说："这种对完整性的追求使小说变得丰满。有没有'百科全书化'这样的动词？必须得有。"（《重点》29）

桑塔格在这部文集中做的，正是她所说的"百科全书化"，用文字"彰显"一切。中国人对"文"的理解，即是如此。《文心雕龙·原道》篇引用《周易·系辞上》说："《易》曰：'鼓天下之动者存乎辞。'辞之所以能鼓天下者，乃道之文也。"[1] 也就是说，使天下万物之"动"被发挥、鼓舞起来，就在于辞章的运用，相当于桑塔格所说的"百科全书化"的动词，由此可见文字的力量。而文字为何会有这番力量？在中国人看来，是因为"文"与"道"之间密切的关系。

首先，"文"是与天地并生的，所谓"文之为德也大矣，与天地并生"[2]。但并不是说在天地之外还有一个与之同时存在的"文"，而是说，天地本身就显示为"文"。《周易·系辞下》有云："古者包牺氏之王天下也，仰则观象于天，俯则观法于地，观鸟兽之文，与地之宜，近取诸身，远取诸物，于是始作八卦，以通神明之德，以类万物之情。"也就是说，阴阳四时之消长变幻与日月辰宿之盈昃列张，显示为天文；山川湖泊的演化分布与大气水文的运动循环，显示为地文；人间万物的刚柔交错与世间万事的条修叶贯，则被称为人文。由此可见，人之"文"，与天地之"文"一样，并非某一

---

[1] （南梁）刘勰著，范文澜注：《文心雕龙》，人民文学出版社1958年版，第3页。
[2] （南梁）刘勰著，范文澜注：《文心雕龙》，人民文学出版社1958年版，第1页。

第四章　文学与道德

作者或者人类的有意创造，而是一种自然的呈现。

世间万物自然的呈现，既表现为一个名词的"呈现"，也可以是一个动词的"呈现"。这种自然的呈现，老子将其命名为"道"："有物混成，先天地生。寂兮寥兮，独立而不改，周行而不殆，可以为天地母。吾不知其名，字之曰道，强为之名曰大。"（《道德经》第25章）从这个角度看，"文"不仅仅是对"道"的彰显，而且本身即是道。刘勰在《原道》篇说孔子于乾坤两卦，"独制文言。言之文也，天地之心哉"，指的就是"文"于"天地之心"二而合一的关系。

既然文即是道，而道无处不在，文也应无处不显。壮丽的山川显现为文，矮小的山丘与门前的臭水沟也是一种文的显现，并没有是非善恶或高低贵贱之分，这才是"文"之本体。桑塔格对于文学的认识显然呼应了此种"文"之道，因此才会认为"文学是一座细微差别和相反意见的屋子，而不是简化的声音的屋子"，而作家在作品里所描绘的现实则应包罗万象，包括"各种恶臭的现实、各种狂喜的现实"，而最终，文学所提供的智慧会"帮助我们明白无论发生什么事情，都永远有一些别的事情在继续着"（《同时》155）。

明白自己的事情不是唯一的事情，自己的立场也不是唯一的立场，这才是与天地之道相应的人之道，也是作品的文之道。桑塔格所青睐的清单式写作，在她钦佩的作家罗兰·巴特那里得到了很好的应用。在大多数情况下，巴特只写简短的文章，他所写的书籍往往也是短文的集合，而不是"真正的"书。这些书不是对某一问题统一的论证，而是对一个个问题的记叙。在他的《米歇莱》一书中，他列举了米歇莱这位史学家的各种主题，使这些主题与从米歇莱丰富多彩的著作中摘出的大量引言如百科全书般交织在一起。

桑塔格自己所写的散文和小说，也有这种包罗万象的"百科全书化"的特征，早期写就的《关于"坎普"的札记》一文就是一例。该文虽然说有一个明确的主题即"坎普"，但是文章并没有一条清晰的线，也没有可以辨识的结构。它由序言和58条"札记"组成，整篇文章没有明确的结构层次和逻辑思路，前后论述常常重复、交叉在一起。有时会出现悖论或自相矛盾，整体上没有明确的论述逻辑。究其原因，用桑塔格自己的话来说，"坎普"趣味提倡一种艺术民主的原则，它"反感惯常的审美评判的那种"好—坏"标准。坎普并不变易事物。它不去争辩那些看起来好的事物其实是坏的，或者看起来是坏的事物其实是好的。它要做的是为艺术（以及生活）提供一套不同的——补充性的——标准。"（《反对》333）在桑塔格看来，有关艺术的这套"补充性"的标准，与通常的以排除为目的的标准不同，它实际上就是要颠覆传统的文化等级秩序，消弭高雅文化与低级文化、先锋艺术与媚俗作品、精英文化与大众文化之间的绝对差距，批判那种二元对立式的、非此即彼的文化艺术评判标准，从而实现对文字的"圆满"表现模式。

桑塔格的第三部长篇小说《火山情人》，可以说是她对这种"圆满"模式的又一次实践。在一次接受采访时，桑塔格说，这部小说的结构得自于一部她很熟悉的音乐作品，保罗·亨德密特（Paul Hindemith）的《四种气质》（*Die vier Temperamente*，1940）。这首音乐作品有一个三重序曲，每个序曲都很短，接着是四个乐章：忧郁、火爆、冷静、热情。按着这个顺序，桑塔格的小说也有三个序幕，然后以四个部分来对应那四种气质。"我过去大部分的作品注重的都是人类古老气质之一的这种忧郁，现在我不想只写忧郁了。音乐的结构，它的专断的格式给了我更多的自由，现在我可以写全部的四种气质。"①

这种"圆满"的模式不仅仅展现在整部小说的结构设计上，还体现在书中大量关于收藏、忧郁、美和幽默等话题的讨论中。正如

---

① *Paris Review-The Art of Fiction*，No. 143. https：//www.theparisreview.org/interviews/1505/the-art-of-fiction-no-143-susan-sontag，accessed on June 22nd，2021.

第四章　文学与道德

有评论指出的，在一个"历史传奇"的样式下，桑塔格"大量综合了其写作中常见的特点和视角：美学家、忧郁症患者、游客、废墟鉴赏家、收藏家，等等"①。仿佛这些视角还不足以表现桑塔格的野心，小说最后一章中四个女人的独白，展现的是多种声音的聚合，多种声部的合奏。她们每个人都从自己的角度出发重述了一遍早已为读者所了解的故事（或部分的故事）。

每个人都有自己的故事。每个人的故事都不同于别人的故事。而文字，有良心的文字，自然应该成为每一个故事的守护神。对桑塔格来说，"任何文化（就这个词的规范意义而言）都有一个利他主义的标准，一个关心别人的标准。……如果文学作为一个计划吸引了我（先是读者，继而是作家），那是因为它扩大我对别的自我、别的范围、别的梦想、别的文字、别的关注领域的同情"（《同时》151）。自己和别人、自我和他者，都是文学和文化天然的目标，所谓"木铎启而千里应，席珍流而万世响，写天地之辉光，晓生民之耳目矣"②。

文之道，除了能"与天地并生""千里应""万世响"之外，还体现为自身的沉默。《庄子·天运》篇说得好："天其运乎？地其处乎？日月其争于所乎？孰主张是？孰维纲是？孰居无事推而行是？意者其有机缄而不得已邪？意者其运转而不能自止邪？云者为雨乎？雨者为云乎？孰隆施是？孰居无事淫乐而劝是？风起北方，一西一东，有上仿徨。孰嘘吸是？孰居无事而披拂是？"换句话说，天地之运转与万物之兴发，并非有一个神秘的主宰者在背后推动，或者是一个超自然力量的主张和规划，而是自然而然的。

道之自然，与语言文字后天的人为形成了对照。在中国人看来，

---

① Liam Kennedy, *Susan Sontag: Mind as Passion*, Manchester and New York: Manchester University Press, 1995, p.121.
② （南梁）刘勰著，范文澜注：《文心雕龙》，人民文学出版社1958年版，第2页。

虽然语言文字是后天的人为，但"实天地之心"，因此"文之为德也大矣"①。文之德，即体现为它是天地之心的实在化，形象化，因而也是自然而然的，所谓"心生而言立，言立而文明，自然之道也"②。《周易·系辞下》也说："物相杂，故曰文"，换句话说，"文"是万物本来的样子，是自然生成的，因此与天地万物一样，不主张、不规划、不判断、无是非，在所谓的道德层面上是沉默无言的。后世文学作者常说的"文章本天成""风行水上自成文""天然去雕饰"等标准或样式，就是源于"文"的这一大"德"。

这一大"德"，有时会被称为"无言"之教，如孔子就曾经对子贡说："天何言哉？四时行焉，百物生焉，天何言哉？"（《论语·阳货》）上天无言，可是万物仍然自然生长。天地有大美而不言，其文虽然自然呈现，但并不是有意要说明什么意义，因此呈现出一种"静默美学"的姿态。桑塔格早在她的《静默之美学》的文章中，就对文字和艺术的这种特征大书特书了。

从对意义的消解方面来说，神秘主义者的活动可以作为艺术和文学的参照。桑塔格说："神秘主义者的活动最终必然是**否定的神学**③，是上帝缺席的神学，是对无知而不是知识，对静默而不是对言语的渴望，所有艺术必然是倾向于反艺术的，是对'主体'（或'客体'、'意象'）的消解，是时机对意图的替代，以及对静默的追求。"（《激进》6）作为艺术品类中的一种，文学当然也同样追求"无知"，反对"意图"，主张"静默"，回归"空虚"，因为天地之文本来如此。

这种对"静默"和"空虚"的追求，在桑塔格看来，是一种"东方式"的苦行修炼或"新石器时代"的时代意识。在《"自省"：

---

① （南梁）刘勰著，范文澜注：《文心雕龙》，人民文学出版社1958年版，第1页。
② （南梁）刘勰著，范文澜注：《文心雕龙》，人民文学出版社1958年版，第1页。
③ 此处的字体改变，为原文所有。

第四章 文学与道德

反思齐奥兰》这篇文章中，桑塔格引用齐奥兰①的话说："唯一自由的精神，与存在和客体完全无关，只不断增加其自身的空虚。"（《激进》87）而出生在西方文化传统下的文人作者，无论怎样不断增加"自身的空虚"，或努力掏空精神，都"始终保留着'浮士德式的'或是'西方式的'热情"（《激进》87）。齐奥兰认为，"出生在这一文化中的人，不可能达到——作为跳出陷阱的一种出路——'东方式的'对精神的弃绝"（《激进》87）。

换句话说，对知识或智性的追求，使"哲学成为痛苦的思考"（《激进》87），而跳出陷阱的唯一出路，就在于对思考性精神的弃绝，转身与"空虚"合一。在桑塔格看来，英美知识界从事理论研究的人之中，唯一能在智性的力量上和广度上能与齐奥兰相比的只有约翰·凯奇②。虽然两者都致力于全面重估价值观，但是凯奇的精神世界是"完全民主的，是'自然活动'的世界，在这世界中，'大家知道所有一切都是洁净的：没有污垢'"（《激进》100）。在智性和道德问题上，齐奥兰提出了有关于高尚品位和低俗品位的巴洛克式的标准，他那"热烈而又极富争议的推测，出色地总结了西方思想迫在眉睫的衰败，但除了理解之后的满足感之外，并没有提供任何解脱之道"（《激进》101）。能够提供解脱之道的，是深受东方哲学影响的凯奇。凯奇认为，在道德和智性问题上，不存在什么高尚或低俗的品位。"如果人的思想可以四处为家，那他最终必然要放

---

① Emile Michel Cioran（1911—1995），罗马尼亚文学家和哲学家，20世纪怀疑论、虚无主义重要思想家。有罗马尼亚语及法语创作格言、断章体哲学著述传世，以文辞精雅新奇、思想深邃激烈见称。

② 约翰·凯奇（John Milton Cage，1912—1992），美国著名实验音乐作曲家、作家、视觉艺术家。他是即兴音乐（aleatory music，或"机遇音乐"，chance music）、延伸技巧（extended technique，乐器的非标准使用）以及电子音乐的先驱。虽然他是一个具有争议的人物，但仍普遍被认为是20世纪最重要的作曲家之一。凯奇对东方哲学有浓厚的兴趣，以《易经》为最，经常用其进行即兴音乐创作。代表作包括：管弦乐《黄道图》、实验音乐《臆想的景色》（多部）、打击乐曲《金属结构》（多部）、无声音乐《4′33″》等。

弃这局部的'欧洲'优越感,让其他的东西——也许看来冷漠奇怪,智性上也很简单——进来。凯奇用他独特绝妙的反讽写道,'只需要给它时间中的一段空寂,让它充分展示自己的迷人之处。'"(《激进》101)

"空寂",意味着创作者主体的消解,意味着让客体自然呈现。在《静默之美学》一文中,桑塔格这样说:

> 静默隐喻着纯净、不受干扰的视野,正适合那些本质内敛,审视的目光也不会损害其基本完整性的艺术作品。观众欣赏这种艺术如同欣赏风景。风景不需要观众的"理解",他对于意义的责难,以及他的焦虑和同情;它需要的反而是他的离开,希望他不要给它添加任何东西。沉思,严格来说,需要观众的忘我:值得沉思的客体事实上消解了感知的主体。(《激进》18)

感知主体的消解,必然会伴随着客体的圆满,这也是为何"文之为德也大矣"之处。许多当代艺术家,包括文学家,采用各种非逻辑的、非个人化的、简约的手段,"试图达到观众无法添加任何东西的理想的圆满状态,就像人类与自然的审美关系那样"(《激进》18),桑塔格说得再清楚不过了。这种静默的姿态,在桑塔格看来,既是一种"寻求道德净化的形式"(《激进》18—19),又是"一种权力和手段,一种虐待,以及一种事实上无可挑战的强势地位"(《激进》19)。

这颇有些像《道德经》里对"水"的描述。《道德经》第八章说:"上善若水。水善利万物而不争,处众人之所恶,故几于道。"最了不起的"善",是像水一样的"善",利万物而不争,意味着桑塔格所说的"静默",意味着主体的消融和客体的圆满。《道德经》第二十二章又说:"夫唯不争,故天下莫能与之争。"水由于不与万物相争，反而可以在滋养万物的同时，顺应自己的本性，千帆过尽，奔流入海。同样的，"静默"的文学艺术由于克服了喋喋不休的诱惑，反而解除了认识上的焦虑，摆脱了历史和智力的限制。桑塔格说："对济慈来说，希腊古瓮的静默是精神滋养所在：'听不到'的旋律流传了下来，而那些迎合'世俗之耳'的业已朽烂。"（《激进》19）如果可以一直静默，我们就可以留住时间，让时间永恒，进入与天地同在的"空虚"与"无"。

被桑塔格视为典范之一的罗兰·巴特，也从东方艺术及语言中获得了同样的智慧。在《写作本身：论罗兰·巴特》一文中，桑塔格以非常钦佩的态度谈到巴特对符号的理解。对巴特来说，符号愈是空洞，它的意义愈是可以无所不包。作为一个符号，正是埃菲尔铁塔的无用性使它的用途无限广大，正如真正文学的无用性也使它在道德上有无限用途的原因一样。"巴特在日本找到了这么一个意义解放性缺失的世界，它既是现代主义的，又是完全非西方的。他指出日本充满了空洞的符号。巴特将伦理道德的二元对立——真与假、好与坏——用互补的极端所取代。"（《重点》96—97）

巴特在日本找到的"空洞符号"，在中国传统文学理论中有着非常重要的地位。《道德经》第四十章说："天下万物生于有，有生于无。"王弼对此注解说："天下之物，皆以有为生。有之所始，以无为本。将欲全有，必反于无也。"以此为理论依据的文学观念因此注重"虚""真""空""留白"，等等，如《文心雕龙·深思》篇的"陶钧文思，贵在虚静，疏瀹五藏，澡雪精神"，苏轼《送参廖师》中的"欲令诗语妙，无厌空且静。静故了群动，空故纳万境"，《庄子·秋水》篇的"强哭者虽悲不哀，强怒者虽严不威，强亲者虽笑不和……真在内者，神动于外。是所以贵真"，都是对文字及文学之根本大道的体证和描述。

文学，就是在这里契入了文之"道"与文之"德"。桑塔格说：

"作家的首要职责不是发表意见,而是讲出真相……如果我必须在真相与正义之间做出选择——当然,我不想选择——我会选择真相。"(《同时》155)"真",才是文学得以成为"道"的必经之路,也是"文之为德也大矣"的缘由,是文字真正的"良心"。

第二节 感天地,动鬼神

文学作品尽可以"静默",天地之心本来也"无言",但这并不妨碍文字为读者提供"强烈的感受",让读者从中受到感动。事实上,真正的文学作品,总能"让人启智、舒心、迷惑、赞美、感动、反对、满足、忧伤、惊讶、活跃"(《激进》21),就像桑塔格在读完茨普金[①]关于陀思妥耶夫斯基的小说《巴登夏日》之后说:"你会净化、震撼、坚强、轻轻地深呼吸;你会感激文学,感激它所能包含和示范的一切。"(《同时》36)

文学之所以能让人感激,在中国人看来,就在于"文"与"天地之心"同体,文字之动即可带来心动,因此《周易·系辞下》有曰:"鼓天下之动者,存乎辞。"而文学的道德属性,就在于它能对人的生命有所启迪,能扩大或者更新我们对人生和世界的感受能力。《文心雕龙·物色》篇曾说:"春秋代序,阴阳惨舒,物色之动,心亦摇焉。盖阳气萌而玄驹步,阴律凝而丹鸟羞,微虫犹或入感,四时之动物深矣",说的就是人能感通天地之大美,进而通过文字将所感予以兴发。"是以诗人感物,联类不穷。流连万象之际,沉吟视听之区;写气图貌,既随物以宛转;属采附声,亦与心而徘徊"[②],而读者,同样作为人,在"写气图貌"和"属采附声"的文字之间,

---

[①] 列昂尼德·茨普金(1926—1982),俄罗斯作家、医生。代表作有《巴登夏日》。
[②] (南梁)刘勰著,范文澜注:《文心雕龙》,人民文学出版社1958年版,第693页。

终可"披文以入情",所谓"世远莫见其面,觇文辄见其心"①。

可见,读者通过文字能与作者相感,主要在于人与人之间的"同声相应,同气相求"。《吕氏春秋·应同》篇说:"类固相召。气同则合,声比则应。鼓宫而宫动,鼓角而角动。……黄帝曰:'芒芒昧昧,因天之威,与元同气。'故曰同气贤于同义,同义贤于同力,同力贤于同居,同居贤于同名。"② 天地之间的元气周流不虚,虽然万物殊类殊形,各有分职,但由于与天之元气相同,因此皆可以相感。

但这并不是说只有严格的在各方面都"同"才能相感。另一种相感则源于"不同",是对立面的统一。《周易》"咸卦"之"咸",意思就是"感应",例如少年男女相爱心灵的感应、物理上的电磁感应等。其卦象为兑上艮下。兑为水泽,艮为山,它们之间性质虽然不同,"柔上而刚下",但"二气感应以相与"(《周易·咸·象》),就好比男与女虽然不同,但是男女之间会存在相互的感应,而且最终会因感而通。由此可见,感应并非只是相似事物之间的"叠加",更可以是不同事物之间因差异而产生的吸引力。桑塔格说:"正如堕落的亚西比德追随苏格拉底,尽管他不能、也不愿改变自己的生活,但他被感动了,内心丰富了,充满了爱,而敏感的现代读者则对某个不属于自己、也不可能属于自己的精神现实层面表示自己的敬意。"(《反对》58)

对于桑塔格来说,无论是出于阅读主体与创作主体之间的"同声相应,同气相求",还是由于他们"精神的种种不同"(《反对》57),"只要我们对艺术的反应恰好活跃了我们的感受力和意识,那么这种反应就似乎是'道德'的"(《反对》29)。原因就在于,只有感受力才能滋养读者进行道德选择的能力,而缺乏足够的感受力只能使人沦为时下常见的"吃瓜群众",从而落入人云亦云的境地。

---

① (南梁)刘勰著,范文澜注:《文心雕龙》,人民文学出版社1958年版,第715页。
② 陈奇猷校:《吕氏春秋新校释》,上海古籍出版社2002年版,第683页。

艺术，包括文学艺术，则"担当着这种'道德的'责任，因为审美体验所固有的那些特征（无私、入神、专注、情感之觉醒）和审美对象所固有的那些特征（优美、灵气、表现力、活力、感性）也是对生活的道德反应的基本构成部分"（《反对》29）。

由此看来，文学的道德属性与审美属性不仅没有冲突，甚至可以是相辅相成的。建立在"感应"的基础上，文学作品一方面要活跃、增强读者的感受力，从而滋养其道德选择的能力；从另一方面来说，对读者感受力的增强也是通过其美学形式实现的。足够"美"，才可以使读者有所"感"，从而心为其所"动"。桑塔格认为，"艺术作品是一种展现，记录或者见证，它赋予意识以可感的形式"（《反对》34），而这种"可感的形式"，正如刘勰所说的"圣贤书辞，总称文章，非采而何"[1] 之文采，使艺术作品得以独一无二地呈现。"这难道不正是我们所认可的最伟大艺术的特征吗，如《伊利亚特》、托尔斯泰的小说及莎士比亚的戏剧？难道这一类的艺术不正超越了我们的心胸狭窄的判断，以及我们信口开河地给人物和行动贴上的或好或坏的标签的行为？如果真是这样的话，那只会有好处（这甚至于道德事业有所得）。"（《反对》34）

这样看来，美学上"可感的形式"，或"文章之采"，才会使文学、文章在道德上有益，使之"伟大"，成为"圣贤书辞"。桑塔格曾说："道德是行为的一种形式，而不是一种特别的包含全部的大全。"（《反对》28）《文心雕龙·情采》篇也说："虎豹无文，则鞟同犬羊；犀兕有皮，而色资丹漆"[2]，虎豹皮毛如果没有花纹，就看不出它们和犬羊的皮有什么区别；犀牛的皮虽有用，但还须涂上丹漆才算美观。《情采》篇还说："故立文之道，其理有三：一曰形文，五色是也；二曰声文，五音是也；三曰情文，五性是也。五色杂而

---

[1]（南梁）刘勰著，范文澜注：《文心雕龙》，人民文学出版社1958年版，第537页。
[2]（南梁）刘勰著，范文澜注：《文心雕龙》，人民文学出版社1958年版，第537页。

成黼黻，五音比而成韶夏，五情发而为辞章，神理之数也。"① "形文""声文"及"情文"，可以说，把文采之理基本都概括了。

"形文"，即五色，具体指青、黄、赤、白、黑五种颜色，泛指作品中的形象描写。《诠赋》中记载："写物图貌，蔚似雕画"②，《文心雕龙·物色》中也说："故灼灼状桃花之鲜，依依尽杨柳之貌，杲杲为出日之容，瀌瀌拟雨雪之状"③，都是使作品中的具体形象鲜活起来的形式。每一个作家乃至每一代作家在安排其艺术形式时又有其不同的习惯，导致其风格迥异。因此，"及离骚代兴，触类而长，物貌难尽，故重沓舒状，于是嵯峨之类聚，葳蕤之群积矣。及长卿之徒，诡势瑰声，模山范水，字必鱼贯，所谓诗人丽则而约言，辞人丽淫而繁句也"。④

桑塔格重视人物和事物的形象描写，在刻画她的论说对象如本雅明、巴特等人时，总是像照相机一样对他们的形象详加描述。例如，对本雅明的描写：

  他当时三十五岁，深色鬈发盖在高高的额头上，下唇丰满，还蓄着小胡子；他显得年轻，差不多可以说是英俊了。因为低着头，穿着夹克的肩膀仿佛从他耳朵后面耸起；他的大拇指靠着下颌；其他手指挡住下巴，弯曲的食指和中指之间夹着香烟；透过眼镜向下看的眼神——一个近视者温柔的、白日梦者般的那种凝视——似乎瞟向了照片的左下角。（《土星》109）

对罗兰·巴特的描写：

---

① （南梁）刘勰著，范文澜注：《文心雕龙》，人民文学出版社 1958 年版，第 537 页。
② （南梁）刘勰著，范文澜注：《文心雕龙》，人民文学出版社 1958 年版，第 136 页。
③ （南梁）刘勰著，范文澜注：《文心雕龙》，人民文学出版社 1958 年版，第 693 页。
④ （南梁）刘勰著，范文澜注：《文心雕龙》，人民文学出版社 1958 年版，第 694 页。

>他彬彬有礼，不那么世故，但适应性强——他讨厌暴力。他眼睛漂亮，总是一副忧伤的神色。在所有关于快乐的书里总有些忧伤的东西；《恋人絮语》是一本非常忧伤的书。但是，他体验过狂喜，赞美狂喜。他热爱生活，憎恨死亡；他说过，他那本未写的长篇旨在赞美生活，表达对活着的感谢。在快乐这桩严肃的事情上，在其思想的自由驰骋中，总有一股哀伤的暗流在涌动——现在，他的早逝令人苦恼，叫人伤心。（《土星》174）

在她自己的小说中，人物形象也无比鲜明。例如《火山情人》中的骑士：

>他抵达时，被认为看上去老多了。他还是那么瘦：窄窄的脸一副聪明相，鹰钩鼻，浓眉毛，吃多了通心面和柠檬糕点而使身体发胖的话，就会显得极不协调。但是，他已经没有了他这个社会阶层的人有的苍白肤色。七年前他离开时的白皮肤现已变黑，对此大家不以为然。只有穷人——也就是说，大多数人——是晒黑的。公爵的孙子，勋爵最小的儿子，国王本人儿时的玩伴则不会。（《火山》13）

这些描写不仅具备常规的展现人物形象，甚至揭示人物性格的功能，而且，按桑塔格在《论摄影》中所说，通过照相机式的捕捉人物形象，可以"把过去变成被温柔地注目的物件，通过凝视过去时产生的笼统化的感染力来扰乱道德分野和取消历史判断"（《论摄影》122）。那些我们或熟知或陌生的人物，他们诡异的性格，乖张的举止，甚至我们不甚认同的思想，都在时间中被消磨殆尽，在变成文字后让人同情和感伤。

"声文"，即五音，宫、商、角、徵、羽，是中国五声音调中五个不同音的名称，在文学作品中泛指作品的声韵、节奏等。中国最早的诗歌总集《诗经》，名为诗，实际上都是歌。《史记》中记载："三百五篇，孔子皆弦歌之，以求合于韶武雅颂之音。"①《毛诗序》也认为，上古之人抒情言志均以歌谣为主："情动于中而形于言，言之不足故嗟叹之，嗟叹之不足故咏歌之，咏歌之不足，不知手之舞之，足之蹈之也。"② 可见，中国最早的文学作品和音乐是一体的。早期对于诗歌的解读，也以其音乐性为主，文义倒在其次，如上海博物馆藏战国楚简《孔子诗说》中对"风"与"颂"的论述，都是从声的层面说的。"邦风，其纳物也，博观人欲焉，大敛材焉。其言文，其声善"③，以及"颂，平德也，多言后，其乐安而迟，其歌绅而口，其思深而远，至矣"④ 等，都是对诗之音乐性的讨论。

而音乐的道德属性，则更是源于"乐"对于感受力所起到的作用。《乐记》说："乐者，音之所由生也，其本在人心之感于物也"⑤，也就是说，"音"生成于人的内心，是外物让人心产生"感"并形成"乐"。"乐者，心之动也。声者，乐之象也。文采节奏，声之饰也。"⑥ 在《论语》里，孔子有两次评论《韶》这首乐曲，其中最著名的是《述而》篇中的"子在齐闻韶，三月不知肉味。曰：'不图为乐之至于斯也！'"。而《八佾》篇中则记载了孔子对"韶"和"武"这两首乐曲的评论。"子谓韶：'尽美矣，又尽善也。'谓武：'尽美矣，未尽善也。'"可以看出，在中国人的审美观念中，音

---

① （汉）司马迁撰，（宋）裴骃集解，（唐）司马贞索隐，（唐）张守节正义：《史记》，中华书局1999年版，第1559页。
② （汉）毛亨：《十三经注疏·毛诗正义》（上），李学勤主编，《十三经注疏》整理委员会整理，北京大学出版社1999年版，第10页。
③ 转引自龚鹏程《中国文学史》上册，东方出版社2015年版，第30页。
④ 转引自龚鹏程《中国文学史》上册，东方出版社2015年版，第30页。
⑤ （清）孙希旦：《礼记集解》卷三十八，沈啸寰、王星贤点校，中华书局1989年版，第976页。
⑥ （清）孙希旦：《礼记集解》卷三十八，沈啸寰、王星贤点校，中华书局1989年版，第1006页。

乐之美与善经常是相提并论的。

桑塔格当然很少从音乐的角度评价文学作品,但是她在谈论作品的形式及风格时,也会大量提及"文采节奏"等声音的元素。在她看来,原始口头文学的节奏和押韵等特征都相当明显,而"节奏和韵脚,以及诸如格律、对称、对仗等这些更为复杂的诗歌形式策略,是物质符号(书写)发明以前词语为了创造自身的记忆而提供的手段"(《反对》40),通过这些手段,那些作品得以被保留,不致被湮没。桑塔格还引用瓦雷里[①]的话说:"作品的形式,是其可感特征的总和,其身体动作推动了记忆的识别过程,并试图抵抗威胁思想表达的种种不同的消失状况,无论是漫不经心,还是遗忘,或者甚至是内心涌起的对这种思想的反感。"(《反对》40)也就是说,这些声音的元素,帮助作品对抗时间,成了"永恒"的保障。

在对罗兰·巴特的写作进行评述时,桑塔格也专门提到了巴特作品的节奏。在她看来,巴特的作品大量采用停顿、中断等技巧,创造了很多的分割话语的方式,并"允许话语尽可能地变得迥然不同,音调繁杂"(《重点》89)。这些片断性的写作模式,在巴特那里,还伴随着新奇的、序列的(而不是线性的)排列模式,而这些序列经常以主观任意的形式表现出来,如用数字编号,或者加上嘲讽的、夸张的标题。这些与节奏相关的元素,在桑塔格看来,使晚期的巴特拥有了一种"优于断言的叙述:即一种艺术所具有的,跟快乐有关的叙述"(《重点》89)。这种快乐来源于天真的游戏,是对戏剧和滑稽的探索,而不是对严肃主题的侵犯或对欲望的沉迷。在这一点上,巴特与尼采一样,都认为"重要的并不是要通过作品教诲我们某种特定的东西,而是要使我们变得大胆、灵活、敏锐、聪颖、超然。而且给予我们快乐"(《重点》90),而对此,桑塔格深以为然。

---

① 瓦雷里(Paul Valery,1871—1945),法国象征派诗人,法兰西学院院士。主要作品有《年青的命运女神》《海滨墓园》等。

第四章 文学与道德

通过运用特定的节奏，让作品给予人快乐，这当然是艺术作品的道德属性，但那些与之相反让人产生愤怒情感的作品，也在道德上具有强大的震撼力。桑塔格自己的小说《火山情人》就是这样的作品，其震撼力是通过对声音的运用实现的。小说虽然大部分都在讲述以汉密尔顿夫妇和英国将军纳尔逊的三角恋故事，但最后一章却由小说中出现的四个女人的独白组成。在最后一个声音，一个女性革命家爱勒纳拉的声音中，我们听到她对那不勒斯革命及汉密尔顿夫妇和纳尔逊将军的强烈指责。在桑塔格的儿子戴维·里夫看来，这个愤怒的声音使《火山情人》成了"一部道德家的作品"。"'他们自以为是文明人，'她在小说最后几行里说，'他们都是可鄙的。让他们全见鬼去吧。'这个道德家的控诉——毫无疑问，这也是我母亲的控诉……是极具震撼力的。于是，这本书变得高尚起来，就这么简单。"（《火山》中文版序）

声音的力量就这么简单。据桑塔格自己说，她的作品通常以一个声音开始。"《恩主》和《死亡匣子》都是作为我脑子里的语言而问世的。我开始听到头脑里的词语，一个语调，一个声音。某种语言，某种节奏，但是，是词语——我听见词语，听见有人在说话。"[①]不仅如此，她还经常陶醉于其他作家的声音中，被其作品的声音迷倒。在《论保罗·古德曼》一文中，桑塔格以极大的热情书写、怀念刚刚去世的保罗·古德曼，认为他"一直是我心目中的英雄……那种直接的、一惊一乍的、自负的、慷慨的美国人的声音让我倾倒"（《土星》6）。倒不是因为他的作品或者他的人格多么完美，而是"他的声音，即他的才智及其体现出的诗意"（《土星》7）使桑塔格成为他死心塌地的读者，"看他的书看得上了瘾"（《土星》7）。

能让人看得上瘾的书，除了具备五色之"形文"及五音之"声

[①] Joe David Bellamy, "Susan Sontag", in Leland Poague (ed.) *Conversations with Susan Sontag*, Jackson: University Press of Mississippi, 1995, p. 45.

文",还可以通过五性之"情文"感动人。"情文",即五性,指从人之五脏即肝、心、脾、肺、肾五个器官产生出来的五种性情。《白虎通德论·情性》篇说:"情性者,何谓也。性者阳之施,情者阴之化也。人禀阴阳气而生,故内怀五性之情。……《钩命诀》曰:'情生于阴,欲以时念也。性生于阳,以就理也。……'六情者,何谓也?喜、怒、哀、乐、爱、恶谓六情,所以扶成五性。性所以五,情所以六者何?人本含六律五行气而生,故内有五脏六腑,此情性之所由出入也。"① 这可以看作是对"性"及"情"的详细注解。

由此看来,性与情是同一件事的两个方面,虽然情的泛滥可以导致贪爱、愤怒、仇恨、暴力等极端行为,人却不可能只有性而无情。四季气化,自然流行,充满了爱恨情仇和生离死别,在这个有情世界里,艺术创作被认为是感性主体与外物相感之后必然的情感抒发。如《诗大序》说:

> 诗者,志之所之也,在心为志,发言为诗,情动于中而形于言,言之不足,故嗟叹之,嗟叹之不足,故咏歌之,咏歌之不足,不知手之舞之,足之蹈之也。情发于声,声成文谓之音,治世之音安以乐,其政和;乱世之音怨以怒,其政乖;亡国之音哀以思,其民困。故正得失,动天地,感鬼神,莫近于诗。②

情有所感,发言为诗。诗形成了,又反过来能感动天地和鬼神。人与文互感互动,成就了一个有情有文的世界。

但是,从道德的层面上说,却不能任由情的泛滥。中国古人对

---

① 陈立:《白虎通疏证》卷八,中华书局1994年版,第381—389页。
② (汉)毛亨:《十三经注疏·毛诗正义》(上),李学勤主编,《十三经注疏》整理委员会整理,北京大学出版社1999年版,第10页。

此有非常多的对治之法，如《论衡·本性》篇记载的"情性者，人治之本，礼乐所由生也。故原情性之极，礼为之防，乐为之节"①，主张以礼的制度对人情进行约束，用乐的教化对其进行节制。《礼记·乐记》也说："人生而静，天之性也。感于物而动，性之欲也。……夫物之感人无穷，而人之好恶无节，则是物至而人化物也。人化物也者，灭天理而穷人欲者也。于是有悖逆诈伪之心，有淫泆作乱之事。……故先王制之礼乐，人为之节。"② 可见，人若被物所化，被物牵了鼻子走，则会背离为人之理，做出不道德之事。

从另一个角度说，制礼作乐并非要消灭人的情感，而是要使之受到节制，达到恰到好处的美好境地。《春秋繁露·循天之道》说："德莫大于和，而道莫正于中。中者，天地之美达理也"，由感通天地而获得的情感如果能"正于中"，即可达到这种既达于理，又合于美的"美达理"境界。至于在文章中的"美达理"，还是钱锺书说得好："落笔神来之际，有我在而无我执，皮毛落尽，洞见真实；与学道者寂而有感，感而遂通之境界无异。神秘诗秘，其揆一也。"③

"有我在而无我执""寂而有感"，说起来，恰恰是桑塔格在讨论"风格"时不断重复的。在桑塔格看来，为了以艺术的面目出现在我们面前，艺术作品"必须对起着'密切'作用的情绪干预和情感参与予以限制"（《反对》35），相当于写诗时要"发乎情，止乎礼义"。而读者，如果能全神贯注于艺术作品，"肯定会带来自我从世界疏离出来的体验"（《反对》31）。这是一种复杂的情形，"既离弃世界，又以一种令人称奇的强烈而特殊的方式接近它"（《反对》35）。其结果，对于桑塔格来说，无论读者或者观众在多大程度上把

---

① 黄晖：《论衡校释》，中华书局1990年版，第132页。
② 薛永武：《〈礼记·乐记〉研究》，光明日报出版社2010年版，第133页。
③ 钱锺书：《谈艺录》，生活·读书·新知三联书店2007年版，第667页。

艺术作品中的内容等同于真实的生活，从而变得激动、义愤填膺，"他最终的反应——只要这种反应是对艺术作品的反应——必定是冷静的、宁静的、沉思的、神闲气定，超乎义愤和赞同之上"（《反对》31）。

　　超乎义愤，或者对作品中的内容无动于衷，通常会被人认为是道德上的冷漠。然而，如果以我们对真实生活中的某个行为做出道德反应相同的方式，来对艺术品中的某个因素做出道德反应，同样是不恰当的。桑塔格说："如果我所认识的某个人谋杀了他的妻子却逍遥法外（从心理上或法律上说），那我无疑会义愤填膺，可是，当诺尔曼·梅勒《美国梦》中的男主人公谋杀了他的妻子却免于惩罚时，我几乎不会愤慨……他们不过是某个幻想场景中的人物。这一点似乎显而易见，但当代文学（以及电影）批评中"假斯文—假道学"评判的盛行，却使这一点值得一遍遍重复。"（《反对》27）

　　这就导致艺术作品的客体与读者或观众的情感之间形成了一个距离。对于桑塔格来说，这一距离往往与最强烈的情感状态相关，而"我们对待某个事物的冷静漠然正测度出我们对它无尽的兴趣"（《激进》28）。也就是说，对艺术作品里的情感缺乏必要的反应，并不意味着人的审美反应与道德反应相冲突。相反，对桑塔格来说，艺术与道德当然密切相关。"它之所以与道德如此相关，是因为艺术可以带来道德愉悦，但艺术特有的那种道德愉悦并不是赞同或不赞同某些行为的愉悦。艺术中的道德愉悦以及艺术所起的道德功用，在于意识的智性满足。"（《反对》28）

　　意识的智性满足，一定是以事先"倒空"自己的意识为前提的。正如音乐家约翰·凯奇所说，"你只要不去做任何事，事物自己就会转变的"（转引自《激进》100）。在艺术作品的道德言说面前，艺术家需要做的，不是对某一道德立场表达热情的赞同或激烈的反对，而是"清空"自己的主体性欲望，以便让事物自己呈现。正如《周易·咸卦》的象辞所说:"天地感而万物化生,圣人感人心而天下和平,观其所感,而天地万物之情可见矣。"而这一卦的象辞则说:"山上有泽,咸,君子以虚受人。"艺术家要做的,也是效仿这种"虚",才能真正感天地,动鬼神。

第三节 诗之教,思无邪

诗能感天地,动鬼神,自然也能动人。中国人讲的"文明",意思是"文以明之";"文化",意思是"文以化之",对象都是针对"人"而言的。桑塔格对于文学之道德功用的认识,也是从文学对人所产生的感动以及教化的意义上说的。在她看来,严肃的小说家从来都是真实、认真地思考道德问题的,"他们在我们可以认同的叙述作品中唤起我们共同的人性,尽管那些生命可能远离我们自己的生命"(《同时》218)。也就是说,人类所共同的人性,可能会由于各种原因而受到遮蔽,而伟大的文学作品则致力于将其去蔽,从而让我们本有的人性之光明得以彰显。

桑塔格所说的文学之"启蒙的模式"(《同时》231),意义就在于此。但是,正如桑塔格所一再重复的,文学作品的道德功用,不在于它所表达的观点,或者对某种观念所表达的观点赞同或反对,而是通过"刺激我们想象力"的方式进行。"他们讲的故事扩大并复杂化——因此也改善——我们的同情。他们培养我们的道德判断力。"(《同时》218—219)

对于道德判断力的培养,乃至对整体人格修养水平的提升,恰恰是传统中国诗教的核心。《礼记经解》引用孔子的话说:"入其国,其教可知也。其为人也,温柔敦厚,诗教也"[1],司马迁在《史记·

---

[1] 屈兴国、罗仲鼎、周维德选注:《古典诗论集要》,齐鲁书社1991年版,第6页。

孔子世家》中也对孔子"诗教"一事从实践层面加以确认，说"孔子以诗书礼乐教，弟子盖三千焉"①。在《论语·为政》篇中，孔子说："道之以政，齐之以刑，民免而无耻"，因此对民众的教育不能用政治和刑罚的手段，而是应该"道之以德，齐之以礼，有耻且格"，强调礼乐及诗歌教育的核心在于引导人们良好的德性发展，使学诗者在歌咏的同时，玩味其词意，涵泳其性情，销其思虑之非，向善远恶。

学诗者的性情得以涵养，因此才会在情感和行动方面形成某种类似"习惯"的长期性行为模式，在桑塔格看来，这就是"道德"的含义。"道德是行为的代码，也是评判和情感的代码，据此我们强化了以某种方式行事的习惯"（《反对》28），而这种行事习惯，可以通过阅读文学作品，伟大的文学作品，得以开发并加强。所谓"君子之道，闇然而日彰"（《中庸》）。文之道，与君子之道一样，虽然深藏不露，却日益彰显，在不知不觉中给人以启迪。

启迪了什么？这可能是很多人的疑惑，也是桑塔格所说的文学之道德属性与通常意义上的道德说教不同之处。桑塔格说："作家的首要职责不是发表意见，而是讲出真相……以及拒绝成为谎言和假话的同谋……作家的职责是使人们不轻易听信于精神抢掠者。作家的职责是让我们看到世界本来的样子，充满各种不同的要求、部分和经验。"（《同时》155）"世界本来的样子"，而不是一部分人所看到的样子，这就要求作者和读者放弃自己原有的观念和立场，不以个人喜好和偏颇的立场看待事物，从而投入"完整的"世界中去。

"世界本来的样子"，即"真"，恰恰是中国传统诗教另一个核心要素。"子曰：'诗三百，一言以蔽之，曰思无邪。'"（《论语·为

---

① （汉）司马迁撰，（宋）裴骃集解，（唐）司马贞索隐，（唐）张守节正义：《史记》，中华书局1999年版，第1560页。

政》）而"无邪"，据宋代学者程颐的解释，"'思无邪'者，诚也。"① 程树德发挥程子"'思无邪'者诚也"之论，认为"夫子盖言诗三百篇，无论孝子、忠臣、怨男、愁女皆出于至情流溢，直写衷曲，毫无伪托虚徐之意，即所谓'诗言志'者，此三百篇之所同也，故曰'一言以蔽之'"。② 也就是说，只有"真"诗、"诚"诗，才可以启发人真与诚的性情。作品之"真"与"诚"，既是作者与读者沟通的基础，也是人与人在情感上产生共鸣的前提。

近代学者罗庸对此的论述更为直接，他说：

> 我们读一篇好的作品，常常拍案叫绝，说是"如获我心"，或"如我心中之所欲言"，那便是作者与读者间心灵合一的现象，正如几何学上两点同在一个位置等于一点一般。扩而充之，凡旷怀无营而于当境有所契合，便达到一种物我相忘的境界，所谓"此中有真意，欲辨已忘言"，这便是文学内在的最高之境，此即"诚"也。诚则能动，所以文境愈高，感人愈深。
>
> "思无邪"便是达此之途，那是一种因感求通而纯直无枉的境界。正如几何学上的直线，是两点之间最短的距离一般。凡相感则必求通，此即"思"也，"无邪"就是不绕弯子。思之思之，便会立刻消灭那距离而成为一点。孔子说："仁远乎哉？我欲仁，斯仁至矣。"孟子说："思则得之，不思则不得也。"思得仁至，必须两点之间没有障碍不绕弯子才行。
>
> ……
>
> 所以文字的标准只须问真不真，不必问善不善，以真无有不善故。天下事唯伪与曲为最丑，此外，只要是中诚之所发抒，

---

① （宋）朱熹：《论语集注》，齐鲁书社1992年版，第9页。
② 程树德：《论语集释》，中华书局1990年版，第86页。

都非邪思，一句"修辞立其诚"，而善美具矣。①

这简直是桑塔格所说"如果我必须在真相与正义之间作出选择……我会选择真相"（《同时》155）的最好注解。"思无邪"的诚正之美，既可以使读者在情感上产生共鸣，从而激发读者的感受力，同时，也是文学艺术在教育实践上的审美性呈现，最终会对人之温柔敦厚的性情与诚正无邪的品格起到潜移默化的形塑作用。在孔子看来，《诗经》中各篇所体现的真情实感，既不违背诗教之"发乎情，止于礼义"的原则，又启发了人真诚的纯正性情，是"为政以德"之道在诗之领域的显现。孔子对于君子"为政"的教导即是"为政以德，譬如北辰，居其所而众星共之"（《论语·为政》），说当政者以德行来治理国家，就应当像北极星一样，不需要对其他的星星发号施令，只需要"思无邪"，以真面目安居其所，其他的星辰就会井然有序地环绕着它，宇宙才会是一个整体，而不是四分五裂的一种撕扯。

唯有"思无邪"，才能对这样一个整体有全面的认识，才不会囿于某种特定的观念，而对与之相反的观点视而不见。熊十力曾对"思无邪"这样论述：

"三百篇，蔽以思无邪"一言。此是何等见地而作是言。若就每首诗看去，焉得曰皆"无邪"耶？后儒以善者足劝，恶者可戒为言，虽于义无失，但圣意或不如斯拘促。须短圣人此语，通论全经，即彻会文学之全面。文学元是表现人生，光明黑暗虽复重重，然通会之，则其启人哀黑暗向光明之幽思，自有不

---

① 罗庸：《思无邪》，《国文月刊》1941 年第 1 卷第 6 期。此文收入《鸭池十讲》，开明书店 1943 年初版。1997 年与罗家伦著《新人生观》合出《新人生观　鸭池十讲》，辽宁教育出版社 1997 年版，第 43 页。

知所以然者，故曰"思无邪"也。①

"彻会文学之全面"，不仅仅包含"光明"，也须对"黑暗"有所认识。桑塔格说："文学是一个由各种标准、各种抱负、各种忠诚构成的系统——一个多元系统。文学的道德功能之一，是使人懂得多样性的价值。"（《同时》153）前文所反复提到文学与作家的政治立场、性别身份的关系，均须建立在多样性、完整性的"真"之基础上，才可以得到正确的理解，而作品的内容、主题，其实是无关紧要的。正如桑塔格所说，"对艺术作品所'说'的内容从道德上赞同或不赞同，正如被作品所激起的性欲一样（这两种情形当然都很普遍），都是艺术之外的问题"（《反对》31），而真正伟大的艺术，"并不激发性欲；或者，即便它激起了性欲，性欲也会在审美体验的范围内被平息下来。所有伟大的艺术都引起沉思，一种动态的沉思"（《反对》31）。

沉思因为是"动态"的，因此才会变动不居，文学也因此才会成为一次"旅行"，而不是旅行的目的地。对于桑塔格来说，"小说家是带你去旅行的人。穿越空间的旅行。穿越时间的旅行。小说家带领读者越过一个豁口，使事情在无法前进的地方前进"（《同时》219）。换句话说，重要的不是文学启迪了"什么"，而是"启迪"本身。正是在这个意义上，《诗经》中的"变风""淫声"才会"一言以蔽之"地被孔子视为"思无邪"。据记载，孔子对《诗经》中各篇的解读，就是以"启迪"本身为依据，而并非以启迪的内容为着眼点的，例如：

> 孔子读诗及小雅，喟然而叹曰：吾于《周南》、《召南》，

---

① 熊十力：《原儒》，中国人民大学出版社2006年版，第131页。

见周道之所以盛也；于《柏舟》，见匹夫执志之不可易也；于《淇奥》，见学之可以为君子也；于《考盘》，见遁世之士而不闷也；于《木瓜》，见苞苴之礼行也；于《缁衣》，见好贤之心至也；于《鸡鸣》，见古之君子不忘其敬也；于《伐檀》，见贤者之先事后食也；于《蟋蟀》，见陶唐俭德之大也；于《下泉》，见乱世之思明君也；于《七月》，见豳公之所以造周也；于《东山》，见周公之先公而后私也；于《狼跋》，见周公之远志所以为圣也；于《鹿鸣》，见君臣之有礼也；于《彤弓》，见有功之必报也；于《羔羊》，见善政之有应也；于《节南山》，见忠臣之忧世也；于《蓼莪》，见孝子之思养也；于《楚茨》，见孝子之思祭也；于《裳裳者华》，见古之贤者世保其禄也；于《采菽》，见古之明王所以敬诸侯也。①

文学之旅，即是这样的一次次旅行，它不以特定的标准和目标对旅行者进行规范，而是对其意识的活力进行刺激。桑塔格说："接触文学、接触世界文学，不啻是逃出民族虚荣心的监狱、市侩的监狱、强迫性的地方主义的监狱、愚蠢的学校教育、不完美的命运和坏运气的监狱。文学是进入一种更广大的生活的护照，也即进入自由地带的护照。文学就是自由。尤其是在一个阅读的价值和内向的价值都受到严重挑战的时代，*文学 就是自由*。"②（《同时》213）

文学不仅仅"就是自由"，对桑塔格来说，文学还是知识。在《火山情人》中，那个在跳蚤市场的历史入口处伪装成四下张望的叙事者说："为什么进去？只是玩玩。一种识别的游戏。去了解它是什么，了解它以前是什么价，应该是什么价，以后又会是什么价。但可能不去出价、讨价还价，不去买下。只是看看。只是逛逛。"

---

① 王钧林、周海生注译：《孔丛子》，中华书局2009年版，第25页。
② 字体变化为原文所有。

(《火山》3)不去参与，只是看看逛逛，丰富我们关于历史的、认知的，或者是审美方面的知识。这些都是文学最基本的功用。《论语·阳货》记载孔子对学生的教导："小子何莫学夫诗？诗，可以兴，可以观，可以群，可以怨。迩之事父，远之事君；多识于鸟兽草木之名。"可以说，"多识于鸟兽草木之名"既是一种认知活动，是审美活动的基础，其本身也是一种审美活动。《礼记·学记》说："不学博依，不能安诗"，也即皇侃所云："关雎、鹊巢，是有鸟也；驺虞、狼跋，是有兽也；采蘩、葛覃，是有草也；甘棠、棫朴，是有木也。诗并载其名，学诗者则多识之也。"① 如此，诗歌所带来的启迪，就不仅在于这些鸟兽草木所兴发之事物，同时也是这些鸟兽草木本身。也正是在这个意义上，才有了桑塔格所说的"文学，我宁愿说，就是知识——尽管即使在它最伟大的时候，也是不完美的知识。就像一切知识"（《同时》217）。

"文学……就是知识"（《同时》217）、"文学就是自由"（《同时》213）、"小说……本身就是旅程"（《同时》227）。桑塔格这一系列对"就是"的强调②，从另一个角度，体现了诗教之"思无邪"，不仅意味着文学在本体意义上的丰富与圆满，也意味着意义的当下性与此在性。"文"与"道"的关系也是如此。"文之为德也大矣，与天地并生"，这种"并生"不是说天地之外还有一个独立存在的"文"，而是说天地本身就显现为"文"。这种"文"，也并非对某种"质"的外在装饰，或是一种可有可无的配件，而是与"质"并为"文质彬彬"的。《论语》中记载了一段棘子成与子贡的对话：

---

① （南梁）皇侃：《论语义疏》，广西师范大学出版社2018年版，第456页。
② 这三处对于"就是"的强调，分别引自《文学就是自由》，《同时：小说家与道德考量》。英文原文为："Literature, I would argue, is knowledge—albeit, even at its greatest, imperfect knowledge. Like all knowledge." "Literature was freedom. Especially in a time in which the values of reading and inwardness are so strenuously challerged, literature is freedom." "A novel is not a set of proposals, or a list, or a collection of agendas, or an (open-ended, revisable) itinerary. It is the journey itself-made, experienced, and completed."

"棘子成曰:'君子质而已矣,何以文为?'子贡曰:'惜乎,夫子之说君子也!驷不及舌。文犹质也,质犹文也。'"(《论语·颜渊》)文即是质,质即是文,意义就在当下,就在此处。

而文学的道德力量,及其美的力量,也就在阅读的当下得以发生。桑塔格评价安娜·班蒂的小说《阿尔泰米希亚》是一个"关于文学的隐喻",因为这是一本"失去又再创作的书",一本"因其遗失、重写、复活而获得无可估量的情感幅度和道德权威的书"(《同时》55)。文学,从本质上来说,也由于对曾经在时间中遗失了的"事实"进行了"重写",从而获得了永恒的力量,包括美的力量、道德的力量。

第五章　隐喻的疾病

桑塔格曾经备受疾病的折磨。1975 年，桑塔格第一次与癌症短兵相接。在一次常规体检中，她被诊断为乳腺癌四期，并被告知只有大约半年的存活时间。此后，她开始了近三十年的与各种疾病的周旋和斗争。一方面，她是一个普通的病人，对疾病和可能的死亡感到极度恐惧；另一方面，她不接受医生的判断，"对医生说话的方式感到愤怒"[①]。在治疗期间，她阅读所有能找到的与她的疾病相关的资料，包括医学手册和杂志上的文章，并开始对医学书籍进行深度研究。其结果，就是十年间出版的两本小书：《作为疾病的隐喻》（*Illness as Metaphor*, 1978）及《艾滋病及其隐喻》（*AIDS and Its Metaphor*, 1989），又一次震惊了欧美文化界。

借助古希腊的疾病理论、中世纪的医学术语、心理分析文本、医学研究报告和包括哲学、文学、音乐等在内的人文科学案例，桑塔格分析并批判了诸如结核病、艾滋病、癌症、麻风病、梅毒等疾病是如何在社会的演绎中被一步步隐喻化，从"仅仅是身体的一种病"被转换成了一种道德批判，并进而成了一种政治压迫的过程，用中文译者程巍的话说，"将鬼魅般萦绕在疾病之上的那些隐喻影子

---

① ［德］丹尼尔·施赖伯：《苏珊·桑塔格：精神与魅力》，郭逸豪译，社会科学文献出版社 2018 年版，第 171 页。

进行彻底曝光，还疾病以疾病本来的面目，……是米歇尔·福柯所倡导的知识考古学具体而微的实践。"①

原本是一种"细菌感染"的结核病和"一种细胞活动"的癌症，在各种流行的象征性话语体系中被赋予了各种"意义"，以至于疾病不再仅仅是身体上的一个事件，而是一个心理事件、文学事件、道德事件、政治事件、经济事件，甚至是军事事件。这给那些受到这些疾病困扰的人带来了更大的痛苦，使他们"深陷在有关他们疾病的种种幻象中而不能自拔"（《疾病》89）。而桑塔格对于疾病之隐喻的书写，用桑塔格自己的话说，是为了"平息想象，而不是去激发想象"（《疾病》90）。这本书②，与文学活动传统意义上的宗旨相反，它"不是去演绎意义，而是从意义中剥离出一些东西：这一次，我把那种具有堂吉诃德色彩和高度论辩性的'反对释义'策略运用到了真实世界，运用到了身体上"（《疾病》90）。

真实世界，以及实实在在的身体，是一个不同于文学作品中的世界，也有别于文学作品中的身体。两个世界中不同的修辞模式在不同文体间的滥用，导致了桑塔格所说的能"置人于死地"的"隐喻和神话"（《疾病》90），也使疾病这一人生最大的不幸面临更大的不幸：孤独。桑塔格借用多恩《连祷文》中的话说："当疾病的传染性使那些本该前来助一臂之力的人避之唯恐不及时，甚至连医生也不敢前来时……这是对病人的公民权的剥夺，是将病人逐出社会。"（《疾病》110）

不同文体间修辞的互用及滥用所导致的后果，由此可见一斑。而中国古人对这一问题很早就有了深刻的认识。《尚书·毕

---

① ［美］苏珊·桑塔格：《疾病的隐喻》，程巍译，上海译文出版社 2018 年版，"译者卷首语"，第 1—2 页。

② 分两次出版的两部小书后来被结集为一本，题为：*Illness as Metaphor and AIDS and Its Metaphors*。在上海译文出版社出版的《桑塔格文集》中，这两部小书也被编在一起。以下均以一本书来对待。

命》篇中，就有"辞尚体要，不惟好异"的命题。墨子在《墨辩》中所说的"立辞而不明于其类，则必困矣"，更是对文体或文类的直接强调。而后世据此发展出了各种文体之辩，如曹丕《典论·论文》提到的文体有 8 种，陆机《文赋》中提到了 10 种，刘勰在《文心雕龙》中分文体为 29 类，萧统在《文选序》中所列的文体共 38 种，说明中国文人对不同文体应采用不同修辞手段有着充分的认识。

而隐喻，作为文学文体最常用的修辞手法之一，在非文学文体中，或者是在真实世界里，则是应该予以拒绝的。"拒绝隐喻"，作为一种手段，首先抵达的是事物现场，而不是其意义的"影子世界"，庄子所谓"名止于实，义设于适，是之谓条达而福持"（《庄子·至乐》）。对于当代诗人于坚来说，拒绝隐喻就等同于"语言与陈词滥调的斗争"，为的是"令语言持存'居业'"。即便是在文学的领域，在诗歌的国度，如果"修辞过度，隐喻就遮蔽了诚，修辞不再居业。"①

对于中国文人来说，"修辞立其诚"，一直被认为是传统修辞理论的重要原则②。孔子在《周易·文言传》中解释乾卦"九三"爻之爻辞"君子终日乾乾，夕惕若，厉无咎"说："君子进德修业。忠信所以进德也；修辞立其诚，所以居业也"，简单说来，也就是文辞需要与事实相符。其中既包含了传统中"敬言""谨言""信言""慎言"的立言之方，又体现了君子"恪守中正""修身养德"的人格建构标准，两者相辅相成之下方可达"居业"之功。就诗学话语与文学审美属性而言，论"景"指"观物之真""体物之真"，论"情"指"言志之真""抒情之真"；就人格建构与社会价值而言，

---

① 于坚：《再谈"拒绝隐喻"》，http：//www.chinawriter.com.cn/n1/2020/0531/c404030-31729944.html，2021 年 8 月 17 日。
② 参见朱玲《"修辞立其诚"：中国早期修辞理论的核心——兼与古希腊修辞理论比较》，《福建师范大学学报》（哲学社会科学版）2004 年第 6 期。

对内指"立德修身之善",对外指"兼济天下之善",并非纯粹归属"诗学话语"之修辞范畴。"修辞立其诚",不仅关涉"立言"之文学审美范畴,更是实现"修身立德"之人格建构与"兼济天下"之伦理价值的人生境界。

跨界,也正是桑塔格对疾病进行书写的特征。在这两部书里,桑塔格考察了各种疾病,尤其是流行性疾病的词源学意义,在文学、哲学、生物学、医学、经济学、心理学、军事及政治领域对疾病的隐喻意义进行了溯源性分析,洋洋洒洒,看起来无所不包,又不乏深刻。虽然这不是桑塔格的第一次跨界书写,但却收到了与以往完全不同的反应。在《疾病的隐喻》发表十年之后,桑塔格本人在访谈中提到,数以百计的患者在这期间给她来信,称该书拯救了他们的生命。许多患者因之打破了对自身病况的沉默,并积极匹配更合适的医疗服务。① 该书也引发了一轮研究"疾病体验""疾病叙事",乃至"公共医疗卫生政策"的热潮,② 并针对桑塔格"疾病书写"与医学人类学、病理学、生态社会学、生命政治学、宗教精神修炼等领域的联系,进行了跨学科的研究。

跨界,竟然是为了对边界的重新确认,以及回归曾经的边界。传统中文学修辞手段在非文学场域的滥用及其产生的巨大危害,使这种回归显得异常迫切。桑塔格说:"疾病并非隐喻,而看待疾病的最真诚的方式——同时也是患者对待疾病的最健康方式——是尽可能消除或抵制隐喻性思考。"(《疾病》5)就让我们从"隐喻""真诚"及"消除或抵制"这三个关键词出发,看看桑塔格所说的隐喻之病。

---

① 参见 Susan Sontag, *Illness as Metaphor and AIDS and Its Metaphors*, New York: Anchor Books, 1990。在该版本的导言中,桑塔格说:"成百上千的人给我写信,说这本书救了他们的命,因为这本书,他们去看了医生,或者换了医生。"

② Barbara Clow, "Who's Afraid of Susan Sontag? or, the Myths and Metaphors of Cancer Reconsidered", *Social History of Medicine*, 2001, 14 (2), pp. 293 – 312.

第五章 隐喻的疾病

第一节 文体之误用

"疾病并非隐喻。"(《疾病》5)然而,围绕在疾病身上的隐喻,却像一群黑暗中挥之不去的吸血鬼一样,不仅使疾病更加痛苦,甚至遮蔽了疾病本身,让我们看不清真相,因此无法做出正确的决断。疾病的隐喻编造出种种"惩罚性的或感伤性的幻象"(《疾病》5),而身患疾病的患者,并不能像阅读文学作品那样,在阅读这些隐喻的同时保持一种疏离和漠然的状态。也就是说,虚构文学场域里的修辞,在非虚构文学的场域里,不仅不能产生理想的效果,反而会适得其反。

文章应根据各自的"体"分别而"裁",这在中国传统文论中一直是个核心话题。前文提到过的墨子及其学徒,可以说是较早对这一论题进行论述的学派。《墨子·小取》第四十五篇说,"以名举实,以辞抒意,以说出故。以类取,以类予"。"类"即客观存在的事物之间的类属关系。《周易》中说的"方以类聚,物以群分"(《周易·系辞上》),也是同样的意思。宇宙中的每一事每一物都存在普遍意义上的联系并在相互作用中存在,不同的事物又根据各自的类属关系相聚成一个个有序的整体。因此,考察和了解该事物的类属关系,对我们了解和认知这一事物十分必要。在墨子思想的基础上,后期墨家的学者更重视"类"在认识事物过程中的作用,认为"立辞而不明于其类,则必困矣"(《墨子·小取》)。在《墨辩》[①]的作者看来,只有在把握了客观事物"彼"的类属关系之后,并按其发展规律去揭示"彼"的"故",才能生成文字意义上的

---

① 《墨辩》是指《墨子》中的《墨经》上下、《经说》上下、《大取》、《小取》六篇。此六篇文字,常被人与古希腊逻辑学、古印度因明学并称为世界古文明三大逻辑体系,称之为"墨辩"。

"彼"之"辞"。相反，如果对客观事物"彼"的类属关系习焉不察，"立辞"就一定会使人陷入困惑。

桑塔格所说关于疾病的隐喻，显然就是这种由于类属关系混乱而导致的"立辞之困"。"疾病不是隐喻"，但却一再被当作隐喻而加以使用。"结核病是分解性的，发热性的，流失性的，这是一种体液病，身体变成痰、黏液、唾沫，甚至变成血，发病时患者面色潮红，被想象成能够催发情欲，并产生一种超凡的诱惑力"（《疾病》13），患者因此被消耗掉，被燃烧掉。"结核病是一种时间病；它加速了生命，照亮了生命，使生命超凡脱俗。"（《疾病》14）这里，对疾病的描述性语言显然有了文学语言的特征，发热/潮红，被比喻成催生情欲/诱惑力/患者被燃烧/生命被照亮，并变得超凡脱俗；体液异常，被比喻成身体变成体液、分泌物、血液；能量分解流失，是患者被加速消耗殆尽的比喻。这三组"引譬联类"的隐喻将结核病的特征抽象为"分解性""流失性""时间性"，从而使结核病变成了连医生和患者都感到陌生的"概念"和"术语"。

"引譬连类"本身并没有错，它原本是文学语言最基本的运作方式。孔子所说的诗可以"兴观群怨"之"兴"，即被孔安国注解为："引譬连类"。在特定的语境下，诗人通过"引譬连类"的方法，抓住不同事物间的某一相似之处，"假物之然否"以彰"直告之不明"①，同时引起"志意"之发端，乃至产生某种情感上的共鸣。王逸说："《离骚》之文，依《诗》取兴，引类譬喻，故善鸟香草以配忠贞，恶禽臭物以比谗佞。"②

可是将这种引类譬喻用到非文学场域，后果就非常严重了。"结核病通常被想象成一种贫困的病，匮乏的病——单薄的衣裳，瘦弱

---

① （汉）王符：《潜夫论》，https：//ctext.org/qian-fu-lun/shi-nan/zhs，2023 年 2 月 17 日。
② （汉）王逸：《楚辞章句》，黄灵庚点校，上海古籍出版社 2017 年版，第 2 页。

第五章 隐喻的疾病

的身体,冷飕飕的房间,恶劣的卫生条件,糟糕的食物。"(《疾病》15)在这里,一系列与贫困、匮乏相关的意象被串联起来,用以隐喻结核病的社会阶层属性,而在19世纪贵族色彩的文学想象中,结核病又被赋予了一种截然相反的社会阶层属性,"使人形销骨立的结核病成了一种有优雅贵族色彩的疾病"(《疾病》15)。事实上,无论个体的社会阶级属性、经济状况与生存条件如何,每个人都有感染结核病的风险。结核病是"穷病"或是"贵族病",与结核病作为疾病本身完全无关,而上述对于结核病与社会阶级属性的关联显然是隐喻所导致的乱赋因果。同样,患者罹患结核病的事实在医学层面上与患者的心理境遇并没有直接的对应关系,虽然这样的隐喻或许有助于增强文本的张力,或成为某种社会阶级标榜自身的"精神资本"①,但对于疾病本身的客观认知却存在歪曲事实的主观诱导,掩盖了身染沉疴这种苦难的深度和辨识度。

隐喻不仅掩盖了疾病本身,更重要的是通过"感发志意"的文学方式,使身患疾病的人深陷"恐惧""厌恶""羞愧"等情绪之中。在病因未明之时,"结核病就被认为是对生命的偷偷摸摸毫不留情的盗劫",后来轮到癌症"成为这种不通报一声就潜入身体的疾病,充当那种被认为是冷酷、秘密的侵入者的疾病角色"(《疾病》6—7)。"偷偷摸摸""不通报""潜入""冷酷""秘密"等一系列词语均是"盗劫"与"侵入者"这两个隐喻的具象化诠释。这种与刑事犯罪行为高度相关的隐喻无疑会引起"拒斥感"和"罪恶感",毕竟几乎很少有人会对自己的人身和财产安全受到侵害的事实视若

---

① 19世纪是贵族开始没落的时代。被剥夺了政治特权,又丧失了经济优势的贵族阶层,凭借自己所剩的唯一权利——文化修养、高雅趣味、高贵礼仪,等等,来争夺资产阶级所忽视的文化和生活方面的领导权,以此来贬低资产阶级的物质性优势。这样,越少显示物质性的东西,似乎就越能显示精神性,追求高度的贫瘠、消瘦和苍白,与资产阶级的富裕形成对比。哥尔德斯密斯时代的伦敦时髦世界,显然是一个贬低痛风病的中风而抬举结核病的世界,它使结核病成了一种精神资本。参见桑塔格《疾病的隐喻》第26—27页正文及译者注。

无睹。这种情感代入式的、被侵犯、被伤害的切肤之痛的体验感附着在疾病之上，只会令患者在无意识中不断寻求某种受害者身份认同，进一步使其感知和记忆情景的方式消极化，加剧其负面情绪强度，延长负面情绪的持续时间，乃至产生对疾病的解释、归因以及记忆的认知偏见。

同样可以产生认知偏见的，还可以在对疾病所对应的身体部位的具体描述中见到。"肺部是位于身体上半部的、精神化的部位，在结核病获得被赋予这个部位的那些品质时，癌症却在攻击身体的一些令人羞于启齿的部位（结肠、膀胱、直肠、乳房、子宫颈、前列腺、睾丸）。身体里有一个肿瘤，这通常会唤起一种羞愧感，然而就身体器官的等级而言，肺癌比起直肠癌来就不那么让人感到羞愧了。"（《疾病》17）基于疾病发病部位的隐喻，因为沾染了"身体／灵魂"这一西方古老的二元对立模式的气息，竟然在疾病中建立了一条唤起"羞愧感"的鄙视链。正如柏拉图在《理想国》里对身体的欲望和满足感嗤之以鼻，并认为"身体的欲望——食物、性等——同畜生一样低等任性"[①]，隐喻把触角伸向了身体里的各个发病部位，"上半身"发病的疾病因与呼吸和活力等有关，被赋予了"精神性"的超然地位，而与"消化""泌尿""生殖"等系统相关的疾病则被打上了耻辱的烙印，蜷缩在鄙视链的底层难以翻身。

此类隐喻，显然是对比兴手法的"感发志意"之滥用。"诗可以兴"之"兴"，朱熹解释为"感发志意"，指诗歌中的艺术形象可以使人的精神为之激发，使人的情感为之波动，读者从吟诵、鉴赏诗歌中可以获得一种美的享受。在《作为认知、想象和情感的隐喻性过程》一文中，保罗·利科（Paul Ricoeur）指出，在互动性的隐喻过程中，存在一种活动。情感借助其意向性（intentionality）而一跃

---

① 汪民安：《身体、空间与后现代性》，江苏人民出版社2015年版，第5页。

成为"综合思想"（integrated thoughts），从而可以"消除知者和被知者之间的距离，同时不必消除思想的结构及其暗示的意向距离"①。利科借助亚里士多德对"宣泄"（catharsis）的分析，采纳了诺斯罗普·弗莱（Northrop Frye）对"心绪"（mood）所下的定义，即"诗作为一个语像感染我们的方式"，它能把一首诗整合统一。而被运用于疾病身上的隐喻，恰恰由于其"感染我们的方式"，在使疾病统一"诗"化的同时，丧失了其本有的特殊属性。其结果，原本是一个身体事件的疾病，变成了一个心理事件、文学事件、道德事件、政治事件、经济事件，甚至是军事事件，却唯独不是身体事件。

不仅如此，对于疾病的隐喻还是对"兴观群怨"之"观"的滥用。"兴观群怨"是孔子在评价诗歌时提出的命题，并没有推广普世的意思。对于"观"的解读，虽然历代文人都有不同的解法，但大致可以归为以下三类。首先，"诗可以观"可指以诗体察民生、民情和社会风俗面貌，如《左传》之季札观乐以知晓列国风尚，《吕氏春秋》之"观其音而知其俗"，《汉书·艺文志》之"观风俗、知厚薄"等皆通此理。其次，"诗可以观"可指观世运、国运，以及政教的得失，如班固把汉赋文学的社会作用和政治意义概括为："抒下情而通讽谕""宣上德而尽忠孝"②。再次，"诗可以观"还可指观人，臧否其风貌品性，如柳冕所言"古者陈诗以观人风。君子之风，仁义是也；小人之风，邪佞是也"③。在"诗可以观"的意义指涉空间里，所观的对象一定是"诗"，而非别的。而隐喻作为一种审美修辞与政治修辞，是文学表达和建构社会话语空间的重要方式，因此才

---

① Paul Ricoeur, "The Metaphorical Process as Cognition, Imagination, and Feeling", *On Metaphor*, Sheldon Sacks, ed. Chicago: University of Chicago Press, 1979, p. 154.
② （东汉）班固：《两都赋》，载郭绍虞主编《中国历代文论选》（一），上海古籍出版社2001年版，第144页。
③ （唐）柳冕：《答杨中丞论文书》，载陈良运编《中国历代文章学论著选》，百花洲文艺出版社2003年版，第346页。

有"故君子之教,喻也。道而弗牵,强而弗抑,开而弗达。道而弗牵则和,强而弗抑则易,开而弗达则思;和易以思,可谓善喻矣"(《礼记·学记》)。

"君子之教,喻也",这是隐喻在政治话语中存在的合法性依据。然而,这些政治性话语模式却被大量地移植进对疾病的书写中。在桑塔格看来,从柏拉图到霍布斯,都把"均衡的古典医学/政治观念"作为这类"疾病隐喻"生成的预设前提。在这样的语境下,疾病作为身体机能失衡时的表象很自然地衍生出各种负面的政治隐喻,而这些隐喻被用来表达对"社会秩序的焦虑",它们"活灵活现地"对社会腐败、不公正以及压抑提出"指控"(《疾病》69—70)。在这样的话语模式下,"混乱或腐败也被根深蒂固地描绘成疾病。瘟疫隐喻在对社会危机进行即决审判方面如此不可或缺"(《疾病》129)。

在相似的语境下,城市被放在乡村的对立面,被看作是畸形的,非自然增长的,充斥着挥霍贪婪和情欲的地方;城市化进程下的大城市的平面图被隐喻为"纤维瘤的纵横交错的切片"①。而艾滋病,作为一种免疫缺乏综合征,顺理成章地成了"社会脆弱性的标志",它所"滋生出的不祥幻象,胜过了癌症,与梅毒旗鼓相当"(《疾病》137)。当里根总统于1986年末称"艾滋病正在我们整个社会机体之中悄悄地扩散"时,"艾滋病"并非真的是一种生理上的病变,而是"一个用来显示政体不祥征兆的托辞"、一个"政治隐喻"(《疾病》137)。

正是这类"托辞"和"隐喻"的使用,使疾病不再被当作疾病看待。疾病变成了一个个有关"别的东西"的神话。在《疾病的隐喻》一书中,"神话"这一术语反复出现,而这个概念本身"不同

---

① 桑塔格在《疾病的隐喻》中引用了弗兰克·利奥伊德·赖特将早期城市与现代城市所做的比较。参见[美]苏珊·桑塔格《疾病的隐喻》,程巍译,上海译文出版社2003年版,第66页。

第五章　隐喻的疾病

程度地兼有阐释、审美和教育等多重功能"，它"不但是一种文学样式，还是一种构思模式和修辞手段"①。在桑塔格笔下，"癌症神话"呈现出这样一番图景：患者本人在发现他们被亲朋"回避""隔离""消毒"时，感到自己被贴上了"身败名裂"的标签。旁人若与患者打交道，会感到犯了错误或冒犯了禁忌。"癌症"这个命名被污名化，仿佛只要这个语词被说出口，疾病就会被卷入迅速恶化的魔咒。癌症一旦确诊，就无异于听到了死亡判决，迫使患者或是其家属都选择对患病的事实三缄其口，甚至1966年通过的联邦法案都将"癌症治疗"列入"个人隐私"的范畴，冠冕堂皇地对事实加以遮掩。

同样，结核病的神话也具有非常丰富的隐喻内涵：既带有孩童般一尘不染的美好色彩，又用客观的生理颓废或涣散状态为放荡开脱责任；"既带来精神麻痹又带来高尚情感的充盈；既是一种描绘感官享受，张扬情欲的方式，又是一种描绘压抑，炫耀升华的方式"，相比之下，"健康反倒变得平庸，甚至粗俗了"（《疾病》24）。有关结核病的神话，最主要的一个源头来自"四体液说"。根据这种理论，结核病是艺术家的病：结核病患者忧郁、敏感、有创造力、形单影只。这个"神话"根深蒂固，致使雪莱在写给同样受结核病困扰的济慈的信中说："痨病是一种偏爱像你一样妙笔生花的人的病"，而且使"十九世纪末的一位批评家把文学艺术在当时的衰落归因于结核病的逐渐消失"（《疾病》31）。

隐喻化的思维方式使得整个社会更具有集体性，进而形成特定社会文化区域内的"风俗"。"观风俗之盛衰"，在诗歌指涉的世界里，原本具有不可忽视的作用，但是，在《疾病的隐喻》中，桑塔格揭示的正是这样一个充斥着"疾病神话"的隐喻世界。在这里，疾病的隐喻，而不是疾病本身，成了永恒的"在场"，"风俗"遂成

---

① 金莉、李铁等主编：《西方文论关键词》第二卷，外语教学与研究出版社2017年版，第485页。

了无源之水、无根之木，而所谓"微言大义"的"春秋笔法"，在身体性疾病的语境里，也使患者或者被莫名其妙地美化，或者承担了莫须有的负担。

文体之间的混淆，还体现在隐喻对"兴观群怨"之"群"的误用上。关于"群"，历史上大致有三种解释。首先，从中国传统血缘宗族社会出发，"群"被理解为构建社会成员之间和乐融洽、亲善仁爱的伦理关系，所谓"敬业乐群"（《礼记·学记》）、"君子矜而不争，群而不党"（《论语·卫灵公》）。其次，还指"壹统类而群天下之英杰"（《荀子·非十二子》），即唤醒人类自身的群体性意识，实现个体生命意志、人格塑造与社会秩序、群体规范的融合统一，所谓"以和万邦，以谐万民"（《周礼·天官》）。最后，"群"还意味着达到"和而不同""和而不流"的理想境界，如《中庸》所说的"万物并育而不相害，道并行而不相悖"。总之，"诗可以群"关涉私人与公共空间的互动、交流，是心理、情感、社会、伦理等多重关系的有机聚合。

可是，在非文学领域内使用诗歌之"群"的功能，则常常使语言被扭曲，成为特定利益团体宣扬、维护自身价值，威慑、排斥异己的话语工具。在桑塔格看来，有关疾病的隐喻通过诱导群体心理，使某一类人形成群体性共识，进而促发群体性行动。在这方面，对隐喻高度依赖的瘟疫书写最能淋漓尽致地展现"群"被滥用的后果——借维护健康人群的利益之名，异化疾病的属性，并使患者人群他者化、边缘化。

桑塔格在分析鼠疫、梅毒、麻风病、霍乱、结核病等疾病的隐喻时指出："被看作是瘟疫的，通常是流行病。……这类疾病的大规模发生不止被看作是灾难，还被看作是惩罚。……就疾病在那时所获得的意义而言，疾病是群体性灾难，是对共同体的审判。"（《疾病》119）虽然上述每种疾病在病理学上都有各自的诱因和病状，但

第五章　隐喻的疾病

同属流行性传染病，都可在较短时间内广泛蔓延，感染众多人口，产生较为深远的社会影响，故这类疾病的隐喻正是负面群体性效应滋生和运行的温床。桑塔格指出，麻风病和梅毒最早被固定地描绘为令人憎恶的疾病，后来又加入了艾滋病。这一类疾病"不仅可憎，是报应，而且是群体性的入侵"（《疾病》120），其患病者既作为个体被对待，同时又被视为"高危群体"之一员。

破译这段文字的隐喻意涵，会有如下发现：第一，疾病是可憎的。这种情感的兴发使得"疾病"这个原本中性的语词在隐喻传递的过程中转化为一个带有负面意义的"形容词"，即"可憎的""厌恶性的"；同时，对疾病患者的社会身份认定也会产生显而易见的负面效应，即"可憎病菌的携带者""恐怖礼物的传送/接受者""被（结核病）射出的神秘之箭，一个接一个挑选出的牺牲品"[①] 等。第二，疾病是"报应"。这不仅是疾病诱因未明时、疾病是种"上帝的惩罚"（《疾病》133）的神话（鼠疫、梅毒、艾滋病等），也是现今借由疾病进行道德绑架和批判的重要话语，这显然会将患病的事实归咎于患者本身。第三，疾病是"群体性入侵"。就像前文分析过的癌细胞入侵，这在引起公众对疾病高度重视和警惕，甚至群体对抗疾病的同时，也为疾病建立起某种妖魔化的、坚不可摧的"人设"。第四，患者是"高危群体"的一员。"高危"除了高度威胁患者本人的生命健康，也对周边人群产生"高度威胁"，这是对患病群体和普通大众进行的整体性分化和孤立。

这类以"群"为基础的隐喻，不仅分化和孤立了那部分患病群体，甚至利用"厌恶""恐惧"等情绪化本能，捕获受众注意力，以少数非正常案例以偏概全地为某些群体贴上"病毒"标签，甚至

[①] 桑塔格在阐述梅毒隐喻时说，梅毒被视为最恐怖的礼物，由对自己患病一无所知的传送者"传给"或"带给"一个对传送者毫无疑心的接受者。参见［美］苏珊·桑塔格《疾病的隐喻》，程巍译，上海译文出版社2003年版，第54页。

直接为其扣上道德污名化、种族歧视性的帽子。例如，"当梅毒在十五世纪最后十年以流行病的形式开始肆虐整个欧洲时，人们给梅毒起的那些名字成了一些例证，说明人们需要把那些令人恐惧的疾病当作外来的疾病。梅毒，对英国人来说，是'法国花柳病'（French pox）；对巴黎人来说，是'日耳曼病'（morbus Germanicus）；对佛罗伦萨人来说，是'那不勒斯病'（Naples sickness）；对日本人来说，是'支那病'（Chinese disease）。"（《疾病》121）自19世纪后期以来，虽然人类现代医疗史呈现的事实证明，本土疾病（包括传染病）的致死率及可怕程度并不见得比外来疾病要小，但公众往往习惯于忽视久已习惯的事实，在疾病隐喻的推波助澜下，对来自异邦、异族甚至异见团体的偏见及排斥便更易造成群体性的极端情绪和行为，譬如封锁、围堵等。这种建立在非我（non-us）或异族基础上的非理性群体性效应，非但对防治疫病收效甚微，反而导致了深重的种族灾难。

  诗可以"兴观群怨"之"怨"的功能，在疾病的隐喻史上，也没能避免被滥用的命运。对于该命题背后广阔的意义阐释空间，学界大抵有三种注疏流派。第一，以《毛诗序》为代表的"宗经"一脉，认为"怨"是指"上以风化下，下以风刺上，主文而谲谏"[1]。第二，将本源于《诗》的"接受论""读者论"承衍到广义之诗的"创作论""作者论"，如钟嵘的"离群托诗以怨"[2]、黄宗羲的"怨亦不必专指上政，后世哀伤、挽歌、谴谪、讽谕皆是也"[3]。第三，自《诗经》"变风变雅"以来，哀怨悲苦之声肇始，屈原"惜诵以致愍兮，发愤以抒情"[4]，至李贽的"怨而必怒""不愤则不作"[5]，认为"怨"是表达愤怒的一种形式。

---

[1] 李学勤主编：《十三经注疏·毛诗正义（上）》，北京大学出版社1999年版，第10页。
[2] （南朝）钟嵘著，周振甫注：《诗品译注》，中华书局2017年版，第20页。
[3] （明）黄宗羲：《汪扶晨诗序》，载《黄梨洲文集》，中华书局1959年版，第358页。
[4] （宋）洪兴祖：《楚辞补注》，中华书局1983年版，第121页。
[5] （明）李贽：《焚书》，中华书局1961年版，第108页。

第五章　隐喻的疾病

无独有偶，在疾病的隐喻史上，疾病既被用作政治、经济及意识形态话语，具有讽刺抨击的语用功能，又被用作描述患者的怨愤、压抑的人格及心理状态。在英国伊丽莎白女王时期，结核病和癌症被用来表达"对某种终究会波及个体的总体失调或公共灾难的不满"（《疾病》65），而约翰·亚当斯在描绘严峻的政治境况时写道："整个民族因争斗似乎已耗尽了元气，而中饱私囊、奴颜婢膝和卖淫嫖娼像癌症一样侵蚀和扩散。"（《疾病》71）同时，疾病也成了人们表达厌恶、反对和愤怒的工具，如雨果以法国大革命为素材创作的小说《九三年》中，革命者郭文说："风暴总是知道自己在做什么……文明处在瘟疫的魔爪中；而革命的暴风受命前来拯救。……它被委以扫荡疾病的重任！"（《疾病》72）

在这些有关疾病的隐喻中，疾病不是被当作一种惩罚，而是被当成了一种邪恶和令人厌恶之物的标志，因此理应获得惩罚。桑塔格说："对那些希望发泄愤怒的人来说，癌症隐喻的诱惑似乎是难以抵御的"（《疾病》75），就连她自己，也曾在对美国所发动的越南战争感到绝望时写下过这样的句子："白种人是人类历史的癌瘤。"（《疾病》75）

隐喻，原是诗歌最常用的修辞手段之一。桑塔格也说，隐喻在诗歌中是必要的。在她看来，"诗人的任务——其中一个任务——是发明隐喻。人类理解的一个基本资源，可成为'图像'感，这图像感是通过拿一物比较另一物而获得的"（《同时》221）。她进而列举了一系列古老的、大家熟知的隐喻：

> 时间喻为流动的河流
> 人生喻为梦
> 死亡喻为睡眠
> 爱情喻为疾病

人生喻为戏剧/舞台

智慧喻为光

眼睛喻为星星

书本喻为世界

人类喻为树

音乐喻为粮食

等等，等等（《同时》222）

  对桑塔格来说，这些由伟大的诗人定义和发挥的隐喻，增加了我们隐喻的储藏量，为我们提供了一种深刻的理解形式。然而，疾病终究是一种在真实社会中不需要"兴观群怨"就能加以体认的生理现象，而且，绝大多数疾病的症状，只需要医疗器械或者医生的专业知识就能识别，不需要运用隐喻的方式进行类比兴发，如桑塔格所说，"疾病并非隐喻"（《疾病》5）。隐喻的疾病就在于其越过了文学的边界，与非文学文本及各种话语形成了互文性、对话性的流通态势。"疾病的隐喻"正是在这样的混杂空间滥用了大量的文学意象和情感资源，竞相滋生、相互嵌套、相互阐发，编织了一张张不断转换、互渗、杂糅、分裂的意义之网。其结果，就好比老鼠在自己的领域里无论怎样饮食活动都被认为是"鼠"之常情，可一旦越了界，来到人的领域，则会被视为是贼、盗窃犯，要惹得人人喊打了。

第二节　拒绝隐喻

  对于这些越了界的隐喻，桑塔格的观点是："尽可能消除或抵制隐喻性思考"（《疾病》5），剥除附着在疾病上的那些幻象，"瓦解其神秘性"（《疾病》8），让疾病成为疾病本身。从根本上说，这是一项不可能的工程，因为"要居住在由阴森恐怖的隐喻构成道道风景的疾病王国而不蒙受隐喻之偏见，几乎是不可能的"（《疾病》5），况且隐喻本身是"与哲学和诗歌一样古老的智力活动，也是包括科学方面的认知在内的大多数认知和表达得以从中滋生的土壤"（《疾病》83）。但是，隐喻性的思维并不因此就获得了可以四处横行的通行证，有些隐喻，是应该避而不用或者完全废置的。在《疾病的隐喻》一书开端，桑塔格表示，希望通过揭示这些隐喻，从而"摆脱这些隐喻"（《疾病》5）。

无独有偶，当代中国诗人于坚也感受到了过度隐喻或不恰当的隐喻所带来的毒害，即便是在诗歌的领域，也导致"诗被遗忘了"。诗因此成了隐喻的奴隶，变成了"后诗偷运精神或文化鸦片的工具。读者在这个世界上公开地冒充诗人，我们始终只能从他们那里得到'接受''阐释'的东西。诗和"我注六经"一样，依靠的不是创造力，而是想象力"①。而真正的诗歌就是它原本的样子，不需要想象。正如于坚紧接着写下的"棕皮手记"："世界就是它在着的样子，何须想象。"②

这与桑塔格所说的"疾病不过是一种病而已"（《疾病》91）何其相似！对疾病的隐喻进行曝光，对桑塔格来说，是"把那种具有堂吉诃德色彩和高度论辩性的'反对释义'策略运用到了真实世界，运用到了身体上"（《疾病》90），具有非常实际的目的。而对于于坚来说，虽然他讨论到的主要是当代诗歌，但是，对于同样被过度隐喻所污染的现实生活世界，拒绝隐喻，从隐喻的现场后退，则显得更加必要，更加自然。对于坚来说，当我们说出"shu"（树）这个声音的时候，这个声音本身并没有"高大、雄伟、成长、茂盛、笔直"等意义，但是，实际的接受和阅读情况可能是：一种人认为

---

① 于坚：《诗歌之舌的硬与软》，云南人民出版社2018年版，第213页。
② 于坚：《诗歌之舌的硬与软》，云南人民出版社2018年版，第213页。

他隐喻了男性生殖器，另一种人认为他暗示了庇护，而第三种人可能以为他的意思是栖息之地。"在我们的时代，一个诗人，要说出树是极为困难的。shu 已经被隐喻遮蔽。"①

这种遮蔽不是一种个别或暂时的现象，而是一种系统性、历史性的存在。于坚说："在经过五千年之后，可以说，那两万多个汉字早已凝结成一个固定的隐喻系统。如果一个诗人不是在解构中使用汉语，他就无法逃脱这个封闭的隐喻系统。一个诗人可以自以为他说的秋天就是开始的那个秋天，而读者却在五千年后的秋天的隐喻上接受它。"② 五千年的沉淀，使语言变成了无所不在的隐喻大网，使诗变成了"世故的语言操练所"③。

桑塔格谈到的关于疾病的隐喻，也有这样的历史化特征。在《伊利亚特》第一部中，阿波罗为了惩罚阿伽门农诱拐克莱斯的女儿，让所有的阿凯亚人染上了鼠疫；而在《俄狄浦斯王》中，由于底比斯国王个人所犯下的罪行，鼠疫席卷了整个底比斯王国。鼠疫，作为一种隐喻，从此与"上天的惩罚"或"上天降罪的工具"相联系。随着基督教时代的来临，疾病被赋予了更多的道德含义，于是，在"受难"与疾病之间，形成了一种更加密切的关联。到了 19 世纪，疾病则慢慢被赋予了更多的人格属性，"是一种用来戏剧性地表达内心情状的语言：是一种自我表达"（《疾病》41）。疾病，成了一种人格的显现。

由此可见，隐喻在历史中的演化和转换使语言在传达意义的同时，"由于历史的累积和重压而变质"（《激进》17），变成了"最不纯净、污染最厉害、消耗最严重的"（《激进》16）一种材料。而恢复语言的纯洁性，使疾病从意义、隐喻中剥离出来，则具有特别

---

① 于坚：《诗歌之舌的硬与软》，云南人民出版社 2018 年版，第 213 页。
② 于坚：《诗歌之舌的硬与软》，云南人民出版社 2018 年版，第 219 页。
③ 于坚：《诗歌之舌的硬与软》，云南人民出版社 2018 年版，第 218 页。

第五章　隐喻的疾病

的"解放作用，甚至是抚慰作用"（《疾病》161）。在《静默之美学》中，桑塔格提出，为了避免那种仅仅以旁观的颓废姿态去体验自然、事物、其他人以及日常生活的构成，"语言一定要恢复其纯洁性"（《激进》26），而这个任务异常艰巨。"人类实在是太堕落了，所以不得不从最简单的语言行为，即为事物命名开始。也许只有这个最小的功能没有被话语的全面堕落所影响。"（《激进》26）

"为事物命名"，这也是于坚在《拒绝隐喻》这篇文章中提出的观点。在他看来，"对隐喻的拒绝意味着使诗重新具有命名的功能。这种命名和最初的命名不同，它是对已有的名进行去蔽的过程。"[①] 而命名，并不是说重新发明一套词汇，而是"从既成的意义、隐喻系统的自觉地后退"[②]。对于坚来说，长久以来附着在词语周围的隐喻积淀使诗人在使用这个词的时候困难重重。他无法在一个词本来命名意义上使用它，只能以"清除垃圾"的办法消除隐喻对这个词的遮蔽。

而对疾病的隐喻进行揭露和批判，也是一个这样的去蔽过程。在《疾病的隐喻》一书结尾，桑塔格说：

> 就目前而言，在个人体验和社会政策方面，主要依靠夺取该疾病的修辞所有权，考察它是怎样被纳入论点和陈词滥调之中的，又是怎样被同化于其中的。使疾病获得意义（以疾病去象征最深处的恐惧）并使其蒙受耻辱的那个过程，相沿已久，似乎不可遏制，但挑战它总还是值得的，而且，在现代世界，在那些愿意成为现代人的人们中间，它的可信性似乎越来越有限了——这一过程现已处于审视之下。（《疾病》160—161）

要摆脱这些隐喻，不能采取回避它们的做法，而桑塔格在书中

[①] 于坚：《诗歌之舌的硬与软》，云南人民出版社2018年版，第221—222页。
[②] 于坚：《诗歌之舌的硬与软》，云南人民出版社2018年版，第222页。

所揭露、细究、批判和穷尽这些隐喻的做法，已经是为隐喻去蔽。它体现为一个过程，是一个动词。正如于坚所说，诗不是切开世界的一把刀子，不是一个工具，也不是某物用刀子切开后的内核，"它是切削这个动作的过程。它是使得一把刀子具有锋利这个过程的那个动作。它是果子、内核、刀子、皮、切削这个动作的共同作用。"① 这个过程让人们看到那些围绕着疾病的种种谬论是如何一步一步地深入社会的每一个细胞，看到极权主义政治的意识形态如何强化了人们的恐怖感、危机感，揭示出疾病何以被作为隐喻来理解。

揭示就是斗争，与"陈词滥调""观念""神话""幻象"的斗争。这场斗争不能仅仅局限在与疾病之隐喻的斗争战场，还应该拓宽到整个文化界。在《反对阐释》一文中，桑塔格就这样揭示了"吸血鬼"般的阐释风格，她说：

> 在我们这个时代，阐释甚至变得更为复杂。这是因为，当代对于阐释行为的热情，常常是由对表面之物的公开的敌意或明显的鄙视所激发的，而不是由对陷入棘手状态的文本的虔敬之情（这或许掩盖了冒犯）激发的。传统风格的阐释是固执的，但也充满敬意；他在字面意义之上建立起了另外一层意义。现代风格的阐释却是在挖掘，而一旦挖掘就是在破坏；它在文本"后面"挖掘，以发现作为真实文本的潜文本。
>
> ……
>
> 不惟如此。阐释还是智力对世界的报复。去阐释，就是去使世界贫瘠，使世界枯竭——为的是另建一个"意义"的影子世界。阐释是把世界转换成这个世界（"这个世界"！倒好像还有另一个世界）。（《反对》8—9）

---

① 于坚：《诗歌之舌的硬与软》，云南人民出版社2018年版，第222页。

第五章　隐喻的疾病

在接受《滚石》杂志的采访时，桑塔格说："隐喻是思想的中心，但当你使用它们时，你未必对它们全然采信——你知道它们是种必要的杜撰，或者它们也不是必要的。我很难想象这世上有什么思想可以真正不包含隐性隐喻（implicit metaphors），但事实是它也显露出局限性。那些对隐喻持怀疑态度的言论一直让我很感兴趣，还有那些超越隐喻，追求干净（clean）、透明（transparent）的见解，或者用罗兰·巴特的话说，一种零度写作（zero degree writing）。"① 在某种程度上，隐喻的局限性在于固化甚至阻止人们思考，令认知的过程不断被卷入隐喻建构当中。在"疾病隐喻"的谱系里，疾病本身一次次遭受隐喻，被"遮蔽在所指中，遮蔽在隐喻中，成为被遮蔽的隐喻之下的'在场'。"② 桑塔格所呼吁的"干净""透明""零度"，正是要敞开"疾病"本身，这与她"反对阐释"的策略确实如出一辙。

"反对阐释"，并不意味着反对一切阐释，正如"拒绝隐喻"也不意味着拒绝一切隐喻一样。桑塔格所反对的阐释，正如她所说，"是指一种阐明某种阐释符码、某些'规则'的有意的心理行为"（《反对》6），而这种符码或规则搁置事物本身，在事物或文本中提取一系列因素，将其替换成别的东西。这样的阐释当然应当反对。与此类似，需要拒绝的隐喻也是那些受到某种话语模式的裹挟而产生的隐喻。拒绝隐喻，就是对一种裹挟性的"总体话语"的拒绝，"拒绝它强迫你接受的隐喻系统"③，从而"回到原始隐喻的直接就是上去"④。

---

① Jonathan Cott, "Susan Sontag: The Complete Rolling Stone Interview", https://www.rollingstone.com/culture/culture-news/susan-sontag-the-rolling-stone-interview-41717/，2021 年 8 月 19 日。
② 于坚：《诗歌之舌的硬与软》，云南人民出版社 2018 年版，第 212 页。
③ 于坚：《诗歌之舌的硬与软》，云南人民出版社 2018 年版，第 223 页。
④ 于坚：《为世界文身》，陕西人民教育出版社 2015 年版，第 107 页。

"回到原始隐喻的直接就是",在桑塔格对疾病进行祛魅的语境下,正是回到疾病本身。可是疾病本身又是哪里呢?对于于坚来说,这应该就是我们不断弃除外部知识对疾病的遮蔽,回到疾病本源(本具)的一个过程。"这个本源是不可能一步到位的,它是一个反方向的剥笋的过程。你的本具早已被一层层关起来,完成了,剥开,重抵你发芽的核心。"① 桑塔格在《疾病的隐喻》这本书中所做的,"揭露、批判、细究和穷尽"(《疾病》161)这些隐喻,正是这个"反方向的剥笋的过程"。

第三节 修辞立其诚

隐喻在西方文评的话语体系下被称为"一种跨领域的映射,也被称为'图式的转换''概念的迁徙'与'范畴的让渡'等"②。进一步说,隐喻涉及人类的思想感情和行为的表达方式在不同领域间的转换与生成。而桑塔格在《疾病的隐喻》里所"揭示、批评、细究和穷尽"的就是那些"负载了太多神秘感""塞满了太多在劫难逃幻想"的隐喻。这些有关疾病的隐喻因袭各类文学隐喻、世俗神话、宗教信条、文化传统,囿于医学科技发展的阶段性和渐进性,使得疾病的意义从病理学的单纯向度衍生到公共空间,成为代表不同人格特质、社会身份烙印的心理阐释符码,以一种权利/话语的话语模式进入政治、种族与军事范畴,成为道德审判、文化压迫、阶级斗争的"最顺手的修辞学工具"③。

在中国,与修辞学意义相关的"修辞"一词,最早出现在《周

---

① 于坚:《为世界文身》,陕西人民教育出版社2015年版,第9页。
② 赵一凡等主编:《西方文论关键词》,外语教学与研究出版社2006年版,第775—784页。
③ [美]苏珊·桑塔格:《疾病的隐喻》,程巍译,上海译文出版社2003年版,"译者卷首语",第5页。

易·文言》中。孔子在解释乾卦"九三"爻之爻辞"君子终日乾乾，夕惕若，厉无咎"时说："君子进德修业。忠信所以进德也；修辞立其诚，所以居业也。"（《周易·文言》）爻辞指的是君子自修不息，无日无时不戒惧谨慎，所以"厉"而"无咎"。孔子则进一步指出，"君子终日乾乾"不仅包含"进德修业"之类的忠信之事，同时也应包括"敬言""谨言""信言""慎言"等立言方面的修辞之方。在"修辞立其诚"与"居业"之间，孔颖达在《周易正义》中注释说："外则修理文教，内则立其诚实，内外相成，则有功业可居"①，后世韩愈在《答李秀才书》中也说："以愈所为不违孔子，不以雕琢为工，将相从於此。愈敢自爱其道而以辞让为事乎？然愈之所志於古者，不惟其辞之好，好其道焉尔！"②可见"修辞立其诚"并非单指"专工翰墨"之修辞之术，更是"易，所以会天道、人道"的体现——实现"修身立德"之人格建构与兼济天下的"内圣外王"之道。

而关于"诚"的解释，大体本于《中庸》。"诚者天之道也，诚之者人之道也。"（《中庸》）朱熹释"诚"曰："诚者真实无妄之谓也，天理之本然也"③，认为"诚"与天理相关。明末清初的学者王夫之则将"诚道"概括为两端："约天下之理而无不尽"及"尽天下之善而皆有"④。前者乃"天理之实然"，指与"伪"相对之"真"，后者为"人道之常理"，指尽天下之"善"，"真"与"善"的辩证统一恰好交相致于"天人合一"之"诚"。

如此看来，中国人所说的"修辞"，包括"文辞修饰"与"反

---

① （唐）孔颖达：《周易正义》，载《十三经注疏（清嘉庆刊本）》，阮元校刻，中华书局1999年版，第15—16页。
② （唐）韩愈：《答李秀才书》，载《全唐文》第三册，（清）董诰撰，中华书局1983年版，第2475页。
③ （宋）朱熹：《四书章句集注》，中华书局1983年版，第31页。
④ （明）王夫之：《读四书大全说》卷三，载张岱年《中国古典哲学概念范畴要论》，中华书局2017年版，第119页。

躬修省"两层含义,且二者都需效法天道,以达到"真实无欺""诚敬无妄",即以"求真""求善"为要旨。从这个角度看,桑塔格所揭示、批判的"疾病的隐喻",既非"真",也非"善"。"疾病隐喻"从产生到运行的整个过程往往是对"疾病本真"的"篡改""入侵"甚至"悖逆"。以"修辞立其诚"为准则视之,这种隐喻显然违背了其中"求真"的原则;与此同时,"疾病隐喻"作为政治军事话语、道德伦理批判、心理阐释符码等诸多领域的工具,常常会形成某种外力的压迫,极易被某些利益团体滥用,这本身对患者、对其亲属、对整个社会而言也绝非"善意",更谈不上"善举",是对"修辞立其诚"中"求善"原则的践踏。用桑塔格自己的话来说,"面对疾病最真诚的方式——同时也是患者对待疾病的最健康的方式",就是驱散这个由"阴森恐怖"的隐喻构成的影子世界,还疾病以本来面目(《疾病》5)。

在"修辞立其诚"的准则下,隐喻作为一种修辞,首先要求文辞与事实相符合,即"真实无妄"。孔子曾说:"辞达而已矣"(《论语·卫灵公》),意思是说,言辞与文章首先需要"达"其意,然后才是"修饰"。隐喻固然是"假物之然否"以彰"直告之不明",然而,"物之有然否也,非以其文也,必以其真也。"① 桑塔格所论述的"疾病隐喻",基本上属于结构性的重组,鲜有"达其意"者,更不是"以其真"传达意义的。这种结构性重组的发生,伴随人类对疾病认知的历史演化所产生,它的实质好似从人类对疾病认知的整体感性经验中抽取一系列的因素(X\Y\Z,等等),隐喻的工作"实际成了转换的工作"(《反对》6)。

桑塔格把这种转换表述为:"瞧,你没看见 X 其实是——或其实意味着——A?Y 其实是 B?Z 其实是 C?"(《反对》6)如果说"X\

---

① (汉)王符:《潜夫论》,潜夫论:释难—中国哲学书电子化计划(ctext.org),https://ctext.org/qian-fu-lun/shi-nan/zhs,2023年2月17日。

Y\Z"之流尚能部分符合事实,被隐喻转换后的"A\B\C"则与事实差之千里了。在桑塔格的中文译者程巍看来,这样的转换使"词越走越远,再也找不到物,现象再也不是本质的再现,而成了一些语言泡沫"①。在疾病的"发病部位""致病因子""发病机制"这些"事实"未明之前,那些"非真"的隐喻便在神话世界里野蛮生长,肆意地混淆视听。以"肺结核"为例,符合事实的情况是:通过给患者拍 X 光片,发现肺部病变,因此发病部位是"肺",而《疾病的隐喻》中指出,这种病灶的"临床检测可见性"直接导致了有关肺结核的"神话":"结核病使身体变得透明"(《疾病》12),而与此相反的是癌症患者只能"把他们不透明的身体带到专家那儿"(《疾病》13),交由医生处置。这个透明与否的隐喻明显是草率的,不"真"的。

"致病因子"的确认在医学发展史上本就颇费周折,人们早期只能见到表面的病因,如认为癌症是与"中产阶级""富贵奢华"相联系的病,癌症由"富含脂肪和蛋白质的饮食"或"工业经济所产生的有害气体"所导致(《疾病》15),这种不够严谨的隐喻直接影响了病人的生活及对有效治疗的接受(如视患者为营养过剩者,不允许其进食)。显微镜发明之后,人类对病因的查找逐渐从宏观深入到微观,从病毒、细菌再到基因。如肺癌,不同的病人致癌基因不同,甚至同一个病人肺癌组织内外层的基因变异也不同。在桑塔格看来,癌症的病因并不是卡夫卡说的什么"死亡细菌"(《疾病》19),更与患者的"热情""活力""社会身份""阶级属性"等隐喻意义无甚关联。

"发病机制"不清,同样催生了很多隐喻。如前文提到结核病的患者是被"消耗掉""燃烧掉"云云。还有,"神经性梅毒引起的大

---

① [美]苏珊·桑塔格:《疾病的隐喻》,程巍译,上海译文出版社 2003 年版,"译者卷首语",第6页。

脑损伤，实际上会激发原创性的思想或者原创性的艺术"，这种"具有神经性梅毒特征的精神分裂症的浪漫化"被桑塔格认为是"20世纪把精神疾病作为艺术创造力或精神原创性的源泉的那种更加顽固的幻象的先行者"（《疾病》100）。在桑塔格看来，这种补偿性神话与疾病发病的病理基础并没有什么直接关联，在"修辞立其诚"的前提下，都有悖于"辞达"之道。

此外，在《疾病的隐喻》中，桑塔格还多次提到疾病的人格／心理隐喻。这类隐喻是指某些心理、情感乃至人格的外化，与中国"抒情言志"的传统不谋而合。孔子曾说："情欲信，辞欲巧"（《礼记·表记》），侧重"言志抒情"之真，即"辞不碍于情，巧不伤及信"。《庄子·山木》中记载庄子论"形莫若缘，情莫若率"，在谈及"观物体物之真"时，也谈及"情必率中"，推崇自然本真的朴素无矫的流露。①

可见，"抒情言志"需秉承"求真"之道。可是桑塔格所论及的这类疾病隐喻却不然，即使它们是真情实感的外显，其"托物寄情"所循路径却与实际事理不符。"疾病隐喻"多是将患者人格属性、心理状态与其所患疾病进行强行关联并对疾病本然属性实施"异化"，或者"是对现象进行重新陈述，实际上是去为其找到一个对等物"（《反对》8）。这类隐喻的表现形式通常是将疾病作为"本体"，而"喻体"为某种特定的人格类型或情感状态。换言之，这类隐喻对疾病的意涵进行了某种"人格化""心理化"的改写。这类隐喻成立的基础多是人们将疾病简单归因于患者人格属性及心理特征，或者在无视病原学理据的情况下，干脆将某些患者患病后的心理表征外化为疾病隐喻，甚至对该疾病临床属性推衍出某种"人格性"／"心理性"的认定。如《疾病的隐喻》中谈到结核病病因时

---

① 关于"抒情言志"传统的相关论述，参见姜飞《经验与真理：中国文学真实观念的历史和结构》，巴蜀书社2010年版，第93页。

第五章 隐喻的疾病

提到有医学教材将"情绪抑郁"列在其中,但情绪抑郁并不是结核病的唯一原因。卡夫卡曾在书信中言道"我患的是心理疾病,肺部的疾病,不过是我的心理疾病的蔓延而已"(《疾病》42),他还认为他所患的疾病只是一种感情的信号,"肺部创伤只是一种象征"①。这种说法,在桑塔格看来,显然混淆了肺部疾病的病理属性,不能被视为"真"的。

除了对疾病病因的心理隐喻化推断,疾病本身也成了情感过度的隐喻。例如,康德把激情比作癌症,在桑塔格看来,就是利用了"前现代有关这种疾病的看法以及浪漫派出现前对激情的一种评价"(《疾病》42)。有时,情感表征成了疾病理想人格的选择标准。桑塔格说:"早期浪漫派想以超出他人的更强烈的渴念,以及对渴念的渴念,来寻求优越感。那些无力去把这些充满活力和健全冲动的理想化为现实的人,被认为是结核病的理想人选"(《疾病》42),而那些情感漠然、处世消极的反英雄形象,要么是耽于淫乐而又无情的人,要么是刻板乏味的人,这样的形象充斥于美国当代小说之中。"他们不自暴自弃,而是谨小慎微;既不情绪波动,不鲁莽冲动,也不残酷无情,他们只不过与世疏离罢了。依据当代有关癌症的神话,他们是癌症的理想人选。"(《疾病》43)在这类隐喻中,那些如"野心勃勃""耽于淫乐""刻板乏味""残酷无情"等充满强烈倾向性的语词极其容易使受众对疾病本身,或者对患者本人产生厌恶性关联。以文学作品中某种人物类型隐喻"疾病的理想人格"则更为冒险,这种"人格化"的疾病隐喻很自然地把疾病的语义诱入历史、引入故事、导向原型,从而超越语词基于简单"相似性"原则搭建隐喻结构的"流程",形成某种包含事件、人物、环境、动机等完整元素的叙事语境。

---

① [奥]弗朗茨·卡夫卡:《卡夫卡日记1914—1923》,邹露译,中国国际广播出版社2020年版,第161页。

基于简单的某一点相似性所引发的疾病隐喻不仅不符合事实真相，违背了"巧不伤及信"的原则，同时也不符合"尽天下之善"之天理。《文心雕龙》首篇言及"文之为德也大矣，与天地并生"[①]之"善"，是一种超越二元对立的善恶观之善，是朱熹所言"在天地则盎然生物之心，在人则温然爱人利物之心，包四德而贯四端者也"[②]，就像天地不以万物之美丑来决定其获得雨露滋润的权利。美也好、丑也好，健康也罢、疾病也罢，都是这天地之间自然的存在，因此都在"天地之大德曰生"的庇荫之下。《中庸》有云："唯天下至诚，为能尽其性；能尽其性，则能尽人之性；能尽人之性，则能尽物之性；能尽物之性，则可以赞天地之化育；可以赞天地之化育，则可以与天地参。"正因为"至诚之道"可以"赞天地之化育"，"修辞立其诚"才有了"参天地"的大"善"。

这样看来，桑塔格所列举的疾病之隐喻，作为一种修辞，与所谓"参天地"之大善简直就是背道而驰。在"疾病隐喻"的世界，权力话语的交锋一刻也没有停止，"隐喻"成了最有效的"恐吓术""劝喻术""动员术""催眠术"。还以对疾病的心理隐喻化为例，桑塔格说："疾病被解释成一个心理事件，好让患者相信他们之所以患病，是因为他们（无意识地）想患病，而他们可以通过动员自己的意志力量来治病；他们可以选择不死于疾病。……有关疾病的诸种心理学理论全都成了一种把责任置于患者身上的有力手段。患者被告知是他们自己在不经意间造成了自己的疾病，这样好让他们感到自己活该得病。"（《疾病》52）

比起对疾病的心理化隐喻，将"道德批判"加诸疾病的隐喻化书写则更加不"善"，远离了"修辞立其诚"之宗旨。从古到今，

[①] （南梁）刘勰著，范文澜注：《文心雕龙》，人民文学出版社1958年版，第1页。
[②] （宋）朱熹：《朱子文集》卷六七。参见汤一介《中国传统文化的特质》，乐黛云、杨浩编，上海教育出版社2019年版，第313页。

第五章　隐喻的疾病

只要疾病的病因未明，或久治不愈，疾病便始终无法摆脱"道德批判"的神话：从个体审判到集体审判，从对"淫邪放纵""伤风败俗"的"天谴"到对"冷酷无情""损人利己"的"报应"，从"道德的劝谕"到"腐化的标志"，从"犯罪惩戒"到"自我救赎"，疾病成了"厌恶""羞耻"的同义词，甚至被感到在道德上"有传染性"，患者则是"咎由自取""罪有应得"，甚至被打上低人一等的身份标识。

疾病隐喻不仅是道德批判的表达方式，而且无时无刻不在执行道德审判。疾病在沦为结合了一切负面想象的"邪恶的等价物"之后，患者则无可奈何地成了替罪羊或牺牲品。那些对道德毫无威胁的患者，因为身体的症候本已饱尝痛苦，又被无端扣上"罪恶"的帽子，遭受舆论压力，甚至被要求灵魂上的"洗心革面"。本该出现的"恻隐之心"被"歧视和厌恶"取代，患者甚至因此被剥夺应有的医疗资源。这类修辞不仅有违科学意义上的"因果规律"，而且并不关注患者的尊严以及生存质量，不尊重其意愿，与中国传统"天人合一"的身体哲学观及顺应天道之"大善"相去甚远。

作为政治与民族修辞话语的疾病隐喻，则在更为广泛的公共空间极尽"攻讦煽动"之能事。在这个过程中，首先是疾病本身作为一种知识的对象被隐喻化，在特定时期、特定文化和特定人群中形成一个隐喻的话语构成机制。该机制在某种程度上排斥和谴责一切异类、非我的事物，从而形成对人们"我"与"非我"之间的紧张对立。比如艾滋病被认为发轫于非洲的"黑暗大陆"，然后扩散到海地，继而是美国、欧洲。它被认为是一种来自第三世界的一种侵扰，同时也是"热带的忧郁"的一场灾祸。该隐喻话语与许许多多在当时盛行的隐喻话语一起，构成了"艾滋病——非洲"这个"话语构成机制"，在该机制下，滋生出欧洲和亚洲对非洲的偏见，使人产生各种下意识联想，甚至提出诸多假说，甚至激活了人们"所熟知的那一套有关动物性、性放纵以及黑人的陈词滥调"(《疾病》125)。用桑塔格在《反对阐释》中的话说,即是激发了"对阐释持续不断、永无止境的投入"(《反对》6)。在某种意义上,隐喻创造"游戏规则",就等同于创造一个类似种族主义的"思维框架",禁锢了人们思维的逻辑边界。

再看作为军事修辞话语的疾病隐喻。在桑塔格看来,"军事话语"与"疾病隐喻"的联姻是极为成功的。疾病被看作是"外来微生物的入侵",而身体对这种入侵所采取的行动,被视为"调动免疫'防卫'系统",而药物则被视为具有"攻击性"。除此之外,疾病还"常常被描绘为对社会的入侵,而减少已患之疾病所带来的死亡威胁的种种努力则被称作战斗、抗争和战争"(《疾病》87)。这些隐喻渗透到社会生活各个精微侧面,成为人们无意识的一部分,无声地参与着人类对疾病的认识。随着对疾病与日俱增的恐慌和战争隐喻激发的受众参与感,原本对疾病患者的宽容和关怀,总会激起人们的抗议,宽容极易被等同于"纵容、软弱、混乱和腐败",疾病成了每个人的"特洛伊木马"。对桑塔格来说,这样的隐喻"把那些特别可怕的疾病看作是外来的'他者',像现代战争中的敌人一样"(《疾病》88)①。可以看出,疾病隐喻在运行过程中引发的偏狭、冷漠甚至残酷对抗的连锁反应,无论是对疾病本身,还是对患者,都欠缺合乎情理的正当性,大大背离了"文与天地并生"之大德,与"求善"之道大异其趣。

距离桑塔格写此文已过去多年,但"疾病隐喻"并没有如愿淡

---

① 把疾病视作"敌人",因此需要予以"攻击""消灭",这一隐喻传统在西方有着很长的历史。桑塔格在《疾病的隐喻》中有详细的论述,参看第86—88页。相比之下,中国的传统医学不主张对抗,而主张"正气存内,外邪不干",主张与"病毒"共存的模式。例如,《黄帝内经·素问·刺法论》中,黄帝曰:"余闻五疫之至,皆相染易,无问大小,病状相似,不施救疗,如何可得不相移易者?"岐伯曰:"不相染者,正气存内,邪气可干,避其毒气,天牝从来,复得其往,气出于脑,即不邪干。"不过这已经是一个医学话题,而本论题主要讨论隐喻这一修辞模式,对中西医之间的差异不做展开。

第五章　隐喻的疾病

出人们的视野,本文写作之际正值新冠肺炎(COVID – 19)肆虐之时,"疾病隐喻"卷土重来之势较1997年的禽流感,2003年的SARS,以及2009年的甲型H1N1流感更甚,一时间在全球范围内掀起了一场"物论沸腾,怨讟交至"的狂欢。从病毒发端的"隐约之时",到医学技术逐步将之拆解,呈现出"隐喻"对疾病"附魅—祛魅—返魅"的全过程,与桑塔格在《疾病的隐喻》中所揭破之状如出一辙。

"疾病的隐喻"带来"隐喻"的"疾病"。虽然隐喻的本体和喻体有一定的相似性,但绝不能将两者相互替代。钱锺书在《谈艺录》中说得好:"夫二物相似,故以此喻彼;然彼此相似,只在一端,非为全体。苟全体相似,则物数虽二,物类则一;既属同根,无须比拟。"①如果两物竟然全然等同,当然不需要用隐喻。然而,隐喻在文学类文本中,经常需要以奇取胜,从而达到意想不到的效果,如钱锺书所说"愈能使不类为类,愈见诗人心手之妙"②。例如,王东溆在《柳南随笔》卷三中说:"家露湑翁誉昌精于论诗,尝语予曰:'作诗须以不类为类乃佳。'予请其说。时适有笔、砚、茶瓯并列几上,翁指而言曰:'笔与砚类也,茶瓯与笔砚即不类;作诗者能融铸为一,俾类与不类相为类,则入妙矣。'予因以社集分韵诗就正,翁举'小摘园蔬联旧雨,浅斟家酿咏新晴'一联云:'即如园蔬与旧雨、家酿与新晴,不类也,而能以意联络之,是即不类之类。'子固已得其法矣。"③

文学领域的"以不类为类",将无甚关联的两物进行隐喻化处理,进行"引譬连类",固是常态,但如果将这种做法移植到非文学领域,尤其是医学领域,不以修辞之"诚"为旨,其危害已无须多

---

① 钱锺书:《谈艺录》,生活・读书・新知三联书店2007年版,第133页。
② 钱锺书:《谈艺录》,生活・读书・新知三联书店2007年版,第477页。
③ 钱锺书:《谈艺录》,生活・读书・新知三联书店2007年版,第477页。

言。这样的隐喻之病，虽然终究无法根除，如桑塔格所说，"要居住在由阴森恐怖的隐喻构成道道风景的疾病王国而不蒙受隐喻之偏见，几乎是不可能的"（《疾病》5），但我们至少可以拒绝那部分不"真"不"善"的隐喻，从隐喻的幻象中后退。

第六章　摄影与观看

桑塔格不仅是众多摄影师喜欢拍摄的对象，自己也热衷于对摄影的讨论。其中，以1977年出版的《论摄影》影响最为深远。此书最初是以连载的方式在《纽约书评》杂志上刊出，以单行本形式出版后很快得到了广泛的好评，并迅速登上了《华盛顿邮报》的畅销书榜。这本被奉为摄影界"圣经"的书籍不仅被《纽约时报书评》评为年度二十大图书，还获得了"美国国家书评人协会奖"（National Book Critics Circle Award）及久负盛名的"美国艺术与文学院奖"（Award of the American Academy of Arts and Letters），至今仍是美国众多高校学生的指定读物。

然而，这本以"摄影"为题的书籍，在桑塔格看来，并非讨论摄影艺术的。在一次专门针对这本书的采访中，她说："实际上，摄影对于我来说不过是个前文本——目的在于讨论一些与此截然不同的东西。"① 桑塔格所说的那些与摄影截然不同的东西，与现代世界相关，与资本主义社会的消费意识相关，也与现代的伦理道德及美学态度相关。当被问及这本书有何违背常情之处时，桑塔格说："事实上，这本书远远不只是关于艺术的讨论，它是一篇政论的延展。

---

① Fritz J. Raddatz, "Does a Photograph of the Krupp Works Say Anything about the Krupp Works?" in Leland Poague (ed.) *Conversations with Susan Sontag*, Jackson: University Press of Mississippi, 1995, p.90.

它还延展到了关于消费世界的研究，关于我们的体验，以及关于消费主义对这个世界所进行的扭曲。这是一本非常激进的书，就像任何严肃对待自身的书籍一样。"①

可以想象，这本书如何遭遇了来自专业摄影界的大量反对和抵制。据桑塔格德文传记作者丹尼尔·施赖伯说，在当时纽约的专业摄影师及视摄影为艺术的人中间，流传着这样的戏言：《论摄影》其实应该叫作《反摄影》，有些艺术家则对桑塔格关于摄影的论述提出了强烈的抗议，甚至有人宣布与桑塔格断交。② 如此种种，完全印证了桑塔格自己的断言：此书是一本非常"激进"的书，几乎与摄影艺术无关。

同样，被视为另一本关于摄影艺术的著作《关于他人的痛苦》，也与摄影有着似是而非的关系。虽然，桑塔格在此书中对很多她此前在《论摄影》中的观点有所修正，但是，总体说来，这既是一本关于摄影的书，也是一本关于战争的书。观看方式应该如何更加正面、积极地参与到对被观看的对象进行改造中来，是桑塔格热衷讨论的话题。正如她自己在文章中所说："指出有一个地狱，当然并不就是要告诉我们如何把人们救出地狱，如何减弱地狱的火焰。但是，让人们扩大意识，知道我们与别人共享的世界上存在着人性邪恶造成的无穷苦难，这本身似乎就是一种善。"（《关于》101）影像，恰恰可以充当这种"指出"者的角色，"就让暴行影像令我们寝食难安吧。即便它们只是符号，且不能涵括它们所指涉的大部分现实，但它们仍然发挥着重要作用"（《关于》102），它们不断提醒那些观看者们："请勿忘记！"《关于》102）

---

① Fritz J. Raddatz, "Does a Photograph of the Krupp Works Say Anything about the Krupp Works?" in Leland Poague (ed.) *Conversations with Susan Sontag*, Jackson: University Press of Mississippi, 1995, p. 96.

② ［德］丹尼尔·施赖伯：《苏珊·桑塔格：精神与魅力》，郭逸豪译，社会科学文献出版社2018年版，第175页。

桑塔格对于视觉艺术的讨论，除了以上两本书之外，还出现在她在各种批评论文、采访甚至是小说中对摄影、电影、舞蹈、戏剧等视觉艺术的分析中。据柯英统计，在《反对阐释》一书中，涉及视觉艺术的文章占了总数 26 篇中的 16 篇；《在土星的标志下》收录的 7 篇文章中，篇幅最长的 3 篇都是关于戏剧和电影的；《激进意志的样式》和《重点所在》两本文集更是专门列出"戏剧与电影"或"视觉"部分，其中《重点所在》收入了多达 17 篇文章，[①]体现了桑塔格对视觉艺术的一贯关注。

摄影当然是现代西方社会的产物，中国传统文论中没有专门的论述。然而，如果我们把摄影当作某种特定的视觉艺术，可供关联之处一下子就多了起来。中国文化重视视觉呈现，乃至中国文字都是一种"象形"文字。包括文学艺术在内的艺术创造深深地依赖形象思维，艺术创造始终伴随着对外部事物具体形象的描绘，伴随着对作家的想象与联想，甚至幻想的表现。"视"字，左边为"示"，右边为"见"，从字面即可看出，是与神性相关的一种视觉经验，代表着与神沟通或带有灵性性质的视觉，与自然的肉眼看见大不相同。

在此基础上，孔子在为《易经》所作的系辞中说："古者包犧氏之王天下也，仰则观象于天，俯则观法于地，观鸟兽之文，与地之宜，近取诸身，远取诸物，于是始作八卦，以通神明之德，以类万物之情"（《周易·系辞下》），说的就是古人从对万物的观察到创造出八卦的过程，这一过程与形象式思维密切相关。其中，"仰观俯察""近取诸身，远取诸物"，即是以视知觉为基础，取拟自然界或人类社会生活中的种种现象，将其概括于八卦之中。所谓"观"与"取"，体现了这一形象式思维过程的两个阶段，而所观之"物"，大部分是自然、生活中的具体事物；所取之"象"，也是对这些具体事物的模拟，进而

[①] 柯英：《景观社会的思想者：苏珊·桑塔格视觉艺术文论研究》，南京大学出版社 2019 年版，第 24 页。

使之成为具有符号意义的"易象",总称"观物取象"。

桑塔格所讨论的摄影艺术,用中国的文学批评话语模式来看,即包含"观物取象"思维过程的诸多特征。首先,摄影之眼面对的必然有"物",无论这个"物"到底意味着什么;其次,摄影之眼并非随意、被动观看,而是有所主观之"取",也无论到底该如何"取";再次,所取之"象"有着非凡的符号意义,远非图像意义上的线条所能涵盖;最后,如何"观",与"观"相伴而生的"感",则体现了观者的伦理取向,也是桑塔格不断论述到的摄影之功用:"影像加入新闻业队伍,就是要引起注意、震荡、吃惊。"(《关于》19)以下将依次从"物""取""象""观"四个方面逐一论述。

第一节 观"物"取象:影像之物质性

摄影是关于其所拍摄的对象的,这一点,在早期的《论摄影》中,桑塔格也不曾否认。而这一拍摄对象,既可以是人,也可以是物,甚至可以是一个事件、某种心情,乃至某种复杂的意义。只要是文字曾对其命名了的,摄影都可以将其当作拍摄对象。"摄影强化了一种唯名论的观点,也即把社会现实视作由显然是数目无限的一个个小单位构成——就像任何一样事物可被拍摄的照片是无限的。透过照片,世界变成一系列轶事和社会新闻。"(《论摄影》21)而这些数目无限的社会现实,用《易经》观物取象的方法,也可以用"易象"囊而括之。

第一类"物",是"仰观天象、俯察地理""近取诸身、远取诸物"所得来的自然万物。乾、坤、震、巽、坎、离、艮、兑这八卦,即对应八种基本自然现象:天、地、雷、风、水、火、山、泽,就是这种自然之"物"的典型代表。根据中国古人的分类,自然界林林总总的事物与现象,都可以通过这八种易象代表,或者由这八种易象互相叠加加以概括。

在桑塔格所列举的摄影之物的清单里，自然之物当然占据很大的位置。"在19世纪40年代，多才多艺、心灵手巧的福克斯·塔尔博特不仅制作从绘画那里继承下来的体裁——肖像、家庭生活、城市风景、大地风景、静物——的照片，而且把相机对准贝壳、蝴蝶翅膀（在一个阳光显微镜的协助下放大），对准他书房里两排书的一部分。……一九一七年，斯特兰德转而拍摄机器外形的特写，接着，整个20世纪都是拍摄大自然特写的照片。"（《论摄影》88—89）对于摄影师来说，摄影允许每个人自由展示独特的、热忱的感受力，以积极、渴求的心态在大自然里进行考察，以便发现、放大、凸显，甚至制造别人从未发现过的美。

对于自然界的物件或自然现象，无论摄影师通过何种超越现实主义的手段，或者运用何种抽象的技巧，"物"仍然不可或缺。正如桑塔格所说，随着画家们逐渐从现实主义的表现形式阵营撤退，摄影师们也"宣称要拍摄不同于记录现实的东西"（《论摄影》93），然而，他们在面对自己的拍摄对象时却无法照搬画家的态度，因为"一张照片在本质上是永远不能完全超越其表现对象的，而绘画却能。一张照片也不能超越视觉本身，而超越视觉在一定程度上却是现代主义绘画的终极目标"（《论摄影》93）。

同样，在观物取象的思维过程中，物也是不可或缺的。物总是通过"形"而得以彰显，因此，在观物的时候，最主要是从"形"上观起。对此，王夫之有过精彩的论述："物生而形形焉，形者质也。形生而象象焉，象者文也。形则必成象矣，象者象其形矣。在天成象而或未有形，在地成形而无有无象。视之则形也，察之则象也，所以质以视章，而文由察著，未之察者，弗见焉耳。"[①]象为文，

[①]（明）王夫之：《尚书正义·毕命》，载《船山全书》第二册，岳麓书社1988年版，第411页。

形为质，形需要由眼睛来看，而象则需要观之"察"之，才可彰显。象与物体之形的关系由此可见一斑。

第二类"物"，存在于与自然界息息相关的人类社会。据史料记载，周文王根据伏羲的先天八卦而演绎出后天八卦，而后天八卦的取象之物即源自人类社会。例如，乾、坤、震、巽、坎、离、艮、兑这八卦，在后天八卦里分别对应八种人物类型或人物关系：父、母、长男、长女、中男、中女、少男、少女。同时，由于有了人的存在，相对于人而言的自然之物，又会呈现出不同的"象"。例如"坎"卦在自然世界中代表水，在人的世界中，则代表坎坷；"离"卦在自然世界中象征火，而在人类世界中，也可以象征光明。再如，"乾"卦在自然世界里代表天，而伴随着人类视角的介入，"乾"还成了"刚健、自强不息"的象征。

桑塔格所讨论的摄影对象，严格来说，都处在人类摄影之眼的注视下，物因此也具有了生命。桑塔格转引克拉伦斯·约翰·劳克林①的话说："我试图通过我的大部分作品，用人类的精神来赋予一切事物生命——哪怕是所谓'无生命'的事物。"（《论摄影》177）换句话说，那些历经战火、千年屹立不倒的城墙，经由摄影师之眼，不再是简单的泥土与石块等物件，而是诉说着坚韧与沧桑的有灵之"物"。那些在战火中哭号着的面庞，也不再只是血和泪构成的物质肉身，而是展现残暴和人类痛苦的有情之"物"。

这些"灵"与"情"，虽然仍然展现为"物"，而且除了寄居在"物"上别无去处，但由于人类视角的参与，它们不再独立存在，而是被纳入了一个与人类和他物共存亡的巨大网络之中，是一种"关系"之物。易象的表意方式就建立在这种"关系"基础之上。"一阴一阳之谓道"，"道"无法直接言说，而是要通过阴、阳两种"象"的

---

① 克拉伦斯·约翰·劳克林（Clarence John Laughlin，1905—1985），美国摄影师，以他在家乡新奥尔良拍摄的腐朽的建筑"鬼影"而闻名。

相互组合从而构成各种"关系"来加以显示。整部《易经》都是以这样的方式来呈现上古圣人对天道的理解，而中国人对"关系"的熟稔也源于此。近代学者熊十力认为，"象"在认识论范围内是意与物的交绾，在本体论上是真实本体之真实功用，是本体真实的呈现，因此，象并非空幻，而是实在的万物自身。"惟孔子《周易》摄体归用，即将实体收入于万物与吾人身上来。万物、人生才是真实，不空虚，不幻妄。"① 可见，易象不是无生命的物之形，而是充满变化、富有生命的形式，是为"物"赋予了流动与转化的生命之象，用摄影师的话来说，"我们是那些把生命注入石头和鹅卵石的人"（《论摄影》180）。

然而，在为万物注入生命的同时，摄影之眼也严重扭曲了万物的本来面貌。桑塔格对超现实主义摄影的讨论，就是从这种扭曲入手的。"超现实主义隐藏在摄影企业的中心：在创造一个复制的世界中，在创造一个比我们用自然眼光所见的现实更狭窄但更富戏剧性的二度现实中"（《论摄影》51），现实从而由平淡无奇变得惊心动魄，甚至贫民窟也可以变成"最迷人的装饰"（《论摄影》55）。至此，一物变成了另一物，如同疾病不再是疾病，而变成了各种胆怯、肮脏、侵略、忧郁等的代名词②。透过摄影之眼，桑塔格明明感受到了她早年所反对的"对世界进行报复"般的阐释③。

第三类"物"，用朱熹的话来说，"物，犹事也"④，也就是发生在时间里、具有时间尺度的事件。通常来讲，运用静止的"象"或照片再现动态的事件颇有难度，但是易象当中大量的实例表明，发生在时间里的事件，也可以"象"示。还是以最基本的八卦为例⑤：

---

① 熊十力：《体用论》，中华书局1994年版，第484页。
② 详见桑塔格所著《疾病的隐喻及艾滋病的隐喻》，以及本书第五章对隐喻的疾病之论述。
③ 详见桑塔格早年的批评论文《反对阐释》。
④ （宋）朱熹：《四书章句集注》，中华书局2011年版，第5页。
⑤ 关于八卦取象的依据，无论在古代还是现代，中国人都有很多论述。本书参考了张善文和黄寿棋两人合著的文章《"观物取象"是艺术思维的滥觞——读〈周易〉札记》。详见《福建师范大学学报》（哲学社会科学版）1981年第1期。

卦名	卦象	取象依据
乾	☰	迭三阳，象征阳气向上升而为天。 《淮南子·天文训》："宇宙生气，气有涯垠，清阳者薄靡而为天。"
坤	☷	迭三阴，象征阴气向下聚而为地。 《黄帝内经·素问》："积阴为地，故地者浊阴也。"
震	☳	上面两阴下降，下面一阳上升，象征阴阳相冲突，暴发而为雷。 《淮南子·地形训》："阴阳相薄为雷。"
巽	☴	坤为土，巽二阳动在上，一阴静在下，象征地上阳气流动，故为风。 《庄子》："大块噫气，其名为风。"
坎	☵	上下为阴，中间蓄一阳，象征水以阴为表，内中却蕴藏着阳质。 《说文解字·水》："象众水并流，中有微阳之气。"
离	☲	上下均为阳，中间蓄一阴，象征火以阳为表。 崔憬《易探玄》："取卦阳在外，象火之外照也。"
艮	☶	上为阳，二阴在其下蓄积，象征石凝为山。 黄奭《春秋说题辞》："阴含阳，故石凝为山。"
兑	☱	上为阴，二阳在其下蓄积，象征泽为阴湿之所。 宋衷《周易注》："阴在上，令下湿，故为泽。"

上表中由下划线标识的字词，均为发生在时间里的事件，同样可以作为"物"而彰显其形，因此也可以由易象表示。此种形象不同于普通物体的外形，具有连续性、变化性及不稳定性，正如孔子在《系辞》中所说："圣人设卦观象，系辞焉而明吉凶，刚柔相推而生变化。是故吉凶者，失得之象也。悔吝者，忧虞之象也。变化者，进退之象也。刚柔者，昼夜之象也。"（《周易·系辞上》）所谓"刚柔相推"，体现的就是事物的未完成性，因此在事件发生的任何一个点上，接下来都会有两种可能性：或吉或凶，或悔或吝，或忧或虞，全然未定。

桑塔格对战争影像的论述，集中体现了她对"象"之未完成性的理解。在她看来，一张照片的意义，或照片到底要"说"什么，取决于我们是否知道照片中的人或事物所处的处境。在绰号为"齐姆"的摄影师戴维·西摩①一张题为"一九三六年西班牙埃斯特雷马杜拉土地再分配会议"的照片中，一个正在给怀中婴儿哺乳的憔悴妇女站着仰望。她的面部表情和她周围人的面部表情，充满紧张和疑惧。据桑塔格说，这张照片常常使人想起某人正忧心忡忡地扫视天空，看是否有空袭的飞机经过。然而，桑塔格说：

> 记忆根据自己的需要来更改这个影像，给予齐姆的照片一个象征性的地位，不是为了它实际上表现的事情（一次户外政治会议，发生在战争爆发前四个月），而是为了即将发生在西班牙的、会带来巨大反响的事情：飞机空袭城市和农村，其唯一目的就是彻底摧毁它们。……（再细看那位授乳的母亲，细看她那布满皱纹的额头，她那眯起的眼睛，她那半张的口。她看上去还疑惧吗？难道你不觉得她眯起眼睛是因为太阳照射的缘故？）（《关于》26—27）

是吉还是凶？是悔还是吝？是白天还是黑夜？照片莫衷一是。影像所能给予的，是"事件"种种的可能性，而非已经定型了的"物"。正如一个旅行中的旅人，站在十字路口，前面的路到底要怎样走，事件到底会如何结束，其实是掌握在他/她自己手中的。所谓"在天成象，在地成形"，其中"象"与"形"的一个重要区别，就在于"在天成象"表现的是事件在未完成之时在时间中变化的存在，而"在地成形"表现的则是具体事件完成后在空间中静止的存在。

最后，观"物"取象之后，所取之"象"，也成了"物"，具备了其他物件的常见特性：有相、有用。象形文字、书法、绘画等都是此类"物"件。例如，文字被刻在龟壳、兽骨之上，从此有了相

---

① 戴维·西摩（David Saymour, 1911—1956），通常被称为齐姆（Chim）波兰裔美国摄影师，著名的战争新闻记者，1947年与H. 卡蒂埃-布勒松、R. 卡帕等在纽约成立玛格南图片社。

对固定的形象，也因此可以从古代一直穿越至今，携带着文字书写之初被赋予的信息。再如，在文字携带信息的基础上，中国书法及绘画，在不同的书法家和画家笔下，通过变换"形象"，成了"美"与"道"的携带者、传播者，也具备了鲜明的"物"之属性。

对桑塔格来说，照片也具有同样的属性。"收集照片就是收集世界"（《论摄影》1），不仅摄影的拍摄对象具有"物"性，摄影所拍摄出的照片本身也成了"物"。在一定情形下，影像之"形"，像任何其他物件一样，可以携带、积累并储藏，因此，拥有一张我们所珍爱的人或物的照片，仿佛我们便是拥有了他们/它们。"这种拥有，使照片具有独一无二的物件的某些特征"（《论摄影》148），使我们可以成为"事件的顾客"，并且"获取某种信息"，使"越来越多的事件进入我们的经验"《论摄影》148）。

不唯如此。此物非同他物，不是自然界中天地所生万物中的任何一种，因此也可以称作"非物"。然而，就是这"非物"之"物"，具有了居高临下、统摄万物的功能，非等闲之物可以比拟。由于中国文字由"日月迭璧，以垂丽天之象；山以焕绮，以铺理地之形"① 而来，自古以来，中国人便认为文字可以通达天地，具有一种神秘的力量，说的就是这种"非物"之物的神奇之处。龚鹏程在考察了道门文字教之后，更认为道教之所谓道，乃是以"文"为道之体以及道之用者，文字遂成为道教信仰之核心。这种对文字的崇拜不同于单纯的拜物信仰，因为"它涵有'自然'的观念，更涵有以文字为方法以观史观世界的方法意识"②，文字由此成了人们借以认识历史、把握世界的工具。因此，"对文字的把握，便是一种方法学的掌握；对文字的理解，其实就等于对世界的理解"③。文字作为

---

① （南梁）刘勰著，范文澜注：《文心雕龙》，人民文学出版社1958年版，第1页。
② 龚鹏程：《道教新论》，北京大学出版社2009年版，第81页。
③ 龚鹏程：《道教新论》，北京大学出版社2009年版，第81页。

"非物"之物凌驾于万物之上，由此可见一斑。

照理说，这些由"象"生成的"物"，本是真实事物的复制品，是柏拉图洞穴里的影子，然而，正如桑塔格所说，"人类无可救赎地留在柏拉图的洞穴里，老习惯未改，依然在并非真实本身而仅是真实的影像中陶醉"（《论摄影》1）。虽然柏拉图把影像比喻成虚幻的影子，是"真实事物投下的，成为真实事物的短暂、信息极少、无实体、虚弱的共存物"（《论摄影》171），但是，恰恰是这种影子般的"真实事物的共存物"，最终成了比任何货真价实的现实更无法耗尽的资源，因为"摄影影像的威力来自于它们本身就是物质现实，是无论什么把它们散发出来之后留下的信息丰富的沉淀物，是反过来压倒现实的有力手段——反过来把现实变成影子"（《论摄影》171）。

第二节　观物"取"象：摄影之创造性

"把现实变成影子"的，除了那个被称作摄影机的"黑匣子"之外，更主要的，是手持摄影机，对事物进行摄"取"的摄影师。中文中的"摄"字，就是在"取"字的基础上，添加了一只"手"，再加上一个"又"。观物取象的思维过程，除了"观物"，即视知觉对外物进行观察审视之外，还要"取"象。"取"的过程，便是作为"天、地、人三才"之一的人，体察天地之"心"，参与甚至主导对世界进行形象化建构的过程，是人创造性力量的主要体现。

《易经》中的所有易象，都是这种创造性建构的产物。所创之象，与原有的物象之间，只是一种象拟的关系，而非逼真之象。孔子在《系辞》中说："是故易者象也。象也者，像也"，又有"是故夫象，圣人有以见天下之赜而拟诸其形容，象其物宜"（《周易·系辞下》），表明"象"与"物"之间，存在人为的因素。例如，—象阴，—象阳，而将阴阳两象相杂之后，就形成了易经中各种复杂的易象：密云不雨、山下有风、雷在地中、天在山中、阴阳相搏，等等，不一而足。

中国的汉字，在很大意义上，也是对各种"取"象方法进行运用，从而形成的一种表意系统。汉字的构造原理，在汉代的《说文解字》之后，就被总结为"六书"，即象形、指事、会意、形声、转注和假借。其中，象形、指事、会意、形声被认为是造字法，转注、假借指的是在造字法基础上衍生发展出来的文字使用方式。形声、转注和假借主要与文字的声音相关，而象形、指事和会意则与文字的形象相关。

先说象形。顾名思义，"象形"指的是根据事物的形状而创造的文字，如日、月、水、火、雨、石、山、木等。《说文解字》有云："象形者，画成其物，随体诘诎，日月是也。"① 然而，象形文字虽然是根据物形而来，却不能完全等同于物形。例如，"日"字，虽然人所见之日是一个散发着红光的圆形，中间并无圆点，可是所创之"日"字中间却有一点，表明日并非一个空洞，而是实心的，因此《说文解字》对"日"的解释说："日，实也。"② 与之相应的"月"字，中间则画了两点，所"取"之象也非满月，而是月缺之象，代表月亮虽然也是实心的，但是在人的观看世界里，经常体现为月缺之状态，因此《说文解字》对"月"的解释说："月，缺也。"③ 这两个字，虽然都是从日与月的形状而来，但都经过人的"取"象，而非画像，正如龚鹏程所说，"象形者本是以义构形，非以形为字（许慎说象形，乃'依类象形'，已分明说了构型是依据义类而来）。"④

再看指事。据许慎说，"指事者，视而可识，察而可见，'上'

---

① （汉）许慎：《说文解字》，中华书局1963年版，第314页。
② （汉）许慎：《说文解字》，中华书局1963年版，第137页。
③ （汉）许慎：《说文解字》，中华书局1963年版，第141页。
④ 龚鹏程：《文化符号学导论》，北京大学出版社2005年版，第64页。

'下'是也"①，其特点是在象形字的相应部位加上抽象的标志符号，以指示所表示的局部的范围。指事，亦称象事，是拟象意念等不具体之物，如上、下，加一点在"一"之上为上，一点在"一"之下为下，其依"义"构型的特点更加鲜明。

会意字，通常认为是指事字的扩展，因为指事字大多是在独体象形文字的基础上加上一些特殊的符号，如果所加的符号本身就是一个独立的文字，就构成了会意字，例如，人言为信、两贝为朋、日月为明、鱼羊为鲜、心脑相合为思、困坐一室为囚，等等。把两个或两个以上的意义合在一起，即为会意，因此许慎说："会意者，比类合谊，以见指撝，武信是也。"②"谊"即是"义"，是"义"的古字，因此，这类字也是以"义"构型的。

而"义"，是只有人类世界才有的属性，是人为的创造。桑塔格所讨论的摄影，在物象的基础上，也是人为创造的结果，是根据观看的角度和方式才产生意义的。照片并非将现实世界全部呈现，而是截取某一个有意义的侧面或瞬间，从而对真实世界进行简化。特写、对局部进行放大，或者用局部代表全部的摄影技艺都是对这种"取"象方法的运用。桑塔格说："有一阵子，特写似乎是摄影最具独创性的观看方法。摄影师发现随着他们更窄小地裁切现实，便出现了宏大的形式。"(《论摄影》88) 桑塔格列举了19、20世纪20年代众多摄影师们对特写的迷恋。在她看来，当相机的镜头对准了贝壳、蝴蝶的翅膀，以及书架上部分书籍时，镜头下的东西仍然是贝壳、蝴蝶的翅膀和书籍，仍然可以辨认，然而，当被拍摄的对象脱离了其存在的环境，变成抽象的存在，那么关于美的新准则便诞生了："什么才是美，变成什么才是眼睛不能看到或看不到的：也即只有相机才能供应的那种割裂的、脱离环境的视域。"(《论摄影》89)

---

① （汉）许慎：《说文解字》，中华书局1963年版，第314页。
② （汉）许慎：《说文解字》，中华书局1963年版，第314页。

"取"象，因此变成了"抽取"，目的是使人们看到普通时刻看不到的"超现实"。可是，这种超现实真的是一种超越现实的存在吗？在桑塔格看来，当19世纪50年代的摄影师们在伦敦、巴黎和纽约的街头徘徊，寻找他们认为是"不摆姿势的生活截面"时，他们所理解的某种带有普遍意义的超现实，实际上是"最地方、最种族、最受阶级约束、最过时的东西"（《论摄影》52），原因就在于，"把照片变得超现实的，不是别的，而是照片作为来自过去的信息这无可辩驳的感染力，以及照片对社会地位作出种种提示时的具体性"（《论摄影》52）。所谓的"感染力"和"具体性"都远非什么客观现实，更不是超现实，而是切切实实地与人类感性世界相关联的特定存在。这些特定的存在，在现实的世界里并没有引起人们特别的注意，直到它们被抽"取"成"象"，才被赋予了符号的意义。而在符号的世界里，在桑塔格所说的摄影世界里，通过人类的抽"取"，那些来自过去的信息、那些对社会地位进行种种提示的具体影像，便具有了非凡的意义。正如桑塔格所说，"这种世界观否认联系和延续性，但赋予每一时刻某种神秘特质"（《论摄影》21）。

这种神秘的特质，不是别的，恰恰是《文心雕龙》中所说"与天地并生"的"文之德"，所谓"仰观吐曜，俯察含章，高卑定位，故两仪既生矣。惟人参之，性灵所钟，是谓三才。为五行之秀，实天地之心。心生而言立，言立而文明，自然之道也"[①]。文字的创造，比之摄影师对现实世界的摄"取"所赋予的神秘特质，有过之而无不及，因此才有"昔者仓颉作书，而天雨粟，鬼夜哭"（《淮南子·本经训》）的传说。

除了赋予现实以"神秘特质"外，在桑塔格看来，摄影还充当一种媒介，越来越多的事件通过这一媒介得以进入我们的经验，从

[①] （南梁）刘勰著，范文澜注：《文心雕龙》，人民文学出版社1958年版，第1页。

而使影像成为更多经验的创造者。"通过被拍摄,某种东西成为一个信息系统的一部分,被纳入各种分类和贮存计划"(《论摄影》148),而进入新的信息系统的影像,不仅重新定义了我们对日常生活的体验,也不仅增加了我们从未见过的大量材料,同时,更复制出新的现实,参与了对现实的创造。如同被贴在家庭相册里按年份排列的一张张静止照片一样,"摄影对世界的勘探和复制打破延续性,把碎片输入无止境的档案,从而提供控制的各种可能性,这些可能性是早期信息记录系统——书写——连做梦也想不到的"(《论摄影》149)。

桑塔格所说的早期书写系统不具备的对现实进行控制的可能性,其实也并非不存在,而中国人则在很早时候就对其加以利用了。观物取象之"取",除了抽取、择取之外,还包括制取,所谓"依象制器""制器尚象"是也。"制"即创造,是人"对物象进行抽象化之后,本此心象,进行创造性活动,而制造出典章制度、物质器用和文字观念来"①,因此,是对现实世界进行控制的重要手段。依据孔子所著《系辞》,古圣先贤"作结绳而为罔罟,以佃以渔,盖取诸离"(《周易·系辞下》),即是说人类学会用网捕鱼,用罟捕猎,便是从"离"卦的启示而来②。其后记载的先民诸多创造性活动,都是这种"依象制器""制器尚象"的结果:

  包牺氏没,神农氏作,斲木为耜,揉木为耒,耒耨之利,以教天下,盖取诸益。
  日中为市,致天下之民,聚天下之货,交易而退,各得其所,盖取诸噬嗑。

---

① 龚鹏程:《文化符号学导论》,北京大学出版社2005年版,第90—91页。
② 离卦(☲)外实内虚,有网之象,因此可以作为制作"罔罟"的灵感来源。明末清初的学者王夫之则强调器具的生成必须合乎卦象,他在《周易外传》中说:"制器尚象非徒上古之圣作为然,凡天下后世所制之器亦皆暗合阴阳刚柔虚实错综之象,其不合于象者,虽一时之俗尚,必不利于用而速敝,人特未之察尔。"

神农氏没，黄帝、尧、舜氏作，通其变，使民不倦，神而化之，使民宜之。易穷则变，变则通，通则久。是以自天佑之，吉无不利，黄帝、尧、舜垂衣裳而天下治，盖取诸乾坤。

　　刳木为舟，剡木为楫，舟楫之利，以济不通，致远以利天下，盖取诸涣。

　　服牛乘马，引重致远，以利天下，盖取诸随。

　　重门击柝，以待暴客，盖取诸豫。

　　断木为杵，掘地为臼，臼杵之利，万民以济，盖取诸小过。

　　弦木为弧，剡木为矢，弧矢之利，以威天下，盖取诸睽。

　　上古穴居而野处，后世圣人易之以宫室，上栋下宇，以待风雨，盖取诸大壮。

　　古之葬者，厚衣之以薪，葬之中野，不封不树，丧期无数。后世圣人易之以棺椁，盖取诸大过。

　　上古结绳而治，后世圣人易之以书契，百官以治，万民以察，盖取诸夬。（《周易·系辞下》）

　　以上所列十二个例子，是中国古人根据周易卦"象"所制之器具及典章制度的典范，而"象"所具有的对现实进行再生、复制，乃至控制的功能由此可见一斑，并非如桑塔格所说直到摄影技术的普及才出现。然而，摄影确实强化了这样一种意识，即"影像的生产亦提供一种统治性的意识形态"（《论摄影》170）。这种意识形态无所谓好也无所谓坏，正如桑塔格所说，"军事侦察照片帮助毁灭生命，X 光照片则帮助挽救生命"（《论摄影》168），全赖观者如何"取"舍。

第三节　观物取"象"：影像之符号性

　　照片可以用来毁灭生命，也可以用来挽救生命，无所谓好坏，因为，"毕竟，照片不是一种观点"（《重点》300），桑塔格在为女友安妮·利布维兹①的影集《女性》撰文时写道。然而，桑塔格旋即又加上了一句，"抑或它是一种观点？"（《重点》300），精巧地表达了影像与意义之间若即若离的关系。这种若即若离的关系，用中国文论话语中的"象"来一言以蔽之，则最恰当不过。

孔子有云："易者象也，象也者像也。"（《周易·系辞下》）说"像"，恰恰表明"象"与物之间的差异，否则就无法"像"了。"易"以"观物取象"的方式，创造了能够喻示物理、事理和人理的象征符号，并用这些符号拟诸世间万物的形态及变化，本身就表明这些符号与事物本身并非等同。《易传》说圣人"拟诸其形容，象其物宜"（《周易·系辞下》），创造了"以象示意""立象尽意"的表达方式，这里的"象"，也非图画般的具像，而是"在天成象，在地成形"之意象，是中国文化特有的一种表意方式。

"象"与大象之"象"用同一个字表示，显示了两者潜在的联系。随着自然界气候变化，原本生活在北方的大象南迁。当它们逐渐从人们视野中消失后，人们就很少能看到自然中活着的大象，因此需要通过联想对大象的形象进行想象。据《韩非子》记载，"人希见生象也，而得死象之骨，案其图以想其生也；故诸人之所以意想者，皆谓之象也"（《韩非子·解老》），人们凭借记忆与想象，从死象之骨中想象出大象生前的形态和模样。通过心之所"想"，这种"意想之象"便具备了联想性与虚构性，与具体的物象有着本质差别。

在桑塔格看来，影像也需要通过虚构和联想才能获得意义。在这一点上，她十分赞同本雅明的看法。作为一个热情的引语搜集者，

---

① 安妮·利布维兹（Annie Leibovitz, 1949—），又译安妮·莱博维茨，美国著名女摄影师，《名利场》杂志摄影，并长期为 VOGUE 杂志供稿。其作品在世界各地巡回展出，出版的画册有《女性》《美国音乐》等。她以其独特的人像摄影风格而闻名于世，被评论家们称为"摄影师中的左拉"。2021 年荣获法兰西艺术院第二届"威廉·克莱因摄影奖"，是桑塔格生前最亲密的女伴。

本雅明对过去断编残简的搜集是一种更新旧世界的企图，反映了他"努力去获取新事物时最深层的渴望"（《论摄影》77），而旧世界如何更新？肯定不是搜集引语本身就可以更新的。桑塔格认为，本雅明将这一非常棘手、极其复杂的理念，通过摄影艺术加以笼统化。影像也是对过去的搜集，但不是对过去的创造，而是"加强去除对过去的创造（而且恰恰是通过保存过去的行为来达到这种去除），同时不断加强虚构一种新的、平行的现实"（《论摄影》77）。正是这种虚构，结合了搜藏者、观看者无尽的联想，使来自过去的影像变成了当下的现实，同时，也使当下的现实变成了过去。

这些虚构和联想，并不是凭空产生的，它们受到那些"象"，或照片，强烈的暗示，在其暗示下发生。"圣人立象以尽意"（《周易·系辞上》），孔子如是说。又有"易有四象，所以示也"（《周易·系辞下》），可见象与意义之间的关系。这种暗示，而非明示的关系，源于"易象"将生活中复杂多变的事物转换为一种抽象的符号形式，然后在抽象的符号形式中承载其复杂而深刻的"象外之意"。"八卦成列，象在其中矣；因而重之，爻在其中矣；刚柔相推，变在其中矣；系辞焉而命之，动在其中矣"（《周易·系辞下》），换言之，各种卦象交错运动，形成了涵盖世间万事万物的符号系统，象征了宇宙川流不息、生生不已的自然规律。

体现在摄影上，各种卦象的交错运动就相当于对照片重新加以编排，其结果是使照片的意义产生变化。现实世界纷繁复杂，对于身处其中的观者来说，现实世界中各个要素之间的关系很难把握，但是通过影像的切分和排序，现实立刻变得主题单一、脉络清晰、线索可控。将同样的照片进行不同的排序，可以使照片言说出完全不同的故事，从而使观者产生完全不同的认识。因此，对照片的编排是一种对时间和历史的重构，对照片的意义会产生深刻的影响和变化。即便是肖像照，摄影师都能通过巧妙的装饰和编排使其变得超现实。"比顿①通过把其对象——例如一九二七年拍摄的伊迪斯·西特韦尔和一九三六年拍摄的科克托的照片——嵌入花哨、奢华的装饰,因而把他们变成过于明显的、不能使人信服的肖像。但是卡雷尔配合她的意大利将军、贵族和演员的愿望,使他们看上去恬静、镇定、有魅力,……摄影师的敬畏使他们变得有趣;而时间则使他们变得无害,简直太有人情了。"(《论摄影》58)

  能使照片的意义发生变化,除了摄影师的各种取舍、编排,以及时间上的裁切和重组,更主要的,是由于照片并非被拍摄物本身,而是在其无限变化的现实中抽取了一个有限的"象",并将其符号化的结果。桑塔格在《论摄影》的开篇就说,"人类无可救赎地留在柏拉图的洞穴里,老习惯未改,依然在并非真实本身而仅是真实的影像中陶醉"(《论摄影》1),而摄影的影像"似乎并不是用于表现世界的作品,而是世界本身的片段,它们是现实的缩影,任何人都可以制造或获取"(《论摄影》2)。借助于相似性,照片给我们"真实"的假象,从而忽视了它们作为"象"被抽取出来的现实。

  被抽取出来的"象",因其抽象而变得含蓄。虽然内涵变窄,外延却变得更加宽广,可以表示某一类事物或某一特性。如前文所说,八卦分别代表了天、地、雷、风、水、火、山、泽,然而,"乾"又可代表诸多其他意义,"乾为天,为圜,为君,为父,为玉,为金,为寒,为冰,为大赤,为良马,为老马,为瘠马,为驳马,为木果"(《周易·说卦传》),"坤"也同样有诸多其他暗示:"坤为地,为母,为布,为釜,为吝啬,为均,为子母牛,为大舆,为文,为众,为柄,其于地也为黑"(《周易·说卦传》),等等。正由于八卦的高度抽象化,它们才可以有高度的概括性,才可以"类万物之情",从而示意无穷。

---

① 比顿(Cecil Beaton,1904—1980),英国时装和肖像摄影师。

摄影当然与八卦不能同日而语，但在其作为符号的表意方式上，则有着很大相似之处。在题为《意大利摄影一百年》的文章中，桑塔格明确指出了摄影和影集的本质："摄影和影集都是开放的，它们不可能结束。决定性的、总结性的或者终结性的照片是不可能有的"（《重点》260），也就是说，任何照片的意义，都不是确定无疑的。照片的意义有赖于观看它的人如何对其进行解读，有赖于伴随着照片出现的文字如何对其进行限定性的说明，甚至有赖于照片出现的时间和场合。例如，当战争变得不得人心的时候，关于战争的照片就可能是揭露战争罪行的照片；而在战争不那么受到反感的时候，同样的照片反而可能激发斗志，或者如桑塔格所说，"被解释成在一场只能以胜利或失败告终的无可避免的战争中表达同情或英雄主义（可敬的英雄主义）"（《他人》33—34）。可见，照片的意义，既不是它的作者决定的，也不能由它自己决定。与所有符号相似，"任何一张照片都具有多重意义"（《论摄影》21），它的命运，"将由利用它的各种群体的千奇百怪的念头和效忠思想来决定"（《他人》34）。

放在诗学的语境下，就可以说"诗无达诂"了。诗之所以"无达诂"，就是因为中国古典诗歌的语言是一种"象"的语言，而不是精准表达的散文式语言。中国古诗重视"比兴"手法的使用，不直接表意，而是通过立"象"，托物言志。陈子龙有云："正言之不足故反言之，独言之不足故比物连类而言之，是以文义并存，而莫深于比兴之际"①，强调诗应以"比兴"为主。要表达一个意思，诗歌不是直接陈述或层层推理，而是"上言天人之理，中托鬼神之事，下依寓山川人物草木鸟兽，以自广其意"②。

---

① 陈子龙：《安雅堂稿·卷二·文用昭雅似堂诗词稿序》，https：//ctext.org/wiki.pl？if=gb&chapter=638357&remap=gb#文用照雅似堂诗积序，2022年2月11日。

② 陈子龙：《安雅堂稿·卷二·文用昭雅似堂诗词稿序》，https：//ctext.org/wiki.pl？if=gb&chapter=638357&remap=gb#文用照雅似堂诗积序，2022年2月11日。

第六章 摄影与观看

因为诗并非直言其事,而是借助于所托所依之"象",会让读者产生所读之诗仅仅限于这些"物象"。对此,柯小刚说:

> 这些物象正因为能独立于诗篇所咏人事之外,反而更能切中事情深处,隐隐透显出有限人事背后的无限天道。它们就像是人物画背景中的天空、远山和树木,既与人物故事相关,又仿佛遗世独立,永恒纯净。譬如"关关雎鸠,在河之洲"是多情之物,也是无心之物。它的多情起兴了"窈窕淑女,君子好逑";它的无心抚慰了"悠哉悠哉,辗转反侧",也节制了"琴瑟友之""钟鼓乐之",使之"乐而不淫,哀而不伤"(《论语·八佾》)。①

诗歌中类似于雎鸠这样的"比兴"之"象",并非实像,而是诗人借以表达心意的一个引子。这种表达方式的奥妙在于不直接讲明要表达的意思,而是代之以意象,有心的读者则通过"象"的指引或暗示揣摩其意义,达到"言有尽而意无穷"的效果。对于桑塔格来说,摄影也不过是个引子,意在摄影之外。她说:"实际上,摄影对于我来说不过是个前文本——目的在于讨论一些与此截然不同的东西"②,而观看具体的照片,或者"看某一种以照片的形式呈现的事物,就是遭遇一个可能引起迷恋的对象。……照片本身不能解释任何事物,却不倦地邀请你去推论、猜测和幻想"(《论摄影》21)。

与其他更加依赖符码系统的符号不同,影像符号更加依赖直觉。罗兰·巴特就认为照片借助它绝对类比的本性而成了一种无语码的讯息:"在所有各种各样的形象中,只有照片能够传达(字

---

① 柯小刚:《诗之为诗:〈诗经〉大义发微卷一》,华夏出版社2020年版,第6页。
② Fritz J. Raddatz, "Does a Photograph of the Krupp Works Say Anything about the Krupp Works?" in Leland Poague (ed.) *Conversations with Susan Sontag*, Jackson: University Press of Mississippi, 1995, p. 90.

面的）信息，同时又不是借助非连续性的符号和转换规则来形成这信息。"① 也就是说，照片的语言更加直接，不需要通过非自然的结构进行符码转换，因此更加直观、迅速，也更加依赖直觉。在巴特看来，照片所涉及的意识类型不是"某物就在那里"的意识，而是"某物已经在那里"的意识："照片是此时此地与彼时彼地之间非逻辑的链接。"②

这也是西方现代派诗人、艺术家将中国古典诗歌、绘画当作典范的原因。庞德所引领的意象派诗歌运动，主张诗人运用鲜明、准确、含蓄和高度凝练的意象，并用这些意象展现出诗人瞬间的思想与感情，其原则，就深受中国的"象"思维影响。例如，庞德的意象派名篇《在地铁车站》，短短两行诗里呈现出一系列直观的意象：黑压压的人群、几张美丽的脸庞、湿漉漉黑黝黝的树枝、绽放的花瓣。诗中并没有出现对诗人情感的直接表达，也没有对意象与意象之间的联系作任何解释，用庞德的话说，这类诗要捕捉的，是一种"原色颜料"（primary pigment）："每一个概念，每一种情感，都以某种原始的形式呈现出生动的意识。它属于这种形式的艺术。也就是说，我在巴黎的经历应该进入了绘画领域。如果我不是用颜色来感知声音或平面的关系，我就会用音乐或雕塑来表达它。在这种情况下，颜色是'主要颜料'；我的意思是，这是第一个进入意识的适当方程式。"③

这种"原色原料"不仅是最直接的呈现方式，同时也抗拒说教。桑塔格笔下的摄影艺术就是这样一种"没有任何价值判断"的价值

---

① ［法］罗兰·巴尔特、让·鲍德里亚等著，吴琼、杜宇编：《形象的修辞》，中国人民大学出版社2005年版，第45页。
② ［法］罗兰·巴尔特、让·鲍德里亚等著，吴琼、杜宇编：《形象的修辞》，中国人民大学出版社2005年版，第46页。
③ Ezra Pound, "Vorticism", *Fortnightly Review* 96 [n. s.], 1 *September* 1914, pp. 461–471. https://fortnightlyreview.co.uk/vorticism/, accessed in February 15, 2022.

判断(《重点》299)。"摄影的任务之一是揭示、让我们感到世界的多样性,而不是展示理想。摄影除了多样性和趣味以外再也没有别的任务"(《重点》299)。这一点,也是易象的一个重要特点。孔子说:"易有四象,所以示也,系辞焉,所以告也,定之以吉凶,所以断也"(《周易·系辞下》),也就是说,易象符号本身并无吉凶,而所谓的"告"与"断",是通过系于卦象及爻象后的"辞"所展示,真正的吉与凶是由卜筮者根据卦象所示并采取的行动所定。正如"乾"既可以为"良马"之象,也可以为"瘠马"之象一样,"军事侦察照片帮助毁灭生命,X光照片则帮助挽救生命"(《论摄影》168),影像的价值与意义,也是开放的,是由观者决定的。

第四节 "观"物取象:观看之伦理性

既然影像的价值与意义,是由观者所决定的,那么谁在观看、如何观看,就具有了超越个体观看行为本身的伦理意义,而在中国,"观"则一直是一个伦理问题。伦理之"伦",《说文解字》中解释说:"辈也。从人仑声。一曰道也。"[①] 后逐渐引申为关系、秩序、条理等,如"悌乃知序,序乃伦;伦不腾上,上乃不崩"(《逸周书》)、"天地之祭,宗庙之事,父子之道,君臣之义,伦也"(《礼记·礼器》)。中国人历来重视秩序,重视人与天地万物之间的关联,而观物取象之"观",通过视知觉的连接,恰好就体现了人与天地万物,包括人与人之间的关系。《观卦》的象辞说:"风行地上,观;先王以省方,观民设教"(《周易·观卦》),"观"是与先王对其子民的教化相关的。后来,孔子对诗歌"兴观群怨"功能的论述也影响了中国诗学数千年。具体说来,中国人的"观",重视被观察对象

---

① (汉)许慎:《说文解字》,中华书局1963年版,第164页。

与其周围事物之间的整体关联,同时,所观之物与观察主体的体验具有直观的关联,因此"观"也是一种直觉思维模式。另外,"观"并非独立的经验,与"感"紧密相连,必然涉及观感后的行动,因此具有深刻的伦理内涵。

孔子曾说:"天地之道,贞观者也。"(《周易·系辞下》)清代学者陈梦雷注云:"观,示也。天地常垂象以示人,故曰贞观。"① 天地之道之所以能常,就源于其无私无欲,不偏不倚,因此才能"贞观"。在第一章中我们说过,观卦之卦象为☷,是风行地上之象。风在大地上吹拂万物,将世间万物视为平等之物,没有厚此薄彼。而天地之道之所以是"贞观者也",秘密就在此处。因为天地没有私心,万物之心才得以呈现,才可以被"观"察到。圣人效仿天地,以天地无私之心"观"照万物,世间万物才会呈现出平等的样貌。

这种以平等心把握观察对象的模式,在桑塔格关于影像的分析中,是从正反两方面论述的。一方面,桑塔格引用惠特曼②的话,认为影像宣告了美国摄影最有威望的追求:"我不怀疑世界的雄伟和美潜伏于世界的任何微量之中……我不怀疑,琐碎事物、昆虫、粗人、奴隶、侏儒、芦苇、被摒弃的废物,所包含的远远多于我所设想的……"(《论摄影》27)也就是说,摄影艺术家以真正民主的方式重新评估美与丑、重要与琐碎之间的秩序,认为万物都同样重要,同样具有美感。例如爱德华·斯泰肯③的"天下一家"摄影展览,在桑塔格看来,是一次"普世化和卸除一切要求的拥抱……证明人性是'一体'的,人类是迷人的生物,尽管有种种缺陷和劣迹"(《论摄影》

---

① (清)陈梦雷:《周易浅述》,中央编译出版社2012年版,第250页。
② 惠特曼(Walt Whitman, 1819—1892),美国超验主义时期著名诗人、散文家。代表作品有《草叶集》。
③ 爱德华·斯泰肯(Edward Steichen, 1879—1973),美国摄影艺术家,创办了《摄影作品》杂志。

30)。从另一方面来看，摄影又通过陈列各种怪物和边缘个案使观众拒绝与被拍摄对象产生认同，例如迪安娜·阿布斯①于1972年举办的回顾展。阿布斯的照片"通过表明世界上每一个人都是外人、都处于无望的孤立状态、都在机械而残缺的身份和关系中动弹不得"来证明："人性并非'一体'。"（《论摄影》31）

"人性一体"与"人性并非一体"这一对看似矛盾的观点，对于中国人来说，恰好体现了整体与个体之间既分又合、既合又分的关系，二者从来都不是相互对立的。《易经》"观"卦卦辞云："观，盥而不荐，有孚颙若。"朱熹注解说："盥，将祭而洁手也。荐，奉酒食以祭也"②，也就是说，宗庙祭祀之可观者，莫盛乎盥，因为此时暗示着鬼神降临前的整体盛况。如若等到神降荐牲的时刻，也就没有什么可观的了，因为所有的一切都已经有了具体的形象，如孔子所说，"禘自既灌而往者，吾不欲观之矣"（《论语·八佾》）。而作为圣人神道设教的祭祀，其蔚为大观之仪礼，本身就是大"象"之具象化的表达，可触可感，充满了有质地、有肌理的细节，绝不可废弃。可见，大"象"在没有实在化为一张照片似的"具像"之前，最为整体，最为可观。

在这一点上，桑塔格也有相同的认识。在她看来，任何影像都是片面的、瞬时的，因此绝非整体。而桑塔格对于其片面性和瞬时性的认识恰恰说明她有整体性，至少是认识到了整体性的存在。桑塔格认为，与摄影紧密相关的，是一种不延续的观看方式，其要点就是"通过一部分——一个引人注意的细节，一种瞩目的裁切方式——来观看整体"（《论摄影》161）。在论述到普鲁斯特的现实主义策略时，桑塔格说："我们不能想象《在斯万家那边》的'序曲'以叙述者偶然碰见贡布雷教堂的一幅快照并细味那块视觉的蛋糕屑

---

① 迪安娜·阿布斯（Diane Arbus，1923—1971），美国女摄影艺术家。
② （宋）朱熹著，廖名春点校：《周易本义》，中华书局2009年版，第98页。

告终，而不是以一边品尝用茶水浸过的'小玛德莱娜'蛋糕一边勾起对整个过去的无限回忆告终。"（《论摄影》156）如果把"视觉的蛋糕屑"当作一幅照片来看，那么对这一影像真正的"观"看，是把它当作对整个过去回忆的一个引子，而不是仅仅当作视觉上的蛋糕屑。

然而，桑塔格所说的整体性，不是以牺牲细节的可感性为代价的，这正是她所主张的摄影式观看。普鲁斯特的长篇序曲没有"以叙述者偶然碰见贡布雷教堂的一幅快照并细味那块视觉的蛋糕屑告终"，不是因为这样的一幅"照片"无法勾起叙述者的回忆，而是因为普鲁斯特清楚他对想象性回忆的要求，"不仅要广泛和准确，而且要有事物的肌理和实质"（《论摄影》156—157），在这一点上，桑塔格认为，普鲁斯特"有点误解照片"（《论摄影》157）。也就是说，普鲁斯特认为照片发明或取代了记忆，而不具有记忆中事物的肌理和实质，而桑塔格则认为恰恰相反。

"有一阵子，特写似乎是摄影最具独创性的观看方法。摄影师发现随着他们更窄小地裁切现实，便出现了宏大的形式"（《论摄影》88），桑塔格如是说。对她来说，摄影恰恰是因为给予了拍摄对象可感知的形式和细节，才使照片暗示了整体性的存在。"摄影的所有功用，都隐含一个假设，也即每张照片都是世界的一个片断。这个假设意味着我们看到一张照片时往往不知道如何反应，……除非我们知道它是世界的一个*什么*片断。"①（《论摄影》91）不知如何反应，从而搁置反应，或者等我们对整体性有了了解之后再反应，就藏着"贞观"的种子。

这种贞观之"观"，使"观"者直接经验这些天地所示之道，而无须运用理智和思维，无须进行逻辑推理，是中国人直觉式"象"思维的又一个主要特征。作为对客观事物和外部世界进行理解和把

---

① 此处的斜体为原书中本有。

握的一种方式，直觉通常被理解为思维不受逻辑规则的约束，也不依赖概念的束缚，从而突破一切已有的话语模式而实现直接的顿悟。这种直觉思维，在中国人看来，非常依赖视觉上的直观。据《庄子》记载，子路问孔子："吾子欲见温伯雪子久矣，见之而不言，何邪？"意思是说老师您想要见温伯雪子很久了，为何见了面却不说话呢？仲尼曰："若夫人者，目击而道存矣，亦不可以容声矣。"（《庄子·田子方》）意思是说，识人无须言语，通过观察人的外表及举止风度，就可以了解他的道德修养了。"目想"一词，恰恰可以概括这种以视觉为基础的直"观"模式。它不借助语言，也不借助思考，只是用眼睛直接观察从而把握外物，例如，南北朝时期姚最评价南齐谢赫的画说："点刷精研，意存切似，写貌人物，不俟对看，所须一览便归，操笔目想，毫发皆无遗失，丽服靓妆，随时变改，直眉曲鬓，与世争新。"① 再如，《论语》中孔子说："视其所以，观其所由，察其所安。人焉廋哉？人焉廋哉？"（《论语·为政》）说的也是同样的"观"之功效。

可见，视觉认知较之言语，更加直接、迅敏。而影像带给人的视觉冲击，比起真实事件所能带来的视觉认知，则更加令人印象深刻。在《影像世界》一文中，桑塔格描述并分析了她自己亲历的一次观看手术及在电影院观看纪录片里的手术之间的不同，在她看来，被拍摄下来的事件往往会比我们实际经历它们更加令人不安：

> 我曾于一九七三年在上海一家医院观看一名患晚期胃溃疡的工厂工人在针刺麻醉的情况下被切掉十分之九的胃，我竟能坚持三个小时观看整个手术过程（这是我有生以来第一次观看手术）而不觉得不适，从未觉得需要把目光移开。一年后在巴黎一家电

---

① （宋）李昉、李穆、徐铉等：《太平御览·工藝部八·畫下》，https://ctext.org/post-han/zh?searchu=目想，2022年2月14日。

影院看安东尼奥尼的纪录片《中国》里一次不那么血淋淋的手术，第一道解剖刀割下，我就畏缩，在那一系列连续镜头期间多次把目光移开。以摄影影像的形式出现的事件，比真实中发生的更使人易受影响。这种易受影响，是一个成为二次观看者的人——两次观看已形成的事件，一次是由参与者形成的，一次是由影像制作者形成的——显著的被动性的一部分。（《论摄影》160）

这不仅涉及观看，也涉及观者的感受了。以影像形式存在或传播的"事件"，更容易使人受到影响，因为比起参与者来说，观看者更加被动，更加无能为力，因此更加容易义愤填膺。这也解释了很多人对电视上或照片中的不公正之举非常愤慨，却往往对身边的各种不义之事无动于衷。

然而，当影像进入消费社会，影像作品被当作商品进入流通领域之后，摄影所见证和记录的关于战争暴虐的影像，那些垂死挣扎的士兵、残缺不全的尸体、血淋淋的屠杀场面、被夷为平地的村庄、炮火袭击后的森林灰烬以及硝烟中的城市废墟，被反复在各种媒体上流通，摄影师们期待以战争影像揭示人性的阴暗面，激起人们的道德义愤，从而抵制战争、暴力，结果却是，"重复看影像，也会使事件变得更不真实"（《论摄影》19）。资本主义社会的消费结构以虚无主义的价值观念浸入社会机体，并且轻易地摧毁了传统价值理念，导致以摄影形式保存下来的各种悲惨和暴力事件，因其巨大的库存而使恐怖现象变得平常，也使它们变得遥远，变得更加"他者"化。桑塔格对观看这些影像的伦理感到困惑："照片的伦理内容是脆弱的。可能除了已获得伦理参照点之地位的恐怖现象例如纳粹集中营的照片外，大多数照片不能维持情感强度。"（《论摄影》19）

原因就在于，影像所记录的，永远是"他者"，与"我"是不相干的。这一点，中国人的伦理观恰恰可以提供一个相反的参照。

第六章 摄影与观看

前文说过,《易经》之"观"卦表明祭祀仪式之可观和蔚为大观,主祭者在盥洗之时就能通过本人的诚意感动天地及观看仪式的民众,所以即便是在盥洗之时,就已经具备了强烈的宗教仪式感和感人可观的气象。主祭者内在之诚意可以感通天地感动他人,是因为人与天、人与人有着共同的先天结构,因此可以"感而遂通",也是祭祀仪式之所以可"观"的根本原因。

"观"卦的《彖辞》说:"大观在上,顺而巽,中正以观天下。观,盥而不荐,有孚颙若,下观而化也。观天之神道,而四时不忒,圣人以神道设教,而天下服矣。"(《周易·观卦》)主爻九五与上九都是刚爻在上,气势宏大可观;下卦坤为顺,上卦巽为入,在上者的教化可以顺利地深入人心;九五刚爻居刚位,又在上卦之中,能以中正之道居高临下地观天下,而在下之民众通过观察这庄严肃穆的祭祀仪式,被主祭者的虔诚恭敬所感化,这就是"观"卦的可观之处,也是"观"的伦理意义所在。

与道德说教不同,"观"的伦理意义在于对他者的风化或感化。如果把祭祀仪式当作一个象征之"象",这个"象"是不说话的,就像静止的照片也不说话一样。然而,拍照本身就是一种观点,就是一种判断。桑塔格说,照片可以"让人扩大意识,知道我们与别人共享的世界上存在着人性邪恶造成的无穷苦难,这本身似乎就是一种善"(《关于》101)。正如她在《照片不是一种观点,抑或是一种观点?》一文中所说,"没有任何价值判断……本身就是一种价值判断"(《重点》299),为苦难者或遭受酷刑的人拍照,为这些照片和其他遗物设立纪念馆,"意味着确保它们所描述的罪行将继续萦绕在人们的意识中"(《关于》76)。这就是影像无声的呐喊。它们让观看者感动,让他们思考,让他们回忆,"它们还使人想起幸存的奇迹"(《关于》77)。这是影像建立起的关于"他者"与"我"之间关系的确凿证据,也是观看的伦理意义。

结　语

　　桑塔格所生活的20世纪①，是"中西文化大交流与大碰撞的世纪，也是中西文学批评理论大交汇的世纪"②。然而，中国文论和中国诗学，正如曹顺庆等人所说，在这种大交汇与大碰撞中并没有更加进步了，而是被"化掉了"："西方文论在中国被全面移植并切换过来'化中国'，可以说这样的中国文论已经成了西方文论的'变体'，不能，也不该成为一个中国人的意义生成方式、话语解读方式和话语言说方式。'拿'是'拿来了'，但本土有特色的、独树一帜的话语体系却被'化掉了'。"③

　　这种被"化掉了"的话语体系，曾是中国读书人理解世界、对世界进行言说的最普遍、最基本的模式，也是中国人建构美学、社会学、伦理学及哲学观念最有效的途径。近代以来，随着全球性的殖民扩张，中国古有的文明在与其他文明相交接的过程中，不断被审视，乃至形成了与原本完全不同的自我审视。可以说，近代以来，所有的中国思想、观念、模式，在西方这个"他者"的参照下，都

---

①　桑塔格于2004年去世，虽然也在21世纪进行过不少写作，并大量讨论过21世纪新出现的各种话题，但其主要思想和生活轨迹，无疑是属于20世纪的。
②　曹顺庆主编：《中西比较诗学史》，巴蜀书社2008年版，第548页。
③　曹顺庆主编：《中西比较诗学史》，巴蜀书社2008年版，第549页。

经历了巨大的转换，乃至面目全非。

下面以"情节"这个常见的文学批评术语来阐述。现代人说起"情节"，会立刻想到亚里士多德，想到他在《诗学》中对悲剧六要素的论述，以及情节在后世所有叙事作品中的核心地位。亚里士多德认为，"六个成分里，最重要的是情节，即事件的安排；……悲剧艺术的目的在于组织情节（亦即布局），在一切事物中，目的是最重要的"①。而具体说到什么是情节，亚里士多德说："情节是行动的模仿。"② 根据梁鹏博士的考察③，亚里士多德对"情节"的定义，可以从两个方面来说明：其一，情节是对行为的模仿；其二，情节是对诸多事件或人物所作所为的运筹规划，而且这一行为必须是单一、完整的，"里面的事件要有紧密的组织，任何部分一经挪动或删削，就会使整体松动脱节"④。

然而，"情节"一词并非外来词汇，早在宋元时期的各种文学评论中，就已经常见这个词的使用了。在新近出版的《中西论衡》里，龚鹏程也以"情节"为例，说明了中西戏剧观念的差异。根据龚鹏程的理解，中国人认为的"情节"，只是"文章中的一个段落、一个关目、一节故事"⑤，与对行为的模仿无关，更与行为的整体性无关。与之相反，情节之所以为"情"节，恰恰是与"情"相关的。如李卓吾在对《水浒传》第二回的眉批中说："从往来常情上引出关目，

---

① ［古希腊］亚里士多德：《诗学》，罗念生译，上海世纪出版集团2005年版，第31页。
② ［古希腊］亚里士多德：《诗学》，罗念生译，上海世纪出版集团2005年版，第30页。
③ 梁鹏博士运用比较语言学、历史语言学及古典语文学的方法，以亚里士多德《诗学》的古希腊文文本为中心，辅之以1600—1900年间的7个拉丁文《诗学》翻译注疏本，以及1773年至今的若干古希腊文、古希腊文—拉丁文、古希腊文—德文、古希腊文—英文、拉丁文、拉丁文—德文、梵文—德文辞书，通过精密的文本细读，对《诗学》古希腊文文本中的"悲剧"概念及相关概念做出了详细的相当于"训诂学"的研究，其中就有相当大的篇幅论述"情节"。详见梁鹏《亚里士多德悲剧概念研究——以〈诗学〉古希腊文文本为中心》，博士学位论文，北京外国语大学，2016年。
④ ［古希腊］亚里士多德：《诗学》，罗念生译，上海世纪出版集团2005年版，第37页。
⑤ 龚鹏程：《中西论衡》，中国画报出版社2021年版，第63页。

便不是琼森节节",又有"从碎小闲淡处生出节目来,情景逼现",等等①,都是强调"节"与"情"的相关性,与亚里士多德说的"模仿行为"无甚关联。

同样,中国人所说的情节,与单一、整体的行动也相去甚远。相反,中国人所说的情节,强调的是"山穷水复疑无路,柳暗花明又一村",用龚鹏程的话来说,"情节重在环环相扣,一节生出一节来"。② 例如,金圣叹对《水浒传》第五回的批注说:"此篇处处定要写到急杀处,然后生出路来,又一奇观。"③ 第三十七回写"宋江道:'俺们再饮两杯,却去城外闲玩一遭'"。这里的"却去城外",据金圣叹的批注,就是"忽生一笋"④。小说接下来的人物行动,便是根据这里宋江的"心中欢喜"之"情",生出另一段"鱼牙主人"的"节"来,如果从整体性的角度来说,恰恰是"节外生枝"的。

经过亚里士多德这个"他者"的注视,"情节",原本与"情"相关的"节外生枝",在现代汉语《辞海》中的解释变成了如下四个:

①犹节操。殷仲文《罪衅解尚书表》:"名义与之俱沦,情节自兹兼挠。"

②事情的变化和经过。《水浒传》第四十一回:"饮酒中间,说起许多情节。"

③情分。《金瓶梅》第十二回:"院中唱的只是一味爱钱,和你有甚情节,谁人疼你?"

---

① (明)施耐庵著,(明)李贽评点:《李卓吾评本水浒传》,载龚鹏程《中西论衡》,中国画报出版社2021年版,第62—63页。
② 龚鹏程:《中西论衡》,中国画报出版社2021年版,第64页。
③ (明)施耐庵著,(清)金圣叹评点:《金圣叹批评本水浒传》(上),岳麓书社2015年版,第69页。
④ (明)施耐庵著,(清)金圣叹评点:《金圣叹批评本水浒传》(下),岳麓书社2015年版,第432页。

结 语

④叙事性文艺作品中具有内在因果联系的人物活动及其形成的事件的进展过程。由一组以上能显示人物行动，人物和人物、人物和环境之间的错综复杂关系的具体事件和矛盾冲突所构成，是塑造人物性格的主要手段。它以现实生活中的矛盾冲突为根据，经作家、艺术家的集中、概括并加以组织、结构而成，事件的因果关系亦更加突出。其一般包括开端、发展、高潮、结局等组成部分。有的作品还有序幕和尾声。

其中，第四种解释完全是基于亚里士多德关于情节的论述，并非汉语中原有，而且有将前三种解释取而代之的趋势。学术讨论中对"情节"的讨论更是将"情"去除，几乎完全以西式的论述为依据。

中国文论在与国外思想相碰撞的过程中产生的转换与"变体"，由此可见一斑。可是这种变体使我们对自己原有的话语模式渐渐生疏，把西方文论话语想当然地认为是衡量一切的价值标准和美学依据，继而导致我们既对西方的话语模式无法完全吃透，又对自己原有的话语体系知之甚少。把桑塔格一生的创作及其美学观念放在中国传统文学批评话语体系之下进行考察，即是要重拾被"化掉了"的话语体系和言说方式，使这种方式在西方文论的滚滚洪流中不至于被完全淹没；同时，立足于本土经验和立场，也可以使针对外国文学的研究"中国化"，使非"邯郸"人重新用自己的方式走路。

对于非"邯郸"人来说，邯郸人的走路方式不是一种可以"放之四海而皆准"的样板，也不应该成为一种样板。用中国的文评话语体系来研究桑塔格，绝不是试图将桑塔格，甚至整体的外国文学研究"改朝换代"，换成中国样式，而是在西方文论一统天下的情势下，呈现另一种解读样式，提供另一种观察的视角。这种作为"他者"进行观察的视角，正由于桑塔格历来对西方文化的批判立场而显得恰如其分。

正如美国评论家菲利普斯对桑塔格的评价所说："桑塔格是地道的时代产物，而且过于聪明，以至于无法接受早前那种稳妥的理性思维方式。"[1] 而追求稳妥的理性思维方式恰恰是西方哲学及艺术几千年的核心传统。在这样一个追求理性的传统中，现象世界与本质世界是分属两个不同的世界，例如，在《斐多篇》中，苏格拉底阐释了他对"美"的看法。在他看来，事物之所以美，是因为有一个绝对的美出现在它之上，或者这一事物与绝对的美有某种必然的联系。而这种绝对的美，作为永久的实体，是单一的、无法感知的。"你们能够触、看，或用你们别的感官觉察到这些具体的事物，但是那些永久的实体，你们无法感觉到，而只能靠思维去把握；对我们的视觉来说，它们是不可见的"[2]，苏格拉底如是说。

这些不可见的、只能靠思维去把握的永久实体，是西方哲学、乃至文学研究需要探求的真相。因此，文学批评，在透过现象世界挖掘事物本质的路上，乐此不疲。近世以来，欧洲文艺复兴的浪潮以及之后的启蒙主义运动貌似解放了被宗教桎梏已久的人文思想，但实际上，理性却成了另外一种意义上的枷锁，卡住了文学研究及文学批评的咽喉。从赫拉克利特的逻各斯到黑格尔的绝对理念，再到尼采的强力意志，等等，无一例外的都是对世界的本体、本源的不同命名。西方的传统诗学借助于这个形而上的本源或超验中心不断建构了其形而上的诗学体系。而这些对形而上学的本源或超验中心的不同命名，逐渐在现代和后现代诗学里获得了一个统一的名称：逻各斯。正如德里达所说："尽管在西方哲学史中存在着所有那些差异和断裂，逻各斯中心的母题却是恒常的：我们在所有地方都能找到它"，而逻各斯，在他看来，"既是理性、话语、比例关系，又是计算和言语——逻各斯意谓的是这一切——它也指'聚集'：legein，

---

[1] William Phillips, "Radical Style", in *Partisan Review* 36 (1969): 390.
[2] [古希腊] 柏拉图：《柏拉图全集》第一卷，王晓朝译，人民出版社2002年版，第82页。

也就是使聚集者,所以也就是那种系统的观念。本质上,系统稳定性观念,自我聚集的观念与逻各斯观念联系在一起。"①

和德里达相类似,桑塔格对此深有体会并深感不安。她最早的,也是最知名的"反对阐释""新感受力""静默美学"等观念,都是诞生在这样一个文化传统中并与之商谈、斗争的结果。正如她自己在《反对阐释》一文的开头引用王尔德的话说:"世界之隐秘是可见之物,而非不可见之物"(《反对》1),直接逆写了苏格拉底对"不可见的永久实体"的论断。以下我们看看桑塔格是怎样推断的:

(1)西方对艺术的全部意识和思考,都局限于古希腊艺术模仿论或再现论所限定的范围;

(2)亚里士多德提出异议说,艺术是有用的,在唤起和净化危险情感方面有医疗作用;

(3)即便是在现代,批评家提出艺术是主观之表现的理论时,模仿说的主要特征仍然挥之不去;

(4)无论是以上哪种情况,在人们思考艺术作品时,头一个想到的永远是内容;

(5)这种对于艺术作品内容的强调导致阐释变成了对现象进行重新陈述,实际上是去为其找到一个对等物;

(6)这样的阐释,是反动的、荒谬的、懦怯的和僵化的,应该反对。

模仿说所依据的文学与真理的关系,成了这一切批判的源头。而传统中国文论恰恰在这个地方对现代西方的批判精神提供了参照。对中国古人来说,文学与世界的关系从来不是截然分开的二元对立关系,也从来不把文学理解为可以促使或阻碍个人认识真理的一种

---

① [法]德里达:《书写与差异》(上),张宁译,生活·读书·新知三联书店2001年版,第10—11页。

知识。相反,"诗言志""诗缘情""文以载道""文以贯道"等文艺观都是把文学看作一个主客交融与循环的和谐过程。在他们看来,整个世界都是一个四时感应的有情世界:"观其所感,而天地万物之情可见矣。是言情者,应感而动者也,昆虫草木,皆有性焉,不尽善也;天地圣人,皆称情焉,不主恶也。又曰《爻》《象》以情言亦如之。凡情意心志者,皆性动之别名也。'情见乎辞',是称情也;'言不尽意',是称意也;'中心好之',是称心也;'以制其志',是称志也。"①

称情、称意、称心、称志,都是中国文学抒情传统的一种表达,体现的是感性主体应天地之感从而情有所动,故创造了诗;而诗又反过来能感天地动鬼神。这样一种传统不认为文学是单纯对外物或者真理的反映、描绘,甚至表达,而是强调人天共存的一个网络。在这样的一个网络中,文学不仅仅是被建构的对象,同时也是参与建构的因素,甚至是最主要的因素。

桑塔格的作者观、美学观、批评观以及道德观,也是在这样的意义上,才能更好地加以理解。"如果文学作为一个计划吸引了我(先是读者,继而是作家),那是因为它扩大了我对别的自我、别的范围、别的梦想、别的文字、别的关注领域的同情"(《同时》151),桑塔格如是说。经由文字,作家的感性主体得以被更广泛地感知,从而参与了社会正义与公平的构建。

"我"的情感之所以能感动他人,主要是源于我与世界、我与他者的同一关系,这与西方文化的二元对立传统又有着很大不同。如果说柏拉图的唯心主义以其"灵感说"开启了西方主体性美学之先河的话,那么,亚里士多德的唯物主义则以其"模仿说"开辟了西方客体性美学的理论之路。两者以一种截然相反的样态揭示了西方

---

① (汉)荀悦:《申鉴·杂言下》。申鉴:杂言下—中国哲学书电子化计划(ctext. org),https://ctext.org/shenjian/zayan-ii/zhs,2023 年 2 月 19 日。

主客关系美学的固有矛盾。这种矛盾在传统中国的文艺批评界鲜有提及。正如钱锺书所说,"在我们的文评里,文跟人无分彼此,混同一气"。① 在他看来,中国传统的文学批评有"把文章通盘的人化或生命化""把文章看成我们自己同类的活人"②的特点。

这种文与人、文与世界浑然一体的观念,恰恰为我们在第一章中论述桑塔格的作者观时提供了参照。在接受香港电影艺术家陈耀成的访问时,陈耀成问道:"有些批评家认为,《在美国》中的玛琳娜是某种虚构的自画像。你能否告诉我们,当你以第三人称的叙述,让读者看她最后一眼的时候,你在多大程度上认同你在小说中对她的描写?'玛琳娜坐下,凝视着化妆镜。她当然是因为太幸福了而哭泣——如果幸福的人生是可能的话;常人能够指望的莫过于英雄般的生活。幸福有多种形式,但是能够为艺术献身是一种荣幸,是上帝的恩赐。'"桑塔格回答说:"我完全认同这段话。"③ 换句话说,作家自身的气质,在她写作时对词语、风格的选择,不可避免地与其文章"合"成了一体,无论其是否有意逃避或者隐身。

这种重视"合"的传统,不仅体现在以上所说的诸多方面,同时也可以从性别意识上加以认识。男女两性,在中国传统中也以阴阳两种符号代替,而阴阳则是构成《易经》卦象的两个基本符号。在中国人的哲学观念里,阴阳并不是固定的实体,而是通过相互的位置、次序、反正、循环等变化来构成彼此之间的关系,从而产生意义。阴与阳之间的关系,重在交合,而不是对抗。这种内在相需的关系,在龚鹏程看来,"不同于任何一种观念与观念之间、概念与概念之间的逻辑关系,物与物之间的因果关系,主体与主体的关系,

---

① 钱锺书:《中国固有的文学批评的一个特点》,《文学杂志》1937 年第 4 期。
② 钱锺书:《中国固有的文学批评的一个特点》,《文学杂志》1937 年第 4 期。
③ [美]苏珊·桑塔格:《苏珊·桑塔格文选》,陈耀成编,台北:一方出版有限公司 2006 年版,第 99 页。译文根据原文略有改动。

主体与客体的关系，等等，所以才更近于两性之间的关系。"① 也就是说，男性与女性之间，既是相互区别，又是相互需要的。

　　这构成了传统中国伦理观和美学观的基石。孔子在《周易·系辞下》中说："天地絪缊，万物化醇；男女媾精，万物化生"，是将宇宙也性别化了。在这种宇宙观当中，男性和女性并不是一种上下等级制的关系，而是"一阴一阳之谓道"，绝无"阴"或"女性"天然就低人一等的道理。因此《周易·说卦传》中说："昔者圣人之作《易》也，将以顺性命之理，是以立天之道曰阴与阳，立地之道曰柔与刚，立人之道曰仁与义"，将阴与柔、仁相对应，将阳与刚、义相对应，完全不是一方压倒另一方，或者一方从属于另一方的关系。

　　桑塔格的性别观，乃至其政治观、历史观，都以奇妙的方式呼应了中国传统重视"合"的倾向，从而对以二元对立为主线的西方性别观、政治观及历史观提出了批评。正如德里达在接受中国记者采访时说："显然，到目前为止我尚未去过中国，而在中国对我作品的翻译介绍也颇为有限，这是一个悖论，因为从一开始，我对中国的参照，至少是想象的或幻觉式的，就占有十分重要的地位。当然我所参照的不必然是今日的中国，但与中国的历史、文化、文字语言相关。所以，在近四十年的这种逐渐国际化的过程中，缺了某种十分重要的东西，那就是中国，对此我是意识到了的。尽管我无法弥补。"②

　　同样，桑塔格的文化与美学历程，也未必是有意识地以中国为参照，但这并不妨碍我们从这种角度进行解读上的参照。与德里达相类似的是，桑塔格一生未尽的中国情怀也同样无法弥补。在日记

---

① 龚鹏程：《中西论衡》，中国画报出版社2021年版，第214页。
② [法]德里达：《书写与差异》（上），张宁译，生活·读书·新知三联书店2001年版，第5—6页。

中，她直言说自己"一生中一直在追寻的三个主题：中国、女人、奇人怪事"①，其中，中国排在第一位。可是直到临终，她所期待的另一次中国之行也未能实现②，她儿时对中国的幻想终究被70年代初的中国旅行击得粉碎。希望此书所作的关于桑塔格与中国的研究，能稍稍弥补这个遗憾。

---

① ［美］戴维·里夫编：《心为身役：苏珊·桑塔格日记与笔记（1964—1980）》，姚君伟译，上海译文出版社2015年版，第419页。
② 姚君伟在纪念桑塔格逝世的文章中说，桑塔格曾计划于2004年5月访问北京、上海，但终究由于病情而未能成行。详见《心中不灭的记忆——怀念苏珊·桑塔格》，《文汇读书周报》2004年12月31日。

附录1　文中使用的桑塔格著作中文译本缩写及版本

《在美国》：《在美国》，廖七一、李小均译，译林出版社 2003 年版。

《反对》：《反对阐释》，程巍译，上海译文出版社 2003 年版。

《疾病》：《疾病的隐喻》，程巍译，上海译文出版社 2003 年版。

《重点》：《重点所在》，陶洁、黄灿然等译，上海译文出版社 2004 年版。

《恩主》：《恩主》，姚君伟译，译林出版社 2004 年版。

《死亡》：《死亡之匣》，李建波、唐岫敏译，译林出版社 2005 年版。

《中国》：《中国旅行计划》，申慧辉等译，南海出版公司 2005 年版。

《关于》：《关于他人的痛苦》，黄灿然译，上海译文出版社 2006 年版。

《土星》：《在土星的标志下》，姚君伟译，上海译文出版社 2006 年版。

《激进》：《激进意志的样式》，何宁等译，上海译文出版社 2007 年版。

《床》：《床上的爱丽斯》，冯涛译，上海译文出版社 2007 年版。

《论摄影》：《论摄影》，黄灿然译，上海译文出版社 2008 年版。

《死亡》：《死亡匣子》，刘国枝译，上海译文出版社 2009 年版。

《我》：《我，及其他》，徐天池等译，上海译文出版社2009年版。

《同时》：《同时》，黄灿然译，上海译文出版社2009年版。

《火山》：《火山情人：一个传奇》，姚君伟译，上海译文出版社2012年版。

附录2 中国大陆桑塔格研究索引[①]

一 期刊与文集论文

陈文钢:《"行动之父"萨特与"文学之夫"加缪:桑塔格与存在主义》,《江西财经大学学报》2021年第3期。

陈文钢:《超越艺术消亡论:论苏珊·桑塔格的"新感受力"》,《兰州学刊》2012年第8期。

陈文钢:《论苏珊·桑塔格的"反对阐释"与"反理论主义"》,《江西社会科学》2021年第8期。

陈文钢:《小说的冒险与小说术的迷幻:论苏珊·桑塔格的〈恩主〉》,《外国文学研究》2008年第3期。

陈文钢:《形式论再批判:苏珊·桑塔格的风格论》,《海南大学学报》(人文社会科学版)2008年第5期。

程巍:《苏珊·桑塔格论文学创作》,《外国文学动态》2003年第5期。

崇秀全:《摄影的意义——论苏珊·桑塔格摄影思想》,《文艺争鸣》2007年第10期。

崔玮崧:《苏珊·桑塔格论阐释》,《当代外国文学》2021年第2期。

[①] 这里仅列入重点探讨桑塔格作品的有代表性的学术性论文及著作,不含普通报纸、杂志、网络上的文章及港澳台相关文献。

方岩：《作为"札记"的文学批评——从"重读"苏珊·桑塔格谈起》，《文艺争鸣》2018年第1期。

付景川、崔玮崧：《苏珊·桑塔格的文学观》，《学术研究》2018年第4期。

顾明生：《空间形式：论桑塔格〈中国旅行计划〉的叙事策略》，《外语研究》2012年第6期。

顾明生：《论〈我们现在的生活方式〉的艾滋病创伤叙事》，《国外文学》2016年第2期。

顾明生：《文类的赋格曲——论〈朝圣〉文类复调结构的实践与争议》，《解放军外国语学院学报》2013年第2期。

顾明生：《西方桑塔格研究述略（1995—2014）》，《外语研究》2014年第5期。

顾明生：《虚构的艺术——从〈在美国〉看苏珊·桑塔格叙事艺术中的糅合技巧》，《国外文学》2011年第3期。

顾明生：《作为文本的城市：纽约与苏珊·桑塔格》，《外国文学》2018年第1期。

顾明生、利兰·波格：《苏珊·桑塔格作品的艺术、风格及现代性意识：利兰·伯格访谈录（英文）》，《外国文学研究》2018年第3期。

郝桂莲：《"禅"释"反对阐释"》，《外国文学》2010年第1期。

郝桂莲：《"收藏"死亡：〈死亡之匣〉的图像叙事与废墟感受力》，《英美文学研究论丛》2015年秋季刊。

郝桂莲：《静默与喧嚣：〈在美国〉的历史书写》，《外国文学评论》2011年第1期。

郝桂莲：《流连忘返：〈火山恋人〉的叙事时间分析》，《当代外国文学》2009年第2期。

郝桂莲：《桑塔格的批评理论与〈恩主〉的互文性解读》，《当代外国文学》2006 年第 4 期。

郝桂莲：《苏珊·桑塔格在中国的接受与研究展望》，《当代外国文学》2010 年第 3 期。

郝桂莲：《作者死后的文本狂欢——从〈恩主〉和〈死亡之匣〉看桑塔格早期的小说作者观》，《解放军外国语学院学报》2009 年第 1 期。

黄灿然：《苏珊·桑塔格与中国知识分子》，《读书》2005 年第 4 期。

蒋秀云：《苏珊·桑塔格论"迷影"理论》，《电影文学》2017 年第 4 期。

蒋秀云：《犹太人——同性恋者——苏珊·桑塔格的现代性》，《福建师范大学学报》（哲学社会科学版）2015 年第 4 期。

柯英：《"严肃艺术的一个新来者"：苏珊·桑塔格论电影》，《北京电影学院学报》2015 年第 Z1 期。

柯英：《高级坎普与唯美主义：论〈恩主〉中的坎普美学》，《当代外国文学》2021 年第 4 期。

柯英：《热媒介·冷观察：〈希望之乡〉的景观表征》，《湖北民族学院学报》（哲学社会科学版）2017 年第 1 期。

柯英：《身体的言说：苏珊·桑塔格论舞蹈》，《北京舞蹈学院学报》2015 年第 2 期。

柯英：《生存之痛：〈火山恋人〉的"他者"群像初探》，《当代外国文学》2012 年第 2 期。

柯英：《死亡与救赎：〈卡尔兄弟〉中的静默美学》，《当代外国文学》2016 年第 1 期。

柯英：《走近阿尔托：苏珊·桑塔格论"残酷戏剧"》，《四川戏剧》2015 年第 1 期。

柯英、祝平：《"局外人"的死亡想象：〈死亡之匣〉中的存在与荒诞》，《山东外语教学》2012 年第 4 期。

雷登辉：《论苏珊·桑塔格"反对阐释"的伦理关怀与话语实践》，《外国文学研究》2018 年第 3 期。

李岩、王纯菲：《新左翼女性美学视域下的审美政治化与父权意识暗合的批判——阐析桑塔格〈迷惑人的法西斯主义〉》，《东北大学学报》（社会科学版）2018 年第 1 期。

利兰·波格、姚君伟：《〈苏珊·桑塔格谈话录〉序》，《当代外国文学》2013 年第 3 期。

利兰·波格、姚君伟：《桑塔格谈话录》，《当代外国文学》2015 年第 1 期。

梁永华：《〈在美国〉的叙事主题与人物塑造研究》，《语文建设》2015 年第 29 期。

廖晋芳、李明彦：《论苏珊·桑塔格美学思想中的唯美主义》，《文艺评论》2016 年第 6 期。

刘丹凌：《沉寂美学与"绝对性"神话的破解——浅析苏珊·桑塔格的〈沉寂美学〉》，《当代外国文学》2010 年第 4 期。

刘国枝：《苏珊·桑塔格的小说〈死亡匣子〉的显微术式叙述》，《外国语文》2011 年第 1 期。

陆璐：《苏珊·桑塔格的电影理解》，《电影文学》2013 年第 10 期。

马红旗：《关注社会议题的激进主义者苏珊·桑塔格——兼评短篇小说〈我们现在的生活〉》，《当代外国文学》2006 年第 4 期。

马慧：《被否定的作者与被经典化的人——重读苏珊·桑塔格的〈阿尔托〉》，《艺术评论》2019 年第 8 期。

宁慧霞：《叙述层次·意识悖论·叙述伦理——从〈死亡匣子〉看苏珊·桑塔格小说观的转变》，《社会科学论坛》2014 年第 6 期。

潘小松：《苏珊·桑塔格新作〈在美国〉》，《外国文学动态》2000 年第 3 期。

钱睿含：《新历史主义视角下的苏珊·桑塔格——评历史剧〈床上的艾丽丝〉》，《戏剧文学》2009年第5期。

乔纳森·科特：《我幻想着粉碎现有的一切：苏珊·桑塔格访谈录》，《中国图书评论》2014年第11期。

任晓晋、张莉：《走向沉寂——〈死亡之匣〉中的熵化人生》，《外国文学研究》2017年第6期。

施敏：《走出疾病隐喻的迷沼——评苏珊·桑塔格〈疾病的隐喻〉》，《医学与哲学》2004年第4期。

苏芹：《从精神的囚禁到身份的受损——论〈床上的爱丽斯〉中的病态书写》，《戏剧文学》2020年第4期。

苏文健：《"反对阐释"视野下"新小说"中的形式主义——以罗伯-格里耶为中心》，《西安电子科技大学学报》（社会科学版）2013年第1期。

覃慧宁：《如何揭示被"隐喻"遮蔽的真实——评苏珊·桑塔格〈疾病的隐喻〉》，《西北民族研究》2006年第2期。

唐蕾：《〈恩主〉：一场自由的梦》，《名作欣赏》2009年第30期。

唐蕾：《疯狂的茶会　想像的旅行——〈床上的爱丽斯〉中的女人形象系列》，《戏剧文学》2010年第5期。

唐蕾：《路径·格局·视角："严肃性"的美学维度——托马斯·曼与桑塔格比较研究》，《南昌大学学报》（人文社会科学版）2021年第1期。

唐蕾：《罗兰·巴特的创作观对〈床上的爱丽斯〉之影响》，《戏剧文学》2010年第9期。

唐蕾：《桑塔格延展式身份写作》，《浙江师范大学学报》（社会科学版）2014年第3期。

王建成：《传统批评观的颠覆——论苏珊·桑塔格"反对阐释"的精神实质》，《山东师范大学学报》（人文社会科学版）2010年第 1 期。

王建成：《观看之道——桑塔格的女性主义图像观》，《山东社会科学》2010 年第 2 期。

王健：《疾病的附魅与祛魅——为纪念苏珊·桑塔格而作》，《医学与哲学》2005 年第 7 期。

王琳：《摄影艺术中的乡村题材——评苏珊·桑塔格的〈论摄影〉》，《热带作物学报》2021 年第 1 期。

王秋海：《"矫饰"与前卫——解读苏珊·桑塔格的〈"矫饰"笔记〉》，《文艺研究》2004 年第 2 期。

王晓群：《美国著名作家和批评家苏珊·桑塔格病逝》，《国外理论动态》2005 年第 3 期。

王一方：《图说医学思想史之七：苏珊·桑塔格：病人思想家》，《医学与哲学》（人文社会医学版）2009 年第 7 期。

王漪瑶：《"非自然"的固守——坎普艺术展与坎普美学》，《美术观察》2019 年第 8 期。

王予霞：《苏珊·桑塔格的〈火山情人〉》，《外国文学动态》2003 年第 4 期。

王予霞：《苏珊·桑塔格研究的新动向》，《外国文学动态》2000 年第 1 期。

王予霞：《性幻想中的艺术书写——苏珊·桑塔格艺术理论评析》，《福建师范大学学报》（哲学社会科学版）2008 年第 6 期。

王媛等：《阐释与反对阐释——对桑塔格〈反对阐释〉的一种"阐释"》，《思想战线》2009 年第 3 期。

吴世旭：《反对"反对阐释"》，《西北民族研究》2006 年第 1 期。

徐岱、周静：《被误读的先锋诗学——桑塔格批评理论之批评》，《学术月刊》2009 年第 11 期。

徐文培、吴昊：《苏珊·桑塔格反对阐释理论的体系架构及梦幻载体的实践》,《外语学刊》2008 年第 4 期。

杨春时等:《瘟疫、治疗与审美主义的别途他径——桑塔格对阿尔托剧论的挖掘与误读》,《厦门大学学报》(哲学社会科学版)2018 年第 3 期。

姚君伟:《从自由观念到美国批判:论苏珊·桑塔格的〈美国魂〉》,《外国文学研究》2018 年第 4 期。

姚君伟:《见见"美国文库"新成员——〈桑塔格〉》,《外国文学动态》2014 年第 3 期。

姚君伟:《桑塔格谈话录》,《当代外国文学》2015 年第 2 期。

姚君伟:《桑塔格最后的日子:儿子的回忆——大卫·里夫〈在死亡之海搏击〉及其他》,《外国文学动态》2008 年第 3 期。

姚君伟:《苏珊·桑塔格短篇小说论》,《江苏大学学报》(社会科学版)2018 年第 4 期。

姚君伟:《走进中文世界的苏珊·桑塔格——苏珊·桑塔格在中国的译介》,《新文学史料》2008 年第 3 期。

姚君伟、顾明生:《"我们"的叙事狂欢——论桑塔格短篇小说〈宝贝〉中的集体型叙述》,《当代外国文学》2018 年第 3 期。

姚君伟、利兰·波格:《阐释几乎不可阐释的苏珊·桑塔格——利兰·波格访谈录(英文)》,《外国文学研究》2021 年第 1 期。

袁晓玲:《对苏珊·桑塔格"反对阐释"之批判》,《武汉大学学报》(人文科学版)2010 年第 4 期。

袁晓玲:《桑塔格小说的艺术审美价值及美学特征》,《理论月刊》2009 年第 1 期。

曾阳萍、杜志卿:《论桑塔格〈恩主〉中的不可靠叙述》,《华侨大学学报》(哲学社会科学版)2018 年第 3 期。

查日新:《重读桑塔格——还原生命与定义自我》,《当代文坛》2012 年第 6 期。

张莉：《"沉默"的述说：〈我们现在的生活方式〉的叙事艺术》，《郑州大学学报》（哲学社会科学版）2012 年第 3 期。

张莉：《分裂的自我，沉默的言说——苏珊·桑塔格小说创作概说》，《小说评论》2012 年第 S1 期。

张莉：《现代艺术神话中的灵知二元论——桑塔格〈沉寂美学〉之解读》，《湖北社会科学》2015 年第 12 期。

张莉：《异托邦空间：〈在美国〉中的乌托邦与美国梦》，《郑州大学学报》（哲学社会科学版）2016 年第 3 期。

张莉、任晓晋：《"反对阐释"—〈死亡之匣〉中"梦幻"和"清单"的言说》，《当代外国文学》2016 年第 1 期。

张柠：《批评家的公众关怀和审美气质——苏珊·桑塔格的"政治评论"》，《中国图书评论》2006 年第 11 期。

张柠：《桑塔格：被肢解的女性和批评家》，《中国图书评论》2006 年第 2 期。

张艺：《〈巴登夏日〉：作家主体与传主生命汇织叙事流图景探析》，《俄罗斯文艺》2016 年第 1 期。

张艺：《〈恩主〉中梦境的符号学研究》，《当代外国文学》2012 年第 1 期。

张艺：《论苏珊·桑塔格短篇小说〈朝圣〉的旅行叙事及其隐喻》，《西安外国语大学学报》2016 年第 3 期。

张艺：《桑塔格文学作品中的旅行思想及其情感叙事》，《江苏社会科学》2014 年第 3 期。

张艺：《思辨与契合——约瑟夫·布罗茨基与苏珊·桑塔格论"美"》，《俄罗斯文艺》2017 年第 1 期。

张艺：《她在"诺斯"中"重生"——隐秘"犹太灵知者"苏珊·桑塔格》，《外国文学动态》2012 年第 3 期。

张艺：《探究苏珊·桑塔格〈火山恋人〉的独特叙事风格》，《语文建设》2014 年第 17 期。

张艺：《外国苏珊·桑塔格研究动态及前景》，《外国文学动态研究》2015 年第 5 期。

张艺：《舟子安在？——从美国作家苏珊·桑塔格与俄语诗人约瑟夫·布罗茨基的"对话"之旅谈起》，《俄罗斯文艺》2014 年第 1 期。

张艺：《追忆桑塔格在法国的逐梦年华——读爱丽斯·开普兰的〈用法语做梦〉》，《外国文学动态》2014 年第 5 期。

张泽建：《苏珊·桑塔格小说创作的美学特点解读》，《出版广角》2015 年第 Z1 期。

张中：《色情文学：越界的想象与迷恋——苏珊·桑塔格论色情小说》，《理论与现代化》2011 年第 4 期。

周树山：《苏珊·桑塔格的启示》，《文艺评论》2007 年第 2 期。

周思源：《〈百感交集的皮刺摩斯与提斯柏〉的"坎普"内涵》，《戏剧文学》2020 年第 6 期。

周思源：《被流放的女性群像——关于〈床上的爱丽斯〉的戏剧反思》，《戏剧文学》2011 年第 7 期。

周思源：《藏匿与展示——桑塔格剧本中的"静默"身体》，《戏剧文学》2015 年第 11 期。

周思源：《苏珊·桑塔格与"残酷"戏剧》，《读书》2013 年第 7 期。

周艺：《写在灵肉交错间——评桑塔格第二卷日记〈恰似意识系于身〉》，《外国文学动态》2012 年第 6 期。

周艺：《严肃的戏谑——评〈苏珊·桑塔格的丑闻〉》，《外国文学研究》2011 年第 4 期。

邹军：《呜咽的乳房——苏珊·桑塔格及其〈疾病的隐喻〉》，《上海文化》2016 年第 4 期。

二 博士学位论文

陈文钢:《苏珊·桑塔格批评思想研究》,浙江大学,2006年。
陈英:《毁灭、建构与超越:苏珊·桑塔格虚构作品中死亡疾病主题研究》,上海外国语大学,2011年。
崔玮崧:《苏珊·桑塔格的文学观与文学创作》,吉林大学,2018年。
郝桂莲:《反思的文学:苏珊·桑塔格小说艺术研究》,四川大学,2008年。
柯英:《存在主义视阈中的苏珊·桑塔格创作研究》,苏州大学,2013年。
刘丹凌:《苏珊·桑塔格新感受力美学研究》,四川大学,2007年。
梅丽:《作为解放手段的文学》,上海外国语大学,2007年。
孙燕:《后现代主义与反阐释理论》,上海师范大学,2006年。
王建成:《桑塔格文艺思想研究》,山东师范大学,2010年。
王秋海:《反对阐释》,首都师范大学,2004年。
尹爱华:《意识形态·民族·民间》,中央民族大学,2011年。
袁晓玲:《桑塔格美学思想研究》,武汉大学,2010年。
张莉:《"沉默"的言说》,中央民族大学,2011年。
张艺:《桑塔格艺术构造"魔力"探索》,南京师范大学,2012年。
周静:《新感受力四重奏》,浙江大学,2011年。
周思源:《苏珊·桑塔格写作中的疾病意识研究》,南京师范大学,2017年。
周艺:《论苏珊·桑塔格虚构作品中身体和主体性的呈现》,南京大学,2014年。

三 著作(章节)

贝岭、大卫·瑞夫等:《在土星的光环下:苏珊·桑塔格纪念文选》,

台北：倾向出版社 2007 年版。

陈文钢：《"反理论主义"视角下的"新感觉诗学"：苏珊·桑塔格批评理论研究》，江西高校出版社 2015 年版。

陈文钢：《新感觉诗学：苏珊·桑塔格批评思想研究》，江西人民出版社 2008 年版。

陈文钢：《行动与美学　苏珊·桑塔格的沉默》，社会科学文献出版社 2021 年版。

崔玮崧：《苏珊·桑塔格的文学观与文学创作》，上海三联书店 2021 年版。

顾明生：《苏珊·桑塔格短篇小说空间形式研究》，南京大学出版社 2018 年版。

郝桂莲：《反思的文学：苏珊·桑塔格小说艺术研究》，光明日报出版社 2013 年版。

蒋秀云：《过去与未来之间：苏珊·桑塔格的现代性》，凤凰出版社 2020 年版。

鞠惠冰：《艺术的背后：桑塔格论艺术》，吉林美术出版社 2007 年版。

柯英：《存在主义视阈中的苏珊·桑塔格创作研究》，上海交通大学出版社 2018 年版。

柯英：《景观社会的思想者：苏珊·桑塔格视觉艺术文论研究》，南京大学出版社 2019 年版。

柯英：《苏珊·桑塔格：大西洋两侧最智慧的人》，华中科技大学出版社 2020 年版。

刘丹凌：《从新感受力美学到资本主义文化批判：苏珊·桑塔格思想研究》，巴蜀书社 2010 年版。

王秋海：《反对阐释：桑塔格美学思想研究》，中央编译出版社 2011 年版。

王予霞：《苏珊·桑塔格与当代美国左翼文学研究》，中国社会科学出版社 2009 年版。

王予霞:《苏珊·桑塔格纵论》,民族出版社 2004 年版。

袁晓玲:《桑塔格思想研究——基于小说、文论与影像创作的美学批判》,武汉大学出版社 2010 年版。

张莉:《"沉默的美学"视阈下的桑塔格小说创作研究》,外语教学与研究出版社 2016 年版。

张艺:《艺术符号互动的"狂欢化营地":桑塔格发声时期互文性符号学阐释》,南京师范大学出版社 2017 年版。

章光和:《住在巴特、桑塔格、本雅明的照片里》,广西师范大学出版社 2004 年版。

朱红梅:《苏珊·桑塔格:徘徊在唯美与道德之间》,知识产权出版社 2018 年版。

附录3　桑塔格作品汉译索引

（依作品首字母排序）

一　收入丛书《苏珊·桑塔格文集》（上海译文出版社）

Against Interpretation and Other Essays，《反对阐释》，程巍译，2003年。

Alice in Bed，《床上的爱丽斯》，冯涛译，2007年。

As Consciousness is Harnessed to Flesh：*Journals and Notebooks*，1964 - 1980，《心为身役：苏珊·桑塔格日记与笔记（1964—1980）》，戴维·里夫编，姚君伟译，2015年。

At the Same Time：*Essays and Speeches*，《同时：随笔与演说》，黄灿然译，2009年。

Death Kit，《死亡匣子》，刘国枝译，2009年。

I，*etcetera*，《我，及其他》，徐天池等译，2009年。

Illness as Metaphor and AIDS and Its Metaphors，《疾病的隐喻》，程巍译，2003年。

In America，《在美国》，廖七一、李小均译，2012年。

On Photography，《论摄影：插图珍藏本》，黄灿然译，2010年。

On Photography，《论摄影》，黄灿然译，2008年。

Reborn：*Journals and Notebooks*，1947 - 1963，《重生：桑塔格日记与

笔记 1947—1963》，戴维·里夫编，姚君伟译，2013 年。

Regarding the Pain of Others，《关于他人的痛苦》，黄灿然译，2006 年。

Styles of Radical Will，《激进意志的样式》，何宁、周丽华、王磊译，2007 年。

The Benefactor，《恩主》，姚君伟译，2007 年。

The Volcano Lover：A Romance，《火山情人：一个传奇》，姚君伟译，2012 年。

Under the Sign of Saturn，《在土星的标志下》，姚君伟译，2006 年。

Where the Stress Falls，《重点所在》，陶洁、黄灿然译，2004 年。

二 收入丛书《苏珊·桑塔格全集》（上海译文出版社 2018 年版）

Against Interpretation and Other Essays，《反对阐释》，程巍译。

Alice in Bed，《床上的爱丽斯》，冯涛译。

As Consciousness is Harnessed to Flesh：Journals and Notebooks，1964–1980，《心为身役：苏珊·桑塔格日记与笔记卷二（1964—1980）》，戴维·里夫编，姚君伟译。

At the Same Time：Essays and Speeches，《同时》，黄灿然译。

Death Kit，《死亡匣子》，刘国枝译。

Debriefing：Collected Stories，《心问（全布面精装）：桑塔格短篇小说集》，徐天池、申慧辉等译。

Illness as Metaphor and AIDS and Its Metaphors，《疾病的隐喻》，程巍译。

In America，《在美国》，廖七一、李小均译。

On Photography，《论摄影》，黄灿然译。

Reborn：Journals and Notebooks，1947–1963，《重生：桑塔格日记与笔记卷一（1947—1963）》，戴维·里夫编，姚君伟译。

Regarding the Pain of Others,《关于他人的痛苦》，黄灿然译。
Styles of Radical Will,《激进意志的样式》，何宁、王磊、顾真、宋佥等译。
The Benefactor,《恩主》，姚君伟译。
The Volcano Lover：A Romance,《火山情人：一部罗曼司》，姚君伟译。
Under the Sign of Saturn,《土星照命》，姚君伟译。
Where the Stress Falls,《重点所在》，陶洁、黄灿然等译。

三　收入《桑塔格作品集》（麦田出版社）

Against Interpretation and Other Essays,《反诠释：桑塔格论文集》，黄茗芬译，2008 年。

As Consciousness is Harnessed to Flesh：Journals and Notebooks，1964-1980,《正如身体驾驭意识：桑塔格日记第二部，1964—1980》，戴维·里夫编，陈重亨译，2013 年。

At the Same Time：Essays and Speeches,《同时：桑塔格随笔与演说》，黄灿然译，2011 年。

On Photography,《论摄影》，黄灿然译，2010 年。

Reborn：Journals and Notebooks，1947-1963,《重生：桑塔格日记 第一部》，戴维·里夫编，郭宝莲译，2010 年。

Regarding the Pain of Others,《旁观他人之痛苦》，陈耀成译，2004 年。

Selected Writings by Susan Sontag,《苏珊·桑塔格文选》，陈耀成编，黄灿然等译，2005 年。

Under the Sign of Saturn,《土星座下：桑塔格论七位前卫思想艺术大师》，廖思逸、姚君伟、陈耀成译，2007 年及 2012 年。

四　其他

《沉默的美学：苏珊·桑塔格论文集》，黄梅等译，南海出版公司 2006

年版。

《火山恋人》，李国林、伍一莎译，译林出版社 2002 年版。

《死亡匣子》，李建波、唐岫敏译，译林出版社 2005 年版。

《中国旅行计划：苏珊·桑塔格短篇小说选》，申慧辉等译，南海出版公司 2005 年版。

五 相关访谈、传记及研究著作译本

戴维·里夫：《死海搏击：母亲桑塔格最后的岁月》，上海译文出版社 2011 年版。

丹尼尔·施赖伯：《苏珊·桑塔格：精神与魅力》，郭逸豪译，社会科学文献出版社 2018 年版。

杰罗姆·博伊德·蒙塞尔：《苏珊·桑塔格传》，张昌宏译，中国摄影出版社 2018 年版。

卡尔·罗利森、莉萨·帕多克：《苏珊·桑塔格全传：铸就偶像》，姚君伟译，上海译文出版社 2019 年版。

尼科·泼斯坦：《解析苏珊·桑塔格〈论摄影〉》，柯英译，上海外语教育出版社 2019 年版。

乔纳森·科特：《我幻想着粉碎现有的一切：苏珊·桑塔格访谈录》，唐奇译，中国人民大学出版社 2014 年版。

乔纳森·科特：《我不喜欢站在起点，也不喜欢看到终点：桑塔格〈滚石〉杂志访谈录》，黄文仪译，台北：麦田出版社 2016 年版。

苏珊·桑塔格、利兰·波格：《苏珊·桑塔格谈话录》，姚君伟译，译林出版社 2015 年版。

西格丽德·努涅斯：《永远的苏珊：回忆苏珊·桑塔格》，阿垚译，上海译文出版社 2012 年版。

后　　记

　　五年前开始着手进行桑塔格的文化观念与中国哲学思想之比较研究的时候，新冠疫情还没有开始，桑塔格所提到的"疾病的隐喻"对很多人来说，还只是漂亮的逻辑论证和作者基于本人疾病经验的情感抒发。当疫情在全世界席卷，关于"疾病的隐喻"随即开始泛滥，普通人如你我，都开始深切地体会到，原本属于诗学话语的隐喻，在越界之后所带来的政治、文化的灾难。如今，当我开始写这篇后记的时候，作为疾病的新冠疫情，虽然已经失去了它最初可怕的锋芒，但是作为隐喻的符号，它的意义仍在不断衍生，导致很多人感慨"物是人非"，世界再也回不到从前了。

　　确实，"物是人非"的感慨，在当下瞬息万变的现实映照下，显得特别恰如其分。回想 2007 年我开始进行桑塔格的研究时，思路无非停留在对于她的思想史、文化史及其文化影响力的考察上，其中伴随了对她本人著作的形式、结构和文本间性的关注，一板一眼。十六年后的今天，当我再次通读刚刚完成的书稿，发现自己已经从中规中矩的外国文学研究模式，走向了跨时空、跨文明的比较文化研究实践，与出发时的样子，似乎渐行渐远。这期间，虽然跟每一个学术同行一样，我博士毕业，教书写作，评上了副教授、教授，但是我个人的思想和经历都已经发生了巨大的变化。在教授外国文

后　记

学经典和西方文论等课程的同时，我在2010年开始了中国传统文化经典的讲习。从儒家的四书五经讲起，我还涉猎了如《道德经》《黄帝内经》等其它传世经典的学习和讲授，有些书目，我重复讲了几遍。中国古圣先贤留下的文字，穿越历史重重的迷雾，照亮了我中规中矩、结构化了的生活，也使那些规矩和结构失去了束缚我思考的能力。桑塔格的文字，从此变得更加鲜活，直击心灵；桑塔格的形象，也变得更加立体，她对于中国文化的想象和"痴迷"，也终于找到了出处。我再看她，已经不是原来的她了。

　　桑塔格不再是原来的桑塔格，并非源于她的变化，而是"我"这个阅读者、观看者不再是原来的"我"了。如上所述，这些年来，我的视野和生命经历了太多转变。然而，从前之所以无法回归，不仅仅由于"人非"，"物"的世界也在经历着日新月异的变化。如果说洋务运动和维新变法对"中学为体，西学为用"的提倡仍然坚持了传统中国社会的伦理价值观，那么，自五四运动之后，"德先生"与"赛先生"的全面出场则意味着对传统中国文化及伦理精神的全面否定。及至今日，我们常见的东西方文化论战、中西医孰优孰劣等话题，依然是这场文化迁移地震的余震，而有关中国社会的主要讨论，已经不再是关于中国是否需要现代化，而是以何种方式现代化了。近年来党中央反复提倡的"中国式现代化"，正是对这一命题的官方确认。

　　在这个语境下看，从前不仅无法回归，也无需回归。"子在川上曰：逝者如斯夫，不舍昼夜"（《论语·子罕》）。问题是，什么才算是"中国式"？在进行"中国文评话语体系下的苏珊·桑塔格研究"这一课题的研究过程中，我遭遇了很多人的质疑：桑塔格这样一个纯粹的西方文化批评家，真的可以放在传统中国的批评体系中加以考察和审视吗？是不是我这个研究者过于主观地臆想出很多完全不合实际的判断？就像本书封面画所展示的，用毛笔和宣纸画出来的桑塔格，还是不是桑塔格？

这让我想起前几天听柯小刚老师讲到的一个笑话，他在德国一次讲座中提到中医的十二经络概念，现场一位德国学者问道："你说的都是中国人才有的特征，我们德国人也有十二经络吗？"听起来是个笑话，可是不同文化与文明间的争战，就源于类似的笑话。这些隔阂，实际上是话语体系的隔阂，是说话样式的隔阂，因此，在不同的话语体系和说话样式间建立有效的沟通，才显得格外重要。把桑塔格放在中国传统文化批评话语体系下进行讨论，就是这样一次实践，照亮的不仅仅是百年来我们对西方话语模式的耳濡目染，同样也是我们对自己固有言说方式的习焉不察。

相互照亮，互相照鉴，这正是本书所提倡的不同文化与文明间对话的方式及宗旨。在此书完成的过程中，很多人给予的"光"与"亮"，使我的写作不仅充满愉悦，还常常惊喜连连。感谢国家社科基金的资助，使我这个传统意义上的外国文学研究者可以"挥霍性"地购买大量传统文化典籍。感谢我的同事和此项目的共同承担者谢楠，在一定意义上，这本书是我们共同完成的成果。感谢为本书进行封面绘画的画家朱蓝，跟我一样，使用中国的固有工具进行绘画，对他来说也是第一次。感谢这些年来一起进行传统文化讲习的诗人红布条儿，那些互相照亮的瞬间，都成了生命中不竭的力量源泉。感谢多年来跟随我的学生和一起学习的伙伴，课堂内外的那些分享和讨论，不仅没有成为过眼云烟，反而都成了"文"以"化"之的化石碎片。最后，感谢我的先生董枫林，没有他一直以来盲目的信任和全然的支持，就没有我渐趋"自在"的今天。

郝桂莲
2023 年立秋日于昆明谨识